Sabine Schömig / Walburga Spielberger • Miriams Reise

Sabine Schömig
Walburga Spielberger

Miriams Reise

Roman

Bibliografische Information der Deutschen Nationalbibliothek
Die Deutsche Bibliothek verzeichnet diese Publikation in der Deutschen Nationalbibliografie; detaillierte bibliografische Daten sind im Internet über http://dnb.ddb.de abrufbar.

www.wenz-verlag.de

Sabine Schömig / Walburga Spielberger
Miriams Reise
Roman

Dreieich bei Frankfurt/M.
Umschlagmotiv: © Sabine Schömig
Umschlaggestaltung: im Verlag

Printed in EU

ISBN 978-3-937791-47-0

Vorwort

Gemeinsam ein Buch schreiben? Wie kann das funktionieren, wurden wir von vielen gefragt. Für uns ging es hervorragend. Wir haben uns gegenseitig die Ideen zugespielt wie beim Ping-Pong, zusammen die Figuren und den Handlungsstrang entwickelt. Als Basis lagen uns die Sätze zugrunde, die Walburga bedingt durch die Erfahrung in der therapeutischen Arbeit mit vielen Menschen seit Jahren im Kopf und im Herzen hatte. Sabine hat die Geschichte zu Papier gebracht und „Miriams Reise“ in Form gegossen. Wir haben uns Zeit gelassen mit dem Schreiben. Miriams Reise entstand in einem langen Entwicklungsprozess, der zugleich unser eigener Reife- und Bewusstwerdungsprozess wurde. Dabei war es eine große Herausforderung, im normal weitergelebten Alltag den Anschluss nicht zu verpassen oder gar aufzugeben. Doch Aufgeben kam für uns nicht in Frage. Denn Miriam wollte ja auf diese Reise gehen. Und Emile auch. Und Karl. Und Markus. Und wir. Uns hat das Schreiben dieses Buches viel Spaß gemacht und wir wünschen euch, liebe Leser, dass es euch hilft, euren eigenen Reichtum zu entdecken und zu entfalten. Man muss nur den Mut haben, seine eigene Reise anzutreten – und nicht aufzugeben.

~ Teil I ~

~ 1 ~

Ich war vielleicht zehn Jahre alt, als ich das Schiff zum ersten Mal sah: Ich stand am Bug, unter mir glitzerte tief dunkelblau das Meer. Kühler Fahrtwind wehte in mein Gesicht. In dem Moment öffnete sich die Badezimmertür und der Kopf meiner Mutter erschien im Rahmen.

„Was ist denn passiert?“, fragte sie erschrocken und starrte auf meine Hand, die blutete. Das Meer verschwand so schnell, wie es gekommen war. Ich spürte nur noch diesen stechenden Schmerz im rechten Daumen. Mir war das Zahnputzglas aus der Hand gefallen und ich hatte mich an den Scherben geschnitten. Als ich im Spiegel mein erschrockenes Gesicht sah, tauchte das Bild wieder auf – zum Greifen nah und gestochen scharf. Seit damals sehe ich es immer wieder, dieses Schiff. In den komischsten Momenten platzt es einfach in meine Welt, unvorhersehbar.

Es kann mir an einem ganz normalen Morgen an der Kasse im Supermarkt passieren, wenn ich auf das Band starre, auf dem die Waren zur Kassiererin wandern. Dann schaue ich mich vorsichtig um, ob sich etwas verändert hat in meiner Umgebung. Aber außer gelangweilten oder gestressten Gesichtern kann ich nichts Außergewöhnliches erkennen.

Erst vor ein paar Wochen war es wieder da, als ich mich mit dem Blick in den Innenspiegel im Auto schnell noch schminken wollte, weil ich mal wieder zu spät war auf dem Weg zu einem Kunden. Ich sah mich auf einem schwankenden Deck, hörte ein Rauschen und schmeckte die salzige Meeresbrise in meinem Mund.

Ich schüttelte mich kurz, dann zerfloss das Bild wieder. Doch es verfolgt mich jedes Mal durch den Tag wie ein vager

Traum, es fängt mich ein mit seinen hellen, warmen Tönen und weckt eine unglaubliche Sehnsucht. Einmal habe ich versucht, mit meiner Mutter darüber zu sprechen. „Oh Gott", meinte sie nur, „du bist doch hoffentlich nicht wie deine Uroma."

Soviel ich weiß, muss sie eine sehr zarte Person gewesen sein, still und ein bisschen eigenartig. Angeblich soll sie Ereignisse vorausgesehen haben, die dann tatsächlich eintrafen. Eine irre Vorstellung für meine Eltern. Meine Uroma war Jüdin. Ich habe also jüdische Wurzeln. Auch mein Name, Miriam, lässt darauf schließen, der so viel bedeutet wie „die Geliebte" oder auch „die Widerspenstige", eine hebräische Sonderform von Maria. Darauf bin ich stolz. Vielleicht bin ich ihr sogar wirklich ähnlich, meiner Uroma Luise. Meinen Eltern wäre das unheimlich. Sie sind sehr praktisch veranlagt. Sie packen das Leben an, sorgen sich um die Zukunft und legen deshalb so viel Geld zurück, wie sie nur können, damit nichts sie unerwartet trifft.

Von meinen Schiffsfantasien sage ich schon lange nichts mehr. Es würde sie nur erschrecken und beunruhigen.

Dennoch wollte ich immer wissen, ob es anderen auch so geht wie mir. Aber sehr schnell habe ich herausgefunden, dass meine Freundinnen mich nur komisch anschauen, wenn ich etwas in diese Richtung andeute. Also ließ ich es schnell sein. Nur Nora ist nicht so. Bis heute ist sie meine beste Freundin. Wir kennen uns seit dem ersten Schultag. Sie hört mir zu, und auch wenn sie ganz anders ist als ich, versteht sie mich. Ich glaube, wir wissen so gut wie alles voneinander. Auch das mit Frank. Seit er weg ist, ist Nora die Einzige, die ahnt, wie es in mir aussieht.

~ 2 ~

„Liebe Frau Weidner. Ich habe einen sehr interessanten Auftrag für Sie. Bitte rufen Sie mich umgehend zurück!" Als Professor Karl Becker diese Sätze vor ein paar Tagen auf meinem Anrufbeantworter hinterließ, dachte ich zuerst, es ginge wieder um ein ganz gewöhnliches Geschäft.

„Nein, dieser Auftrag übersteigt den bisherigen Rahmen." Professor Becker seufzt in den Hörer, als ich mich bei ihm melde. Er merkt, dass ich zögere.

„Hören Sie, Miriam. Es sind Freunde von mir. Und der Auftrag wird Ihnen gefallen. Es ist eine alte Familie aus dem Burgund. Und weil der Schmuck so ausgefallen ist, wünscht sie sich, dass Sie vor Ort arbeiten. Natürlich werden alle Auslagen übernommen."

„Aber mein Französisch ist total eingerostet. Und ich müsste auch meine Werkstatt viel zu lange alleine lassen."

„Überlegen Sie es sich, Miriam. Die Familie de la Foret wird sich nächste Woche bei Ihnen melden. Ich kenne niemanden, der diesen Auftrag so gewissenhaft ausführen könnte wie Sie."

Professor Karl Becker war mein Dozent an der Hochschule in Karlsruhe, wo ich Gestaltung und Design mit Schwerpunkt Schmuck studiert habe. Ich bin Goldschmiedemeisterin, habe einen kleinen Laden mit angeschlossener Werkstatt und mich nach dem Studium auf das Restaurieren von altem Schmuck spezialisiert. Professor Becker hat wohl einen Narren an mir gefressen – und ich an ihm. Schon als Studentin hat er mich immer wieder ermutigt, meine Faszination für alten Schmuck in meinem Handwerk umzusetzen. Bei seinen Vorlesungen im Fach „Schmuckgeschichte des Altertums" hing ich förmlich an seinen Lippen. Nächtelang wälzte ich die Literatur, die es auf diesem Gebiet gibt. Kein Thema war mir zu trocken. Ich fraß mich durch die Bände in der Bibliothek, schaute begeistert die Zeichnungen und Fotos an, die archäologische Fundstücke aus der ganzen Welt zeigten.

Seit dem Studium versuche ich das, was ich gelernt habe, in meiner kleinen Goldschmiedewerkstatt in Freiburg umzusetzen. Mein Sinn für die behutsame Aufbereitung alter Stücke sprach sich schnell herum. Bald erhielt ich Aufträge aus ganz Deutschland, oft auch auf Empfehlung meines Professors hin, zu dem der Kontakt nie abgebrochen ist. Anfangs arbeitete ich vor allem für Museen und öffentliche Sammlungen, aber nach und nach kamen auch Aufträge von Privatpersonen dazu. Meistens besuchen mich die Kunden in meinem Atelier, manchmal fahre ich aber auch quer durch Deutschland und hole den Schmuck selbst ab, um ihn zuhause wieder herzurichten.

Nora redet mir zu. „Du solltest dringend mal raus hier“, sagt sie, „Frank spukt dir sonst noch ewig im Kopf herum. Ein Tapetenwechsel würde dir jetzt echt guttun.“

Sie hat ja recht. Ich verkrieche mich zu oft in meinen vier Wänden und dann ist Frank doch irgendwie noch überall. Also entschließe ich mich, den Auftrag aus Frankreich anzunehmen.

~ 3 ~

Es ist ein feuchter kühler Morgen im April, an dem ich starte. Gut vier Stunden Fahrtzeit zeigt das Navi nach Cluny im Burgund an. Ich passiere die Grenze bei Mühlhausen. Unmittelbar hinter der früheren Grenzstation liegt direkt an der Autobahn ein Bistro in einem alten Haus. Es wirkt nicht direkt einladend. Eine bunte Lichterkette ist lieblos rund um das Gebäude genagelt. Alles macht einen leicht schäbigen Eindruck. Aber ich bin in Frankreich und irgendwie ist hier vieles voller Reize für mich. Sogar dieses ungepflegte Fachwerkhäuschen gefällt mir auf eine gewisse Art. Direkt davor parken auf einem riesigen Parkplatz ein paar Lkw und Autos mit französischen Kennzeichen. Hier lege ich eine Kaffeepause ein, beschließe ich und parke meinen alten Passat neben einem französischen Lieferwagen, auf dem „Vos desirs, notre plaisir" steht, „Ihre Wünsche, unser Vergnügen". Ich gehe zögernd hinein, denn das Bistro wirkt um diese Uhrzeit – es ist kurz vor Mittag – ruhig und verlassen.

Drinnen sitzt eine Frau um die vierzig hinter dem Tresen und blättert in einer Zeitschrift. Als sie mich sieht, erhebt sie sich unwillig und fragt, ob ich alleine bin. Ja, sage ich und schaue mich um. Ein paar Tische sind von Männern besetzt. Sie mustern mich neugierig. Ich setze mich an einen runden Bistrotisch und warte. Das Licht sickert nur sehr trübe in den Raum. Draußen ist es kühl und grau.

„Einen Milchkaffee, bitte", sage ich zu der Bedienung, als sie endlich erscheint, „und ein Croissant." Sie nickt, schlurft hinter die riesige Kaffeemaschine und drückt auf Knöpfe, bis es dampft und zischt.

Als der starke heiße Kaffee und ein duftendes Croissant vor mir stehen, geht es mir schon besser. In gut drei Stunden werde ich in Cluny sein. Dort habe ich mir in dem kleinen Örtchen Cormatin, ganz in der Nähe von Cluny, ein Appartement für einige Tage gemietet. Auf dem Foto im Internet hat es sehr idyllisch ausgesehen. Eine umgebaute alte Mühle, aber ohne teuren Schnickschnack.

Von dem späten zweiten Frühstück gestärkt, bin ich angenehm aufgeregt und es drängt mich danach, weiterzufahren. Ich will früh genug dort ankommen, um noch mit der Familie de la Foret Kontakt aufnehmen zu können.

Ich genieße die Fahrt auf einer kaum befahrenen Autobahn durch eine weitgehend unbewohnte Landschaft, vorbei an Feldern und bewaldeten Hügeln, die kaum von Ortschaften unterbrochen werden. Ab und an schauen Felsen zwischen den Waldstücken hervor, graubraune Kühe weiden in dünn besiedelten Tälern. Die Fahrt ist ruhig und beschaulich ohne die Hektik einer deutschen Autobahn.

Nach einiger Zeit führt mich das Navigationssystem weg von der Hauptroute. Nun fahre ich durch Orte mit Häusern, die eng an der Straße stehen. Ich passiere Läden mit längst verblassten Schildern wie „Boulangerie“ oder „Charcuterie“ über dem Eingang. Es gefällt mir hier, auch wenn es verlassen wirkt.

Zwischen den Orten breitet sich eine faszinierend schöne Landschaft aus. Waldstücke wechseln sich ab mit weiten Tälern, über die ab und zu eine alte Burg schaut. Dazwischen fahre ich immer wieder durch kleine menschenleere Dörfer. Je näher ich Cluny komme, desto mehr Weinberge erstrecken sich entlang der Straße. Hier wachsen also die großen Burgunderweine. Auf jeden Fall scheint die Gegend seit Jahrhunderten wohlhabend zu sein. Das erkennt man allein an den Chateaus, die neben den Häusern aus gelbem Sandstein von der Straße aus zu sehen sind.

Sie tauchen unvermittelt auf, manche sind versteckt inmitten von großen Parks oder präsentieren sich stolz als Wasserschlösser mit einer breiten Einfahrt, die von alten Trauerweiden gesäumt ist. Mein Herz weitet sich. Ich drehe das Radio lauter – eine männliche Stimme singt auf Französisch.

~ 4 ~

Kurz vor vier Uhr nachmittags erreiche ich Cluny. Es ist eine alte Bischofsstadt, die im frühen Mittelalter sehr berühmt war. Von der Benediktinerabtei in Cluny ging eine zentrale geistliche Bewegung aus, die auf ganz Europa ausstrahlte. Soweit habe ich mich schon schlau gemacht. Ein sehr interessanter Ort, wie ich finde. Heute noch ist das kleine Städtchen ein Anziehungspunkt für Touristen aus aller Welt. Die resolute weibliche Navi-Stimme führt mich allerdings zuerst einmal daran vorbei zu einem etwas außerhalb gelegenen Anwesen, das die Familie de la Foret bewohnt. Sie erwartet mich am späten Nachmittag zu einem ersten Gespräch. Genauer gesagt Marie Véronique de la Foret, die Schwiegertochter des Hauses, die mit ihrem Mann und seinen Eltern das große Haus bewohnt.

Die Tür wird auf mein Klingeln hin rasch geöffnet. Im Rahmen erscheint eine zierliche Frau mittleren Alters mit kastanienbraunem Haar, das sie im Nacken zusammengebunden hat. Sie trägt eine große Brille mit Goldrand und stellt sich als Véronique de la Foret vor. Sie führt mich durch die große kühle Eingangshalle in einen gesonderten Wohnbereich. Sehr ordentlich ist es hier, hell und modern eingerichtet. Das Wohnzimmersofa ist aus weißem Leder, dahinter steht eine bis zur Decke reichende Regalwand voller Bücher. Die Accessoires sind sorgfältig ausgesucht. Nichts scheint dem Zufall überlassen.

Madame de la Foret bietet mir Kaffee an. Wir sprechen Französisch und ich versuche, mich wieder in die Sprache einzufinden, die ich lange nicht gesprochen habe.

Madame de la Foret kommt gleich zum Wesentlichen. Ich kann ihr erstaunlicherweise gut folgen.

„Der Schmuck, den Sie restaurieren sollen, gehört meinen

Schwiegereltern. Sie feiern in Kürze ihren 60. Hochzeitstag und mein Mann und sein Bruder möchten ihren Eltern, wie bereits am Telefon angedeutet, mit den aufpolierten Erbstücken eine Freude bereiten. Die Eltern dürfen davon aber nichts mitbekommen, deshalb müssen wir vorsichtig sein. Es soll ja eine echte Überraschung werden."

Ich nicke.

„Kein Problem, dann nehme ich den Schmuck mit in mein Appartement."

Sie schüttelt sofort den Kopf. „Nein, das ist zu leichtsinnig. Die einzelnen Stücke, müssen Sie wissen, hat Gustave de la Foret, der Großvater meines Mannes, im Laufe seines Lebens zusammengetragen. Sie sind von großem Erinnerungswert für die Familie. Gustave war Professor der Archäologie an der Sorbonne in Paris und hat im Auftrag seines Lehrstuhls und der Regierung, aber wohl auch aus großer persönlicher Ambition, viele Reisen unternommen. Von jeder einzelnen brachte er seiner jungen Frau Schmuckstücke mit, die er sehr sorgfältig ausgewählt hat."

Während sie mir die Hintergründe erklärt, nippt sie ab und zu an ihrer Tasse. „Mein Mann möchte vor allem seinem Vater, der diese Schmucksammlung wiederum von seinen Eltern geerbt hat, eine große Freude machen, wenn er ihm zum Hochzeitstag diese Dinge in neuem Glanz präsentiert. Dieser alte Schmuck hat wohl auch einen besonderen historischen oder kulturellen Wert, auch wenn man es ihm nicht sofort ansieht – wenn Sie verstehen, was ich meine?"

„Ja, das verstehe ich", entgegne ich und begreife sehr wohl, dass es in erster Linie das ist, was Madame de la Foret an der Schmucksammlung fasziniert.

„Also wären wir Ihnen dankbar, wenn Sie uns auch sagen könnten, was der kunsthistorische Wert der einzelnen Stücke sein könnte."

Sie lächelt kühl.

„Ich sehe sie mir sehr gerne an“, sage ich. „Und wo soll ich sie dann restaurieren? Hier im Haus?“

„Nein, bei meinem Schwager Emile. Er wohnt in Cluny und hat eine große Bibliothek, in der er auch die Reiseaufzeichnungen seines Großvaters aufbewahrt. In diesem Raum können Sie jederzeit ungestört arbeiten. Emile ist freischaffender Architekt. Er hat sein Büro ebenfalls im Haus und kann auf den Schmuck aufpassen, wenn Sie nicht daran arbeiten.“

„Das klingt doch gut“, sage ich und merke, dass ich langsam müde und hungrig werde nach der Reise. Es strengt mich außerdem an, ihrem schnellen Französisch zu folgen und darauf zu antworten. Ich unterdrücke ein Gähnen.

„Wann kann ich mir den Schmuck ansehen?“

„Wir treffen uns am besten Morgen zu einem kleinen Mittagessen in Cluny auf dem Marktplatz. Ich bringe alles Wichtige mit und anschließend gehen wir zu Emile, wenn Sie einverstanden sind.“

„Prima“, sage ich.

~ 5 ~

Ich bin seltsam unruhig, als ich zu meinem Appartement fahre. Aber ich kenne dieses Gefühl bereits. Jede neue Umgebung, jede neue Aufgabe macht mich zuerst einmal nervös. Ich bevorzuge das Vertraute, das bekannte Umfeld, in dem ich mich geborgen fühle und das ich mir selbst geschaffen habe. Ich brauche altbekannte Dinge um mich herum, um mich wirklich wohl zu fühlen. Meine Werkstatt, meine Arbeitsgeräte, meine am Rand schon abgeplatzte Kaffeetasse, die Frank mir geschenkt hat. Das Licht, wie es morgens durch die große, etwas schmierige Fensterscheibe auf die Werkbank fällt und über meine Hände wandert, wenn sie mit der Zange arbeiten, feilen oder klopfen. Wenn ich den Geruch meiner Werkstatt nicht in der Nase habe und die Farben darin nicht sehen kann, werde ich unsicher.

Du schaffst das, mache ich mir selbst Mut. Auch wenn dir diese Frau nicht gerade sympathisch ist. Sie kommt mir doch sehr unterkühlt und karriereorientiert vor. Ich bin neugierig auf den Schmuck und seine Geschichte.

Das vertraute Motorengeräusch meines Autos gibt mir ein Stück Selbstsicherheit zurück. Die Unterkunft finde ich auf Anhieb. Sie gefällt mir ausnehmend gut, die Wirtin hat sogar geheizt. Durch das Fenster hindurch höre ich den Bach, der unter der alten Mühle hindurchfließt. In einen Sessel gekauert esse ich köstliche Pilzpastete und ein frisches Baguette, das ich mir unterwegs gekauft habe. Dazu trinke ich Rotwein, vielleicht ein bisschen mehr als sonst, aber es scheint mir gutzutun und beruhigt meine Nerven, so dass ich gut schlafe.

Es ist kühl, aber sonnig, als ich am nächsten Morgen nach Cluny aufbreche. Ich fühle mich ausgeruht und entspannt, die beklommenen Gefühle von gestern sind verschwunden. Jetzt freue ich mich nur noch darauf, den Schmuck zu sehen. Viel früher als ausgemacht komme ich auf dem Marktplatz von Cluny an. Direkt hinter dem Markt sind Ausgrabungen zu besichtigen. Davor ist eine breite Treppe, die hinauf zu einer Kirche führt. Sie ist eingerüstet. Vermutlich wird sie gerade restauriert. Ich setze mich auf den Rand einer Stufe, sehe auf den Marktplatz und warte auf Madame Véronique de la Foret.

Eine Art Mittelaltermarkt wird gerade mitten auf dem Platz aufgebaut. Am Wochenende wird hier wohl etwas gefeiert. Ich schaue den jungen Leuten zu, die die Buden aufbauen. Die Atmosphäre gefällt mir. Ich fühle mich wohl. Während ich in die Sonne blinzle, tritt plötzlich einer der jungen Männer zu mir heran und drückt mir eine Tüte mit kandierten Nüssen in die Hand. „Bienvenue à Cluny“, sagt er, zwinkert mir zu und wünscht mir noch einen schönen Tag. Dann dreht er sich um und geht zu seiner Gruppe zurück. Ich bin sprachlos von dieser herzlichen Begegnung in einer mir doch völlig fremden Stadt.

In diesem Moment höre ich Mädchen lachen, das Geräusch von Wellen und sehe Schaumkronen. Gischt spritzt in mein Gesicht. „Eskaladi, Ashema“, ruft eine Stimme eindringlich. Ich drehe mich um, um zu sehen, wer es ist. Doch ich sehe nur den Kircheneingang. Der Wind weht kühl. Ich schüttele mich und stehe auf. Es ist Zeit, Madame de la Foret zu treffen.

~ 6 ~

Wie erwartet ist sie pünktlich auf die Minute. Sie hat einen großen Aktenkoffer aus schwarzem Leder in der Hand. Mein Herz klopft heftig. Der Schmuck! Ich muss meine Ungeduld während des Essens noch zügeln, aber ich starre ständig auf den Koffer.

Unsere Konversation verläuft sehr schleppend. Véronique erzählt mir, dass sie Anwältin ist wie ihr Mann und in zwei Stunden einen wichtigen Gerichtstermin hat. Es ist ein Unterhaltsprozess. Der geschiedene Mann ist untergetaucht, die Frau sitzt mit ihren zwei kleinen Kindern ohne Unterstützung und ohne Job da. Sie gibt mir zu verstehen, dass das nicht die Art von Prozess ist, die sie gerne führt. Zu aussichtslos für ihre Partei, und wohl auch nicht lukrativ genug, wie ich ihr insgeheim unterstelle.

Ich berichte ein wenig von meiner Arbeit – dann gehen wir endlich. Véronique zeigt erstaunlich wenig Interesse für mich und meine Arbeit, obwohl doch ihre Familie bereit ist, den Familienschmuck in meine Hände zu geben und mich dafür auch noch großzügig entlohnt.

Das Haus von Emile de la Foret ist das komplette Gegenteil von Véroniques kleinem Chateau. Es steht mitten in Cluny auf einem Hügel oberhalb der früheren Abteikirche. Davor liegt ein gepflasterter Platz mit einem überdachten Brunnen. Um den Platz herum sind Häuser gruppiert mit Tafeln, auf denen das Erbauungsjahr eingraviert ist. Manche stammen aus dem 15. und 16. Jahrhundert. Emiles Haus dürfte vielleicht 150 Jahre alt sein, es ist aus gelbem Natursteinmauerwerk errichtet; zwischen den einzelnen Quadern wächst an manchen Stellen Moos und Geflecht. Die grau-blauen verwitterten Fensterläden im Erdgeschoss sind geschlossen, diejenigen im ersten Stock jedoch geöffnet. In den Fenstern spiegeln sich die vorbeiziehenden Wolken. Das Haus macht einen sehr symmetrischen Eindruck, wenn auch nicht gerade einen bewohnten. Nur das moderne Metallschild neben der hölzernen Haustür mit der Aufschrift „Emile de la Foret, Architecture et Dessin" verweist darauf, dass hier überhaupt jemand lebt.

Emile ist nicht mehr jung, ich schätze ihn auf mindestens Mitte 50, aber er hat noch volles Haar, ist schlank und trägt eine Jeans mit einem dicken Strickpullover darüber. Seine Brille hat er ins Haar hochgeschoben, als er uns begrüßt. Véronique bekommt drei Küsschen auf die Wangen, mir drückt er kräftig die Hand.

„Entrez, entrez", ruft er herzlich und schon der Eingangsbereich wirft mich fast um. Überall stehen Figuren, hängen moderne Bilder an der Wand, exotisch leuchtende Teppiche liegen auf dem Boden, ein alter Kandelaber prangt auf einer riesigen Ebenholzkommode. Der Gang ist dunkel, hat aber nichts Düsteres. Wir gehen eine knarzende Holztreppe hinauf, nach der gleich rechts die Bibliothek liegt.

„Hier ist mein Gedächtnis", lacht Emile und deutet auf die vielen Bücher und Bände, die sich bis unter die Decke an allen vier Wänden in Regalen türmen. Eine Leiter lehnt an einem der Regale. In der Mitte steht ein geschwungener Tisch aus Nussholz, darum herum sind verschiedene Sessel gruppiert. Alte tiefe aus schrundigem Leder, neue moderne aus Stahl, mit schwarzem Segeltuch bespannt. Eine große Bogenlampe thront über dem Tisch. Hier kann sich jeder den Platz aussuchen, der ihm gerade gefällt. Ich bin begeistert.

Véronique de la Foret kommt wie üblich sofort zur Sache. „Hier können Sie, wie bereits besprochen, in Ruhe arbeiten. Emiles Büro ist im Erdgeschoss. Er wird Sie nicht stören."

Wir nehmen in den verschiedenen Sesseln Platz. Endlich legt sie den Aktenkoffer auf den Tisch und öffnet ihn mit einer Zahlenkombination.

„Schauen Sie sich die Sachen in Ruhe an", meint sie und wendet sich an Emile: „Wir beide sollten inzwischen ein paar administrative Dinge besprechen, die schon lange anstehen!"

Ein leichter Vorwurf liegt in ihrer Stimme. Das kann sie bestimmt sehr gut, anderen ein schlechtes Gewissen einimpfen, denke ich mir noch. Aber Emile scheint dafür unempfänglich.

„Wenn du meinst, Véronique. Wenn Sie Fragen haben, finden Sie uns unten in der Küche gleich neben dem Eingang", sagt er zu mir. „Nehmen Sie sich Zeit."

Ich schaue in die dunkle Tiefe des Koffers. Auf mehreren Etagen liegen die Stücke in samtigen Mulden, die man zuknöpfen kann, damit beim Transport nichts herausfällt. Ich öffne Knopf für Knopf. Dahinter tauchen Armreife, Ohrringe, Ringe und vor allem Halsketten auf, die so vielfältig sind wie die Länder, aus denen sie wohl stammen. Das meiste ist aus gehämmertem und geflochtenem Silber oder feinstem Blattgold. Kleine Edelsteine schimmern in den Fassungen, Achate, Bernsteine, Rubine und Smaragde.

Ich breite die Stücke auf dem Tisch aus, um zu sehen, ob der Schmuck so etwas wie eine zusammenhängende Ordnung hat oder ob es sich um ein kostbares, aber wahlloses Sammelsurium handelt. Schließlich liegen einige Ensembles vor mir, zum Teil einzelne Elemente wie ein Diadem aus mattem Gold, fein ziseliert mit sorgsam eingearbeiteten schwarzen Onyxen. Vermutlich stammt es aus Afrika. Oder eine wunderschöne Kollektion aus einem Armband, Ohrringen und einem Collier aus schwerem Silber, unterbrochen von dunkelroten Rubinen, die fantasievoll aufgefädelt sind und sich eng um den Hals schmiegen. Ich schätze, es ist Beduinenschmuck.

Einen Zusammenhang der Ensembles kann ich auf den ersten Blick nicht erkennen; es scheinen alles erlesene Stücke zu sein, die hier aus verschiedenen Ländern zusammengetragen wurden.

Ganz unten im Koffer liegt noch ein einzelner Anhänger ohne Kette. Er sieht gar nicht so wertvoll aus, aber er scheint alt zu sein. Es handelt sich um eine längliche silberne Frauenfigur. Sie ist nackt und hat einen schlanken, feingliedrigen Körper. Ihr Gesicht ist nur angedeutet. Und sie trifft mich wie ein Schlag. Mein Herz fängt an, heftig zu klopfen. Ich kenne diese Figur. Als ich sie in die Hand nehme, wird die Innenfläche warm und schwitzig vor Aufregung. Ich atme tief aus. Habe ich ein ähnliches Stück schon mal restauriert? Ich erinnere mich nicht.

Der Anhänger ist fast schwarz vor Oxidation, aber ansonsten ohne Fehler. Eine solide silberne Schmiedearbeit. Vermutlich eine echte Rarität, ein historisches Fundstück, das eigentlich in ein Museum gehören würde und nicht in eine private Sammlung. Vielleicht ist es aber auch nur eine Kopie. Den Herkunftsort kann ich nicht auf Anhieb bestimmen. Ich vermute, aus dem Mittelmeerraum, griechisch. In diesem Moment klopft es an die Tür.

„Dürfen wir hereinkommen?“, höre ich Emiles Stimme. Ich fange seinen Blick auf, als er vor seiner Schwägerin den Raum betritt.

~ 7 ~

Das Gespräch in der Küche scheint nicht sehr erfreulich gewesen zu sein. Das zeigt sich deutlich in den Mienen der beiden. Eine eigenartige Stimmung herrscht zwischen ihnen.

„Na, welchen ersten Eindruck konnten Sie von dem Schmuck gewinnen?“, fragt Madame de la Foret.

Emile schaut mich ebenfalls fragend und sehr neugierig an. „Interessanter alter Kram, oder?“, meint er.

Seine Schwägerin schüttelt leicht den Kopf und blickt streng zu ihm hin.

Ich zögere. „Mein erster Eindruck ist, dass es sich um durchaus seltene und wohl auch wertvolle Stücke aus ganz unterschiedlichen Kulturen und Epochen handelt. Ich muss mir aber Zeit nehmen, um mich mit den einzelnen Teilen zu befassen und gegebenenfalls auch mit Professor Becker Rücksprache halten, um ihre Herkunft und Entstehung genau datieren und bestimmen zu können.“ Die beiden nicken.

„Worauf legen Sie denn besonderen Wert? Auf eine originalgetreue Restaurierung oder möchten Sie auch etwas über den Ursprung und die Geschichte des Schmuckes in Erfahrung bringen?“, frage ich.

„Mir liegt persönlich sehr daran, zu erfahren, woher mein verstorbener Großvater die einzelnen Stücke hatte und warum er ausgerechnet sie ausgewählt hat. Es würde mich wundern, wenn hinter den Sachen nicht eine ganz besondere Geschichte steckt“, sagt Emile. „Ich würde sehr gerne mit Ihrer Hilfe mehr darüber erfahren – und Sie Einblick nehmen lassen in die Reisetagebücher meines Großvaters.“

Er wendet sich an seine Schwägerin: „Ist das für dich und Richard okay?“

Die zuckt mit den Achseln. „Das passt schon“, sagt sie. „Wie wollen wir also vorgehen?“ Sie sieht Emile an.

„Ich schlage vor, Frau Weidner, oder darf ich Miriam zu Ihnen sagen, dass Sie hier in meiner Bibliothek den Schmuck auf Herz und Nieren prüfen – und ich suche die jeweils passenden Passagen aus den Reisetagebüchern zusammen, die Sie für Ihre Recherchen brauchen. Ich bin schon sehr gespannt, was auch ich daraus noch über meinen Großvater erfahren kann. Bislang habe ich immer nur in den Aufzeichnungen geblättert, mich aber nie so richtig hineinvertieft.“

Er scheint sich aufrichtig darauf zu freuen, dass ich ihm dabei helfe, die eigene Familiengeschichte besser zu verstehen. Eigentlich bin ich es gewöhnt, alleine zu arbeiten. Aber irgendwie reizt mich diese neue Aufgabe. Ich werde also nicht nur die Schmuckstücke an sich aufarbeiten, sondern auch mehr über deren jeweilige Geschichte erfahren.

„Was halten Sie davon, Miriam, wenn Sie einfach jeden Tag hier an dem Schmuck arbeiten? Ich könnte nachmittags dazustoßen und Ihnen die entsprechenden Passagen aus den Tagebüchern vortragen. Bitte verstehen Sie, dass ich die Bücher nicht aus der Hand geben möchte. Sie enthalten auch sehr viel Persönliches.“

„Gut“, unterbricht ihn seine Schwägerin, „dann hätten wir das Wesentliche geklärt. Alles Weitere machen Sie bitte mit Emile aus. Ich würde mich übrigens gerne meinem Schwager anschließen und vorschlagen, dass wir uns auch beim Vornamen nennen. Ist das für Sie in Ordnung?“

Ich nicke. Véronique verabschiedet sich, sie muss zum Gericht.

Sobald sie aus der Tür ist, atmet Emile hörbar aus. Ich muss lachen, denn die Atmosphäre entkrampft sich sofort. Ich glaube, ich freue mich auf diese Arbeit.

„Was halten Sie von einer Tasse Tee? Oder möchten Sie lieber Kaffee?“, fragt Emile.

„Gerne einen Tee“, sage ich.

Er geht zurück in die Küche, um Tee zu kochen. Ich bin wieder alleine mit dem Koffer voller Schmuck. Die unterschiedlichen Stücke faszinieren mich, obwohl sie irgendwie abweisend und verschlossen wirken. Es wird wohl nicht leicht werden, ihnen ihre Geschichte zu entlocken. Aber dafür haben wir ja die Tagebücher.

Als Emile nach kurzer Zeit mit einem Tablett mit zwei Tassen, Teekanne und Gebäck wiederkommt, mache ich ihm einen Vorschlag. „Wie wäre es, wenn wir chronologisch nach den Tagebuchaufzeichnungen vorgehen und die Schmuckstücke nach und nach unter die Lupe nehmen – in der Reihenfolge, in der sie Ihr Großvater erworben hat?“

Emile nickt. „Gute Idee.“

Der Tee ist heiß und tut mir gut. Ich entspanne mich ein bisschen. Er stellt mir ein paar Fragen über meinen Beruf und mein Leben in Deutschland und ich fühle mich erstaunlich wohl mit der französischen Sprache.

Emile erzählt mir, wie lange er und Karl Becker sich schon kennen. „Mit Karl Becker spreche ich manchmal Deutsch“, sagt Emile. „Wie wollen wir es halten?“

„Mal so, mal so“, sage ich, „wie es gerade passt.“

Ich sehe ihn zum ersten Mal genauer an. Er wirkt offen, neugierig, humorvoll. Er ist mir sympathisch.

~ 8 ~

Kairo, 18. Mai 1936

Meine liebe Marie,

es ist unglaublich laut hier in Kairo und heiß. Die Stadt ist so staubig, daß meine Kehle ständig brennt. Aber Du weißt ja, daß ich Entbehrungen gut ertragen kann. Außerdem hat mir der königliche Beamte eine für ägyptische Verhältnisse fürstliche Herberge besorgt. Ich wohne ganz in der Nähe des großen Basars, auf dem es wirklich alles gibt, was das Herz nur begehren könnte. Du kannst es Dir nicht vorstellen, welche Farben die Gewürze haben, die sich hier türmen. Zwischen all den exotischen Früchten, Gemüsebergen und frisch geschlachteten Hühnern hängen bunte Tücher, die die Frauen in vielen Schichten übereinander tragen. Geschirr, Töpfe, Kannen, Teppiche. Überall drängen sich Menschen. Es riecht an manchen Stellen so intensiv, daß mir der Atem stockt. Zum Teil sind es überwältigende Düfte, die mir in die Nase steigen, zum Teil aber auch beißender Gestank. Ich bin froh, daß Du das nicht ertragen musst. Schon gar nicht, seit unser Jüngster auf der Welt ist. Ich hoffe, Du kommst gut mit den drei Bengeln zurecht. Vor allem mit Eduard, der jetzt langsam in ein Flegelalter kommt. Übernimm Dich bitte nicht. Du weißt, daß Du Dich schonen musst, wie der Arzt gesagt hat. Aber Du hast ja Deine Kinderfrau, die Du so oft wie möglich in Anspruch nehmen solltest.

Ich werde gleich mit meinem Dolmetscher zu einer Stadtführung aufbrechen. Er möchte mich weiter in die Geheimnisse des Lebens in Kairo einführen. Er weiß sehr viel und spricht hervorragend Französisch, auch wenn ich selbst ein wenig Arabisch verstehe. Gerade hat man an meine Türe geklopft, um mir zu sagen, daß wir in zehn Minuten aufbrechen. Ich werde später weiterschreiben. Ich vermisse Dich schmerzlich. All meine Gedanken sind bei Dir.

Es grüßt Dich auf's Herzlichste
Dein Gustave

~

Emile nimmt seine Brille ab und schaut mich an. Wir sitzen im trüben Nachmittagslicht in seiner Bibliothek.

„Was meinen Sie", fragt er mich, „wird er an diesem Tag fündig?"

Ich zucke mit den Achseln. Emile hat sich den ersten Band aus den fünf dicken Reisetagebüchern herausgegriffen, die ersten Seiten überflogen und mir dann eine Stelle vorgelesen.

„Sie müssen wissen, Miriam, dass mein Großvater die Briefe nicht abschickte, da sie oft auf dem langen Postweg verlorengingen. So kam er auf die Idee, sie wie ein Tagebuch zu schreiben und sie seiner jungen Frau nach jeder Reise zusammen mit einem Schmuckstück zu überreichen. Eines dieser Schmuckstücke, die er von seinen Reisen mitgebracht hat, stammt aus Kairo. Erkennen Sie schon, um welches es sich handelt?"

Ich habe den Schmuck bereits grob nach Epochen und möglichen Fundorten vorsortiert. Eine geflochtene goldene Halskette mit einer Kartusche als Anhänger kommt sicher aus Ägypten. Sie zeigt eine Lotusblüte, darunter einen Skarabäus, der die Sonnenscheibe trägt, und das Ankh, das ägyptische Symbol für Leben.

„Soweit ich aus meinem Studium noch weiß, dienten solche Stücke wie Amulette als Schutz für ihre Trägerinnen vor Unglück oder sollten ein langes Leben, Gesundheit und Reichtum garantieren“, sage ich zu Emile. „Die Muscheln als Verbindungsstücke sind meines Wissens Kauri-Muscheln. Ein solches Amulett könnte von Frauen getragen worden sein, um ihre Fruchtbarkeit zu bewahren. Aber ich muss mich selbst noch einmal einlesen, um das genauer sagen zu können.“

Neben das Amulett habe ich ein Collier gelegt, das aus vielen kompliziert geschlungenen und verknoteten Flachsfäden aus Gold geknüpft ist. Den Verschluss bilden massivgoldene Falkenköpfe, die vermutlich mit einem Haken und einer Öse versehen waren. Doch beides ist abgebrochen und verloren gegangen. Als Augen der Falken hatten Karneole gedient, einer ist jedoch herausgefallen. Die einzelnen Goldfäden des großflächigen Halsschmucks, der wohl üblicherweise von reichen Hofdamen und Priesterinnen im alten Ägypten getragen wurde, sind mit kleinen Perlen geschmückt.

Das dritte Ensemble, das ich klar Ägypten zuordne, sind mehrere breite Armreife, die übereinander getragen wurden. Von Tänzerinnen etwa. Ein Zusammenhang zwischen den drei Stücken erschließt sich mir noch nicht.

Inzwischen hat Emile weitergeblättert und bleibt an einer Aufzeichnung hängen. „Hören Sie, Miriam, was Gustave hier schreibt“:

Kairo, 21. Mai 1936

Meine geliebte Marie,

mein Dolmetscher und Führer Amir hat mir heute ganz unzugängliche Ecken des Basars gezeigt, in die Fremde so ohne weiteres gar nicht kommen. Er scheint mich zu mögen. Ich habe ihm von unseren Kindern erzählt. Ägypter, mußt Du wissen, sind ganz vernarrt in Kinder. Und sie bewundern Frauen sehr, die viele Kinder geboren haben. Ich hatte ihm erzählt, daß ich auf der Suche nach einem besonderen Andenken für Dich bin und er schien gleich zu wissen, was ich meine. Er führte mich zu einem auf den ersten Blick unscheinbaren Stand, der nur trüb beleuchtet war. Bahnen aus dicht gewebtem Stoff schirmten die Warenauslagen gegen diebische Blicke ab. Wir teilten sie, um in den verborgenen Bereich einzutreten. Ein alter Mann saß auf einem Schemel und stand langsam auf, als er uns sah.
„Allah schütze dich, Amir", begrüßte er meinen Begleiter mit dem Anflug eines Lächelns. Der Rest seines zerfurchten Gesichts blieb starr. Er musterte mich nur aus den Tiefen seiner schwarzen Augen. Die beiden Männer begannen ein langes gestenreiches Gespräch, von dem ich kein Wort verstand. Amir deutete immer wieder in meine Richtung und der alte Mann nickte wissend und sah mich dabei zunehmend freundlich an. Ich hatte dazwischen die Gelegenheit, mich umzusehen. Unter goldenen, reich verzierten arabischen Öllampen lag Schmuck auf dunkelblauem Samt. Ein prachtvoller Anblick, sage ich Dir. So schöne Stücke hatte ich bisher auf dem ganzen Basar nicht gesehen. Da fasste der alte Mann mich sanft am Arm und griff aus der fantastischen Auswahl ein Stück heraus, ein goldenes, reich verziertes Collier, eine sehr feine Arbeit.
Amir übersetzte: „Das ist das Richtige für Ihre junge Frau, meint mein Freund. Sie sollten es ihr schenken. Es wird sie beschützen."
„Was haben Sie ihm von mir erzählt?", fragte ich skeptisch.

„Keine Sorge, wir sind keine Schwätzer", meinte Amir ein wenig beleidigt. „Der Händler weiß nur, daß Sie für Ihre Frau ein Andenken suchen. Er ist Berber und kann in Ihr Herz sehen. Er kann fühlen, was Ihre Frau benötigt."

Das Stück gefiel mir ausgesprochen gut. So gut, daß ich es haben wollte, koste es, was es wolle. Der Verhandlungsmarathon gehört hier allerdings zu den guten Sitten, weißt Du, und so feilschten wir mindestens eine halbe Stunde lang um den Preis, bis ich das feine Kunsthandwerk mein Eigen nennen konnte. Der alte Mann verneigte sich mehrfach vor mir, nachdem er das Artefakt in ein kleines Ebenholzkistchen verpackt und mir überreicht hatte.

„Sorgen Sie gut dafür, es wird Ihrer Frau und Ihren Nachkommen Kraft geben. Und entlassen Sie es nie aus Ihrem Besitz. Es hat hier auf Sie gewartet. Es ist mir eine große Ehre, es Ihnen nun überlassen zu können."

Auch wenn ich sein Verhalten und seine Worte etwas übertrieben fand – Du kennst mich, ich verabscheue Pathos in jeder Weise –, haben seine Worte mich doch berührt und ich bin so glücklich, Dir dieses Souvenir mitbringen zu können, wenn ich in etwa drei Monaten endlich wieder bei Dir und den Kindern sein darf. Paß auf Dich auf, meine Liebste, ich lösche nun mein Licht hier in meiner Unterkunft. Es ist schon spät, gleich ruft der Muezzin die Gläubigen zum Gebet, aber die Schwüle und der Staub in dieser Stadt lassen mich ohnehin nur schwer in den Schlaf finden. Nach Sonnenaufgang brechen wir auf, um den Nil mit einem Schiff hinunterzufahren, in Richtung des alten Theben. Es wird Tage dauern, bis wir die Ausgrabungen erreichen. Was mich bewegt, werde ich Dir schreiben.

Dein innig Dich liebender

Gustave

Emile setzt seine Brille ab. „Haben Sie Familie, Miriam?"

„Nein. Keinen Mann, keine Kinder, noch nicht einmal einen Hund", ist meine etwas knappe Antwort. Emile stört meine leichte Ruppigkeit überhaupt nicht. Es ist schon später Nachmittag. Er schenkt sich ein Glas Wein ein.

„Im Burgund sagt man, das frühe Abendrot muss sich mit der Farbe des Weines im Glas mischen, nur so kann Gott ein langes, glückliches und gesundes Leben garantieren. Also, Sie nehmen auch ein Glas? Schließlich müssen wir auf das erste Fundstück im Tagebuch anstoßen."

Wir sitzen im gemütlichen Dämmerlicht der Bibliothek. „Ja, ein Glas Rotwein tut mir vielleicht ganz gut", sage ich. Er schenkt mir ebenfalls ein und lächelt dabei. Wir stoßen an. Der Wein wärmt mich. Vor dem Fenster pfeifen und singen die ersten Vögel den Frühling herbei. Ihnen ist es egal, dass dieses Frühjahr auf sich warten lässt und auch die Bäume erst zaghaft Blätter treiben.

Emile beobachtet mich durch seine Brille und sein Glas hindurch, das er oft und schnell an den Mund führt. „Bitte entschuldigen Sie, wenn ich Ihnen das sage, aber Sie wirken so in sich gekehrt, Miriam, auch wenn ich glaube, dass Sie ebenso quietschlebig sein können", sagt er auf Deutsch. Wir sind inzwischen bei meiner Muttersprache angelangt. Er kann besser Deutsch als ich Französisch. Meistens zumindest.

„Lebendig heißt das", korrigiere ich ihn und muss lachen.

„Sie kann auch lachen. Unfassbar."

Emile schaut aus dem Fenster und fängt an zu erzählen. „Sehen Sie, ich bin es gewohnt, hier in diesem kleinen Städtchen ganz alleine zu leben und fühle mich trotzdem nie einsam. Ich beobachte japanische und amerikanische Touristen, die sich in die wildesten Posen auf den Überresten der alten Kathedrale werfen, um sich gegenseitig mit dem Handy zu fotografieren, und amüsiere mich. Ich gehe auf den Markt und schlürfe frische Austern. Das liebe ich. Mögen Sie Austern?"

„Es geht so."

„Wir sollten mal hingehen. Vor der Arbeit. Das gibt Kraft und macht munter, das viele Eiweiß, verstehen Sie?"

Der Rotwein benebelt mir schon leicht den Kopf. Ich kichere. Und plötzlich höre ich Meeresrauschen, dazu laute Stimmen, ein Mann nimmt mich an die Hand und führt mich über die schwankenden Planken in Richtung Reling. Es weht ein scharfer Wind. Ich fröstele und ziehe einen Schal fester um meine Schultern.

Ich reiße mich zusammen und starre fest auf den Tisch in Emiles Bibliothek. Das Bild und die Stimmen verschwinden. Zum zweiten Mal in dieser Woche habe ich die Halluzination jetzt schon gehabt. Es ist fast so, als ob die Umgebung sie locken würde. Ich sollte endlich zum Arzt gehen.

„Ich gehe jetzt", sage ich unvermittelt zu Emile. Er sieht mich überrascht an, beeilt sich aber zu sagen: „Reisende soll man nicht aufhalten. Bis morgen früh also, et bonsoir, Miriam. Es war mir ein Vergnügen."

Es ist unglaublich. Dieser ältere Mann flirtet mit mir. Ich fühle mich tatsächlich geschmeichelt.

Nicht viel später falle ich in mein Bett. Obwohl der Tag eigentlich überhaupt nicht anstrengend war, bin ich erschöpft. Und in der Nacht träume ich von Pyramiden, einem Äffchen, das mir auf der Schulter sitzt und immer wieder „Siehst du, du hättest auf mich hören sollen" ruft. „Jetzt ist es zu spät." Ich rase in einem alten Jeep über den Nil, der hohe Wellen schlägt und mich schließlich in Emiles Bibliothek ausspuckt, seine Wasser sind rot wie Burgunderwein.

~ 9 ~

Theben, 3. Juni 1936

Meine liebe Marie,

langsam erhole ich mich von der langwierigen Reise über diesen unglaublich träge fließenden Fluss. Allerdings ist er wie eine Fata Morgana inmitten einer lebensfeindlichen Landschaft. Rechts und links seiner Fluten erstreckt sich ein kleiner Gürtel fruchtbarsten Landes mit Palmen, Schilfgras und Weiden. Gleich dahinter türmen sich Dünen, hinter denen sich die Wüste Hunderte von Kilometern weit erstreckt, absolut tödlich für jeden Unkundigen, der sich ohne Führung dort hineinwagt. Ich bin zutiefst beeindruckt von diesem Kontrast zwischen blühendem Leben und Tod. Von Karnak bis zu unserem Feldlager unweit des früheren Theben, wo heute das Tal der Könige liegt, ging es mit Eseln weiter.

Unser eigentliches Ziel aber sind die Ausgrabungen der früheren Stadt von Pharao Echnaton, die er in der Wüste errichten ließ, um nur noch einem Gott zu dienen, dem Sonnengott Aton. Hier, in den mühsam aus dem Sand geborgenen Überresten der vor fast 3200 Jahren gegründeten Stadt Achet-Aton, arbeiten die Grabungsteams unserer Regierung gemeinsam mit den Briten. Zum gegenseitigen Kennenlernen des britischen Grabungsleiters Sir Duke Peter Kellington und meiner Wenigkeit – und auch, um das gegenseitige Mißtrauen ein wenig zu dämpfen – hat der ägyptische Minister für Nationalkultur heute Abend zu einem Empfang geladen. Er hält sich hier auf, weil er, wie er sagte, einen besonderen Fund zu entschlüsseln hofft, der der zivilisierten Welt vielleicht Antworten auf bisher nicht gelöste Rätsel bringen könnte. Er wünscht unsere fachkundige Einschätzung des

Fundes und hofft auf die Entzifferung einer Schriftrolle, die in einem Tongefäß gefunden wurde. Das hat meine Neugierde geweckt.

~

„Eine Schriftrolle, das bringt uns ein bisschen weit weg vom Thema Schmuck“, unterbreche ich Emile etwas ungeduldig. Er ist am folgenden Nachmittag zu mir in die Bibliothek gekommen, nachdem ich den Vormittag über den Schmuck bereits sortiert und grob eingeordnet hatte. „Wir haben hier noch ein paar Schmuckstücke, deren Geschichte ich entschlüsseln möchte, bevor ich mich einer ordentlichen Aufarbeitung widmen kann.“

Es juckt mich in den Fingern, das prächtige Amulett und die dazugehörigen Stücke ägyptischen Ursprungs endlich in Angriff zu nehmen.

Aber Emile scheint auf diesem Ohr taub zu sein: „Miriam, mein Großvater war ein Mystiker – und natürlich ein Romantiker. Hören Sie weiter:

~

Abends wird es hier schnell eiskalt. Sobald die Sonne hinter unseren Zelten verschwunden ist – und sie sackt förmlich wie ein Stein hinter den Horizont – fällt eine trockene Kälte auf unser Lager nieder und wir hocken in kleinen Gruppen vor den Feuerstellen, die ein wenig Wärme und Licht spenden. Die Wüste ist so unendlich dunkel, daß das Firmament mit seinen funkelnden Sternenhaufen uns beinahe auf den Kopf zu fallen scheint. Für viele ist das berauschend. Ich fühle mich davon überwältigt und kann nicht recht einschlafen. So, als ob dieses Funkeln und Blitzen mir den Atem rauben wollte. Es ist so mächtig. Ich sehe mich dann so klein und mein Leben sowie meine Arbeit erscheinen mir unbedeutend. Nur der Gedanke an Dich und die Kinder läßt mich hier, umgeben von kaltem Sand, endlich Ruhe finden und schließlich schlafe ich ein, so als ob ich Dich im Arm halten würde, um Dich zu wärmen.

~

In der Bibliothek ist es stickig geworden und ich fühle mich seltsam schläfrig nach dieser Schilderung. Ich gähne, was Emile natürlich nicht entgeht, und er schlägt laut raschelnd die Tagebuchseite um. „Nur noch diesen einen Abschnitt, dann mache ich Schluss", sagt er und liest weiter:

~

Theben, 6. Juni 1936

Meine geliebte Marie,

heute Abend waren wir zum Empfang im prachtvollen Zelt des Nationalkulturministers, und was er uns offeriert hat, gleicht einer Sensation.
Ein Grabungsteam hat im Wüstensand, wo man die alte Stadt freigelegt hat, in der der umstrittene Echnaton mit seiner berühmten Frau Nofretete lebte, eine Amphore ausgegraben, die wohl jemand verstecken wollte – sie lag ganz in der Nähe eines Brunnens. Vielleicht während der Unruhen, die damals in der Stadt herrschten und die schließlich sogar zu ihrer Zerstörung führten. Das war etwa 1330 vor Christi Geburt.
Der Pharao Echnaton hatte der Vielgötterei einen einzigen Gott entgegengesetzt, den Sonnengott Aton, und wollte die Allmacht der alles beherrschenden Priester eindämmen. Man hat Echnaton dafür

einen Ketzer geschimpft und versucht, das Andenken an ihn für alle Zeit auszulöschen. Deshalb ist sein Grab auch bis heute nicht gefunden worden. Aber in diesem Tongefäß fand man eine Schriftrolle, die vielleicht Hinweise darauf geben könnte, was damals wirklich geschehen ist.

Der Minister ließ zuerst ein großes Festmahl auftischen, wie es hier Sitte ist. Ich habe mich zurückgehalten, weil ich bei klarem Verstand sein wollte und nicht übermüdet vom vielen Essen und Trinken, wenn ich die Rolle zu sehen bekomme.

Als es soweit war, hatten sowohl der britische Kollege als auch ich wenig Mühe, sie zu entziffern, da das Geschriebene in Keilschrift verfaßt wurde. Zu meinem Erstaunen waren es nur wenige Worte, und die gaben keinerlei Erklärung zu den damaligen Ereignissen ab. Der britische Kollege und ich einigten uns schließlich bei den Schriftzeichen auf folgende Übersetzung – und ich versuche, sie Dir möglichst genau wiederzugeben:

Achte stets auf das Hier und Jetzt,
denn es wird dir alles präsentieren,
was dich meint auf diesem Lebensweg.

Was für eine Aussage! Für einen Ägypter doch sehr ungewöhnlich. Meiner Meinung nach muss sie aus der Feder eines sehr gebildeten und hochstehenden Menschen stammen, der seiner Zeit weit voraus war. Vielleicht erstaunen und berühren Dich diese Worte ähnlich wie mich, meine liebe Marie. Denn für mich steckt darin eine enorme Tiefe und zeitlose Weisheit, der ich nachgehen möchte, auch wenn sie uns bei unseren Bemühungen, mehr Licht in die historischen Geschehnisse zu bringen, nicht auf den ersten Blick weiterhelfen.

Emile setzt seine Brille ab und seufzt: „Ab hier ist die Schrift total verwischt. Und es fehlen ein paar Seiten!“ Er ist sichtlich enttäuscht. „Das gibt es doch gar nicht. Jetzt wäre es richtig spannend geworden … Ein Glas Wein? Oder ein Abendessen? Ich lade Sie ein.“

Ich habe noch gar nichts Richtiges gearbeitet und fühle mich nicht wohl damit. Seit vier Tagen bin ich hier und wir machen fast nichts anderes, als in den Tagebüchern zu stöbern und anschließend ein paar Gläser Wein zu trinken. Dazu essen wir Käse und Weintrauben und sehen nichts und niemanden außer Emiles Bibliothek und dem Treppenaufgang, der zu ihr hochführt.

Als ich wieder ein Glas in der Hand halte, sage ich zu Emile, dass ich morgen einmal zügig arbeiten möchte, um auch wirklich voranzukommen. Er lächelt nachgiebig und nickt.

Am nächsten Morgen, nach einem kargen Frühstück in meiner Mühlenpension, mache ich mich wieder auf den Weg nach Cluny. Dort erwartet mich Emile schon in einem ausgewaschenen Pullover und Jeans. Er ist frisch rasiert und duftet leicht nach Rosenholz. Er strahlt, als er mir die Tür öffnet. Wann arbeitet er überhaupt? Anscheinend hat er kaum Aufträge zu erledigen und auch sonst keine sozialen Verpflichtungen oder Freunde, mit denen er etwas unternimmt. Aber vielleicht nimmt er sich einfach nur viel Zeit, um etwas über das Leben seines Großvaters zu erfahren.

Für mich verrinnt die Zeit sehr schnell und ich werde langsam unruhig. Ich habe heute damit begonnen, ein Amulett zu reinigen. Via Internet habe ich bei meinem Händler Blattgold bestellt, um die beschädigten Stellen auszubessern. Dazu einen Karneol für die leere Einfassung des Falkenkopfes am Verschluss. Weiter bin ich noch nicht gekommen. Da erreicht mich ein Anruf meiner Mutter.

~ 10 ~

Ich werde meinen Aufenthalt hier unterbrechen müssen. Gott sei Dank sind die de la Forets nicht ungeduldig und haben sehr frühzeitig damit begonnen, das aufwändige Geschenk vorzubereiten. Die eigentlichen Feierlichkeiten zum Hochzeitstag sind erst in ein paar Monaten. Ich habe also genügend Zeit, meine Arbeit zu beenden – natürlich unter Berücksichtigung der Tatsache, dass ich für jeden Tag bezahlt werde und diese Großzügigkeit auf keinen Fall ausnutzen werde.

Mein Vater ist krank geworden. Er hat eine Lungenentzündung und musste ins Krankenhaus. In letzter Zeit ist sein ohnehin nicht sehr kräftig gebauter Körper oft von schweren Erkältungen und Infektionen gebeutelt worden. Es macht mir Sorgen und ich will meiner Mutter auf jeden Fall zur Seite stehen und sie unterstützen. Schließlich bin ich das einzige Kind.

Morgen früh fahre ich erst einmal zurück nach Freiburg. Ich gebe mir noch einen Tag hier, um zu recherchieren und zu arbeiten. Es ist ein grauer Morgen, als ich meinen Wagen in der Nebengasse hinter Emiles Haus wie jeden Tag abstelle. Auf mein Klingeln und Klopfen macht zum ersten Mal niemand auf. Also öffne ich die schwere Haustür mit dem Schlüssel, den Emile mir für diesen Fall überlassen hat.

Alleine fühlt sich das Haus noch exotischer an. Anscheinend hat dieser Mann wie sein Großvater ganz viele Reisen unternommen und von jeder Erinnerungsstücke mitgebracht. Für mich erzählen die bunt zusammengetragenen Gegenstände, Bilder, Skulpturen, Möbel und Teppiche die Geschichte eines unsteten Geistes, der sich nicht gerne bindet und kein bürgerliches Leben führen will.

„Emile, sind Sie da?", rufe ich laut. Keine Antwort. Ich weiß, dass er sein Büro hier im Erdgeschoss hat und spähe durch die leicht geöffneten Türen in die Räume, um zu sehen, ob er mich nur nicht gehört hat.

„Emile. Ich bin's, Miriam!"

Alles bleibt still. Ich kann nur das Ticken einer Uhr hören und gehe dem Geräusch unwillkürlich nach. Dabei komme ich in sein Büro, das am anderen Ende des Ganges gegenüber der Haustür liegt. Ein riesiger Schreibtisch mit einer Glasplatte und Stahlbeinen steht mitten im Raum. Darauf türmen sich Stapel beschrifteten und mit Linien übersäten Papiers, Aktenordner sowie halb ausgerollte und zusammengefaltete Pläne. Eine Tasse mit einem Rest kalten Kaffees und ein Teller voller Krümel zeugen davon, dass Emile noch vor kurzem hier war. Die riesige alte Standuhr an der Stirnseite der Wand tickt im Rhythmus des großen Pendels unter dem Zifferblatt vor sich hin. Die großen Fenster lassen das Tageslicht in jede Ritze des Raums, davor bewegen sich die Zweige der alten Obstbäume im Garten leicht im Morgenwind.

Mein Herz klopft laut, als ich näher an den Tisch herantrete, so, als sei ich ein Einbrecher. Wenn er jetzt kommt und mich sieht, wie ich in seiner Wohnung herumspioniere? Aber die Neugier ist größer. Auf dem halb ausgerollten Plan auf der Tischplatte steht „Le Palais de Knossos – Réanimé". Was bedeutet das? Ist das ein Auftrag, den er gerade bearbeitet?

Der Grundriss des Palastes, der da vor mir liegt, ist verschachtelt und riesig. Das ist bestimmt kein Einfamilienhaus, auch keine Wohnsiedlung, schon gar kein Gewerbeobjekt. Dazu ist es zu verspielt und weitläufig. Es hat auf den ersten Blick gar nichts Funktionelles. Knossos. Das war doch der minoische Palast auf Kreta, dessen Überreste erst im 20. Jahrhundert ausgegraben wurden? Der sagenhafte Palast des Minotaurus, eines Ungeheuers in Stiergestalt, zugleich eine blühende, friedliche Stadt, die vor Jahrtausenden vermutlich in Folge eines Vulkanausbruches auf der Insel San Turin unterging. Mit der Hand hat jemand nachträglich Notizen auf den mit einem Computerprogramm gefertigten Grundriss gemacht. An einer Stelle steht „Bassin", an anderen „Jardin de Pommes" oder „Garages".

Seltsames Projekt, denke ich mir und werde von einem gerahmten Foto abgelenkt, das ganz am Rand des Schreibtischs steht. Eine junge Frau, etwa in meinem Alter, mit halblangen rötlichen Locken und vielen Sommersprossen lacht mir daraus entgegen. Die Nase zieht sie dabei ganz kraus und man sieht kleine gerade Zähne. Das Bild ist aber nicht mehr ganz taufrisch. Die Farben haben einen leichten Gelbstich und der grüne Rollkragenpullover, den sie trägt, dürfte noch aus den frühen 80er Jahren stammen. Sie hält eine Zigarette in der Hand – im Hintergrund sieht man einen Strand und das Meer.

Ich horche auf, ob ich Emiles Schlüssel im Schloss höre. Weiterhin kein Laut. Ich spähe durch die nur angelehnte Tür kurz in das Schlafzimmer, das gleich neben dem Arbeitszimmer liegt, und komme mir zugleich immer mehr vor wie ein Eindringling. Ich ziehe mich rasch zurück nach oben in die Bibliothek und beginne mit meiner Arbeit.

Auch wenn Emile nicht da ist, macht das Haus keinen leeren und fremden Eindruck auf mich. Im Gegenteil. Ich fühle mich richtig wohl. Während ich darauf warte, dass das bestellte Blattgold eintrifft, widme ich mich einem Collier aus Gold, das Gustave auf dem Basar erstanden hat. Es ist kaum beschädigt.

Mir kommen die Worte wieder in die Sinn, die der Händler an Gustave gerichtet hatte: „Es wird Ihren Nachkommen Kraft geben. Und es hat auf Sie gewartet. Entlassen Sie es nie aus Ihrem Besitz." Was für geheimnisvolle Andeutungen. Ob es so etwas wirklich gibt: Dinge, die auf mich warten? Und ob Marie es getragen hat? Auf jeden Fall ist es wunderschön und ich lasse die feinen Fäden aus Gold immer wieder durch meine Finger gleiten, weil es sich so gut anfühlt. Dabei bin ich aber sehr vorsichtig, da die Glieder an manchen Stellen schon brüchig sind und ich die beschädigten Stellen nur mit einer ganz kleinen Zange wieder ausbessern kann.

Ich höre ein Geräusch und schaue auf die große Wanduhr im Raum. Es ist inzwischen schon ein Uhr nachmittags. Die Tür öffnet sich und Emiles grauer Haarschopf erscheint im Rahmen.

„Bonjour Miriam. Hunger? Ich habe uns etwas mitgebracht." Kurze Zeit später sitzen wir in der Küche an einem Holztisch und essen frisches Baguette mit Tomaten, Artischocken und Schinken.

Ein bisschen müde vom Essen und dem Glas Rotwein, das ich dazu getrunken habe, gähne ich.

Emile schickt mich für eine Viertelstunde in den Garten, um frische Luft zu tanken, während er die Küche aufräumt. Es ist angenehm frisch draußen, ein leichter Wind weht. Der Garten ist etwas verwildert und nicht sehr groß. Es reicht aber, um dort ein paar Runden zu drehen, so dass ich wieder einen klareren Kopf bekomme.

Wie jeden Nachmittag setzen wir uns anschließend in die Bibliothek und Emile greift zu dem Band der Tagebücher, dessen Schrift zum Teil verwischt ist und in dem ein paar Seiten fehlen. Als er beginnt, den nächsten Brief vorzulesen, wird uns voller Erleichterung klar, dass wohl nichts Wesentliches verloren gegangen ist.

Theben, 10. Juni 1936

Meine geliebte Marie,

es gibt da etwas, das läßt mich einfach nicht los. Diese Sätze auf der Schrifttafel mit den Worten „Achte stets auf das Hier und Jetzt, denn es wird dir alles präsentieren, was Dich meint auf diesem Lebensweg" berühren mich sehr. Es ist, als ob eine Kraft in ihnen läge, die mir zufließt, wenn ich sie mir auf der Zunge zergehen lasse.

~

Emile hält inne. „Miriam, was halten Sie davon?"

Ich lege mein Handwerkszeug zur Seite und blicke ihn an. Sein Gesicht zeigt eine Bewegtheit, die ich noch nicht an ihm gesehen habe.

„Was ich davon halte? Für mich ist das einfach. Die einzige Kraft, die ich habe, liegt im Augenblick. Und dieser Augenblick zeigt sich mir mit all seinen Möglichkeiten. Wenn ich diese Kraft bewusst nutze, kann ich meine eigene Wahl treffen. Wenn nicht, dann verpasse ich vermutlich etwas Wesentliches."

Emile staunt. „Diese Worte hätte ich einer so jungen Frau gar nicht zugetraut."

Ich muss lachen: „Es ist wirklich ganz einfach. Jedes Kind lebt so. Haben Sie noch nie Kinder beobachtet? Sie leben und handeln immer im Augenblick. Und sie sind dabei ganz natürlich und irgendwie echt."

„Nein, ich habe ja keine Kinder – und ehrlich gesagt ist mir das auch gar nicht so bewusst gewesen. Aber Sie haben recht. Kinder sind ursprünglich – und vielleicht lieben wir sie deshalb umso mehr. Miriam, leben Sie so?"

Ich bin ein wenig beschämt über diese neugierige Frage. Aber warum nicht antworten. Ich habe schließlich nichts zu verlieren. „Ich glaube ja. Weil ich mich damit kraftvoll fühle und irgendwie …“ Ich suche nach dem richtigen Wort. „Irgendwie da.“

„Da?“

Ich nicke. „Ja, da für das, was sich mir bietet.“

Nun staunt Emile noch mehr. „In Ihnen steckt ja eine richtige Philosophin. Denken Sie über solche Dinge oft nach?“

„Ja, manches Mal, wenn ich bei der Arbeit bin. Da fließen meine Gedanken einfach so dahin. Und ab und zu kommt auch mal was in diese Richtung dabei raus.“ Ich zucke mit den Schultern und grinse verlegen. Aber ich scheine Emile beeindruckt zu haben. Auf jeden Fall versinkt er danach in seinen eigenen Gedanken.

Ich finde es eigenartig, dass vor so vielen Jahren ein Mensch so etwas aufgeschrieben hat. Unser gemeinsames Arbeiten fängt an, mir Spaß zu machen.

Emile taucht wieder aus seiner Versunkenheit auf. „Wussten Sie, dass dieser Satz in vielen alten Schriften zu finden ist? Ich habe ihn in ähnlicher Form immer mal wieder gelesen. Vielleicht kommen Menschen von Zeit zu Zeit zu dieser Erkenntnis.“

„Ja, Kinder und Denker“, sage ich, „was wahrscheinlich das Gleiche ist.“ Worauf wir beide lachen müssen. Aber ich bin nicht wirklich gelöst, denn die Sorge um meinen kranken Vater macht mich unruhig. Ich erzähle Emile davon.

„Das kann ich gut verstehen. Und ich hoffe, dass es ihm bald wieder besser geht und Sie zurückkommen, damit wir die Spur Gustaves weiterverfolgen können. Mir macht es unglaublich viel Freude, mit Ihnen zusammen diese Tagebücher zu durchforsten und zu sehen, was dabei ans Licht kommt. Ich hoffe, es langweilt Sie nicht und es stört Sie nicht bei Ihrer Arbeit.“

„Im Gegenteil. Ich finde es immer interessanter, an der Reise Ihres Großvaters teilhaben zu dürfen. Er scheint ein wirklich kluger Mann gewesen zu sein. Freilich würde ich schneller mit meiner Arbeit vorankommen, wenn wir uns einzig und allein auf den Schmuck konzentrieren würden. Es liegt also an Ihnen, zu entscheiden, wie wir weiter vorgehen. Ich muss aber zugeben, dass es mich auch fasziniert, welche Erkenntnisse Ihr Großvater von seinen Reisen mitgebracht hat."

„Abgemacht", sagt Emile. „Ich möchte, dass wir so weiterverfahren wie bisher, auch wenn es länger dauert. Und ich freue mich schon und hoffe, Sie bald wiederzusehen. Außerdem haben wir noch gar nicht über den zweiten Satz gesprochen, den Gustave übersetzt hat. Den finde ich fast noch spannender."

Ich schaue ihn etwas fragend an.

„Ich meine den Part, in dem es heißt, dass das Leben mir jetzt im Moment alles präsentiert, was ich für mein weiteres Leben brauche. Das würde doch heißen, dass irgendetwas Bezug nimmt auf mein Leben – oder irgendjemand –, dass es oder er oder sie mir in jedem Moment etwas anbietet, das mir dienlich ist."

Ich seufze. „Ich weiß nicht", sage ich, „wenn ich das auf die Lungenentzündung meines Vaters beziehen soll, dann verstehe ich wirklich nicht, wozu das gut sein soll."

~ 11 ~

Gegen Abend fahre ich heim. Auf der einen Seite freue ich mich auf die vertraute Umgebung, auf der anderen Seite fürchte ich auch die Begegnung mit meinen Eltern, die mit Krankheiten noch nie gut umgehen konnten. In meiner Familie wird man nicht krank. Es ist ein Zeichen von Schwäche. Und ehrlich gesagt wäre ich lieber im Burgund geblieben und hätte mich dem Schmuck gewidmet. Gemeinsam mit Emile wäre ich am liebsten wochenlang untergetaucht, um in den Aufzeichnungen dieses weltoffenen und feinsinnigen Gustave graben zu können. Doch die Pflicht als Tochter ruft mich. Zugleich spüre ich deutlich die Kluft, die mich von meinem Vater trennt.

Auf dem Küchentisch in meiner Wohnung liegt ein Zettel von Nora, die meine Pflanzen versorgt und den Briefkasten geleert hat: „Hallo Miri, willkommen daheim. Frische Milch und Butter im Kühlschrank." Ich hatte ihr eine SMS geschickt, dass ich meine Reise überraschend unterbrechen und nach Freiburg zurückkehren müsse. Wir haben uns für morgen Abend verabredet. Ich freue mich schon auf sie.

Zum ersten Mal seit Langem schlafe ich schlecht in meinem eigenen Bett. Um sechs Uhr stehe ich auf, es ist noch grau und sehr kühl draußen. Außerdem nieselt es leicht. Mein alter Passat mag die frühe Uhrzeit, zu der ich in Richtung Krankenhaus aufbreche, auch nicht. Er hustet und spuckt auf den ersten Metern.

Um acht Uhr fahre ich mit dem Aufzug in den vierten Stock der Inneren Abteilung, Block C. Als ich an die Tür von Zimmer 436a klopfe, höre ich nur ein röchelndes Hüsteln.

„Herein", folgt die Stimme meines Vaters. Als er mich sieht, strahlt er, und ich schäme mich wegen meiner Befangenheit.

„Papa, wie geht es dir?" Die Ärzte haben ihm Wasser aus der Lunge abgesaugt, er hängt an Schläuchen, sieht blass und mager aus, sein Brustkorb hebt und senkt sich ächzend. Er muss schwere entzündungshemmende Medikamente nehmen.

„Papa, was macht dich denn so schwach, was nimmt dir die Luft?", frage ich ihn spontan, ohne viel zu denken.

Er schaut mich sehr verwundert an, als sei ich ein Mensch, den er zum ersten Mal sieht. „Keine Ahnung, die Ärzte sagen, es sei eine klassische Lungenentzündung, verschleppte Bronchitis, ich bin zu spät zum Facharzt, hab die falschen Antibiotika bekommen. Jetzt hab ich halt den Salat. Aber die geben mir schon die richtigen Mittel, ich hoffe, dass sie nicht so viele Nebenwirkungen haben." Er spricht leise, es kostet ihn viel Kraft.

Mich friert es die ganze Zeit. Ich bin sprachlos und setze mich auf den Bettrand. „Ich hab dir aus Frankreich Blumen mitgebracht, aber durch die Fahrt sind sie schon ein bisschen schlapp." Ich stelle die Röschen in eine hässliche Krankenhausvase und suche nach passenden Worten.

„Weißt du, Miri, ich bin halt alt und hab keine Luft mehr." Es rasselt in seiner Brust, als er es durch die Schläuche hindurch sagt.

Ich sage nichts, aber in mir braust etwas auf.

Wie kann man sich so aufgeben? Wie kann man noch so wenig vom Leben erwarten? Ich will das nicht, schießt es mir durch den Kopf. Aber mein Vater wirkt ganz zufrieden. Er lehnt sich nicht auf, kämpft nicht, er scheint es hinzunehmen, wie es ist. Und ich habe auf einmal das Gefühl, dass er nicht mehr lange lebt.

Ich sehe mich im Zimmer um, das ich als abstoßend steril empfinde, und denke mir, vielleicht hat er nicht mehr von seinem Leben erwartet. Er hat nie den Geruch von Freiheit in der Nase gehabt. Er konnte nie wirklich frei atmen – wahrscheinlich hat er es sich auch nie erlaubt. Und so ist sein Leben immer enger geworden. Disziplin, Arbeit und keine Träume mehr, die das hätten ausgleichen können, die die Segel wieder hätten blähen können, damit er wenigstens in der Fantasie zu neuen Ufern aufgebrochen wäre. Das wird mir so schlagartig klar, dass es mir die Luft nimmt.

Ich seufze tief, um die Betroffenheit abzuschütteln. „Papa", ich nehme seine Hand, „was hättest du im Leben am liebsten gemacht? Etwas, das du dich nie getraut hast, aber immer wahnsinnig gerne mal getan hättest?"

Er schaut mich zum ersten Mal seit langer Zeit direkt an. Und zuckt mit den Achseln. Seine dunklen Augen ziehen sich zusammen und er überlegt. „Segeln. Das war mein Traum, schon als kleiner Junge. Einfach auf einem kleinen Boot mit Kajüte und einem Kumpel segeln gehen – durch die Ägäis. Immer vorbei an den kleinen Inseln. Mykonos, Paros, Naxos – und dann nach Amorgos." Seine Augen leuchten.

Und trotz der trostlosen Situation empfinde ich Freude und habe das Gefühl, meinem Vater jetzt so nah zu sein wie schon seit Jahren nicht mehr. Wie würde ich ihm wünschen, dass er sich diesen Traum erfüllt.

Die Tür öffnet sich und meine Mutter kommt herein. „Miriam, du bist ja schon da?"

Aus ihrer Stimme höre ich einen leichten Vorwurf heraus. Ich hatte mich noch gar nicht bei ihr gemeldet, und wahrscheinlich nimmt sie mir das ein wenig übel.

„Ich wollte gleich sehen, wie es Papa geht", sage ich, um sie zu beschwichtigen.

„Na ja, du siehst ja, Miriam, es geht ihm nicht gut. Und die Medikamente helfen auch nicht richtig."

Mein Vater hat inzwischen die Augen wieder geschlossen und liegt leidend in seinem Bett. Keine Spur mehr von der

Begeisterung, die er gerade noch gezeigt hat. Meine Mutter schafft es immer sofort, ihn zuruckzunehmen, sobald er doch mal ins Schwärmen gerät. Sie geht ans offene Fenster und schließt es. „Papa kriegt noch einen Zug. Und das wäre sein Tod."

Ich seufze. Ich hatte es gerade aufgemacht, um nur kurz frische Morgenluft herein- und den Krankenhausgeruch herauszulassen.

Dieses Spiel meiner Eltern geht mir so auf den Geist. Sie bremst ihn ständig mit ihrer Ängstlichkeit, und er nimmt sich sofort zurück und schweigt in sich hinein. Mein Vater tut mir plötzlich leid. Es ist, als ob ich sein Schicksal auf einmal greifen könnte. Sie nimmt ihm immer wieder die Luft, weil sie es nicht wagt, zu leben. Und er lässt es einfach zu, vielleicht aus Pflichtgefühl, vielleicht aus falsch verstandener Rücksichtnahme, vielleicht aus Schwäche. Ich weiß es nicht. Und im Grunde geht es mich auch gar nichts an. Ich bleibe aus Höflichkeit noch eine halbe Stunde da, aber der innige Moment mit meinem Vater ist verflogen. Und als ich das Krankenhaus so gegen zehn Uhr verlasse, bin ich erleichtert, wieder heimfahren zu können, in meine Wohnung zurückkehren zu können. Es hat aufgehört zu regnen.

~ 12 ~

Nora holt mich um sieben Uhr abends ab. Ich freue mich riesig, sie zu sehen. Strahlend steht sie in der Tür, die langen blonden Haare offen. Sie hat es geschafft, sich rechtzeitig von ihrem Schreibtisch loszureißen, auf dem sich bestimmt wie immer Korrekturarbeiten für ihre Schüler türmen, um mit mir einen ausgiebigen Abend zu verbringen. Wir gehen zu unserem Lieblingslokal. Dort gibt es Deftiges zu essen und Pfälzer Rotwein dazu.

Ich entspanne mich langsam und meine Zunge lockert sich. Sofort komme ich auf meinen Vater zu sprechen. „Ach Nora“, sage ich, „ich finde es richtig tragisch zu sehen, wie mein Papa da liegt. Weißt du, seine Lungen sind voller Wasser und müssen ständig punktiert werden. Und ich hab so das Gefühl, dass diese Krankheit etwas mit dem Verlauf seines Lebens zu tun hat. Er wollte wohl immer freier sein, aber meine Eltern haben sich gegenseitig ausgebremst. Sie hat ihn mit ihrer Ängstlichkeit und ihrer Nüchternheit erdrückt. Und er hat es immer zugelassen, schweigend, trotzig hat er sich in sich zurückgezogen und sich die Luft zum Atmen nehmen lassen.“

Nora trinkt einen Schluck Wein. „Wenn ich das so höre, hast du riesiges Glück, dass du nicht mehr mit Frank zusammen bist.“

Ich stutze. „Wieso das?“

„Im Grunde wärst du mit Frank doch auch nie frei gewesen. Du warst doch schon voll im Begriff, dich für ihn zu verbiegen.“

Frank. Er war so zuverlässig. Nie hat er einen Termin verpasst. Immer kam er auf die Minute pünktlich. Sein Beruf als

Immobilienmakler brachte es mit sich, dass er stets top gekleidet, immer höflich, immer zuvorkommend war. Er hat mir viel abgenommen. Aber diese Zuverlässigkeit war manchmal auch belastend für mich. Ich fand ihn zu angepasst, für mich zu wenig lebendig. Und manchmal konnte ich ihn gar nicht fassen. Ich kannte seine Gefühle oft nicht, vielleicht kannte er sie selbst nicht.

Dabei konnte er auch ganz anders sein, unbekümmert und witzig. Dann war er voller Pläne für unsere Zukunft, aber es haperte jedes Mal an der Umsetzung. Im Endeffekt lebte er in erster und ganzer Linie für seinen Beruf und verbarg diese unbekümmerte Seite immer mehr.

Ich könnte das nie. Ich muss dem, was ich fühle und denke und wirklich möchte, Ausdruck geben. Oft haben wir uns deshalb gestritten. Instinktiv hatte ich Angst, eines Tages gar nicht mehr ich selbst zu sein. In eine Sackgasse zu geraten wie Papa etwa?

Das hatte ich noch nie so klar gesehen.

„Dann hätte ich mich also in einen ähnlichen Käfig sperren lassen wie mein Vater?", frage ich Nora entsetzt.

„Genau", sagt sie. „Es war gut, dass du ihm damals den Verlobungsring vor die Füße geworfen hast."

Ja, in einem Gefühlsausbruch hab ich ihm damals aufgezeigt, worin er mich einschränkt, habe ihm gesagt, dass mich sein Anspruch an mich, genauso zu sein wie er, wahnsinnig macht. Habe ihm gesagt, was er meiner Meinung nach nicht war, wie ich aber leben wollte: frei, spontan, gegenwärtig. Und wie bei einem klassischen Finale hab ich den Ring auf den Boden geworfen. Das hat unsere Beziehung nicht verkraftet.

„Wie schaffst du das nur immer, Nora, dass ich mit dir die Dinge so klar sehen kann? Mit keinem anderen Menschen kann ich das …" Ich zögere kurz und Emile fällt mir ein.

Ich erzähle Nora in allen Einzelheiten von meinen Erlebnissen im Burgund.

„Du wirkst so gelöst, wenn du von Frankreich erzählst", sagt sie. „Es gefällt dir dort, oder?"

„Ja, ich fühle mich frei und es ist unglaublich spannend."

In den folgenden Tagen besuche ich meinen Vater regelmäßig. Sein Zustand stabilisiert sich und er wird wohl bald entlassen werden. In meiner Werkstatt arbeite ich liegengebliebene Dinge auf.

Als ich gerade eine Kaffeepause mache und aus dem Fenster schaue, piepst mein Handy. Eine SMS von Emile.

> Miriam, wie geht es Ihrem Vater? Bin auf interessante Dinge gestoßen. Freue mich auf Diskussion mit Ihnen.

Sofort bin ich guter Dinge. Ja, ich möchte zurück nach Cluny. Ich freue mich richtig darauf. Auf den Schmuck, die Tagebücher – und die Gespräche mit Emile. Morgen will ich wieder hinfahren.

~ 13 ~

Das Burgund empfängt mich mild und frühlingshaft. Zaghaft strecken die ersten Blüten ihre Köpfe in das Licht und ich atme tief ein, als ich wieder in meinem Appartement ankomme. Ich fühle mich wohl hier – und das verwirrt mich, denn ich könnte mir vorstellen, hierzubleiben, auch wenn ich die ersten 36 Jahre meines Lebens fast ausschließlich in Freiburg verbracht habe.

Als Emile mir die Tür öffnet, strahlt er. „Miriam, wie schön, dass Sie wieder da sind." Er drückt mich an sich und küsst mich auf beide Wangen. Ich erhasche einen Blick von ihm. Er schaut mich strahlend an und dann huscht irgendetwas über sein Gesicht. Ich weiß nicht, was es ist: Trauer oder Sorge. Vielleicht täusche ich mich auch. Ich selbst fühle mich väterlich aufgehoben.

„Wollen wir die Ruinen anschauen?", fragt er.

Wir gehen ein paar hundert Meter weit, dann sind wir bei den Treppenstufen, die durch das mittelalterliche Kirchenportal hinunter zum Kern von Cluny führen.

„Früher sind hier nur alte Herren durchmarschiert, etwa in meinem Alter, aber mit langen Gewändern, wie sie die Benediktiner tragen, – und mit einer Kapuze auf dem Kopf. Hier haben sie schwerwiegende Entscheidungen getroffen – schließlich galt Cluny im frühen Mittelalter als geistliches Zentrum, von wo aus man durch Reformen die Kirche in ganz Europa zu erneuern versuchte – immerhin lag da einiges im Argen." Emile zwinkert vielsagend. „Ja, ziemlich dekadent waren die alten Kirchenmänner, und das versuchten die Benediktinermönche zu unterbinden. Haben Sie davon gehört?"

„Nein, leider noch nie.“

„Na ja“, meint Emile, „viel haben die Bemühungen im Endeffekt ja nicht gebracht. Wie die Geschichte zeigt.“

Er hat so einige Gene von Gustave geerbt. Beide teilen ein tiefes Interesse für alte Stätten und Kulturen und zeigen zugleich eine Leidenschaft für das Leben in der Gegenwart. Dieser Emile gefällt mir mehr und mehr. Ich kann mit ihm über so vieles reden, er ist so interessiert an allem. Egal ob es Menschen sind oder Geschichtliches, und ich würde gerne mehr über ihn selbst erfahren. Ich ertappe mich dabei, wie ich mich immer mehr öffne, ich erzähle ihm von meinen Eindrücken im Krankenhaus und eines Nachmittags sogar von Frank, dieser – wie ich dachte – inzwischen gut verheilten Wunde.

„Er hat so viel Vertrauen geweckt“, höre ich mich sagen, wieder mit einem Glas Rotwein in der Hand, „war sehr zuverlässig, ehrlich und warmherzig, eigentlich ein Typ fürs Leben. Er hätte mich nie enttäuscht.“

„Die Täuschung lag wohl eher bei Ihnen, Miriam, Sie haben erkannt, dass Sie mehr suchen.“ Er reckt sich. „Etwas Ähnliches habe ich auch erlebt, nur von der anderen Seite. Meine Frau hat in mir den Abenteurer gesehen, mit dem sie ein freiheitliches, unkonventionelles Leben führen wollte. Deshalb hat sie mich schon nach einem halben Jahr geheiratet – leider hatte wohl auch sie sich in mir getäuscht. Meine vielen Reisen sind eher so eine Art Flucht gewesen. So sehe ich das zumindest heute. Und als sie das nach ein paar Jahren selbst erkannte, ist sie gegangen. Ich bin wohl doch nicht so sehr ein Abenteurer als vielmehr ein Flüchtender.“

„So sehen Sie sich?“

„Noch nicht so lange. Bis vor kurzem hielt ich mich selbst noch für einen interessanten Weltenbummler. Aber wenn ich jetzt durch mein Haus gehe und die vielen mitgebrachten Gegenstände aus der ganzen Welt anschaue, dann schauen die zurück und fangen an zu reden. Jedes erzählt eine Geschichte, von Kenia, Tansania, Südamerika, Indien, Jordanien. Sie flüstern mir zu: „Schau her, du hast uns gesammelt wie andere Affären sammeln, und jetzt atmen wir unsere Geschichte hier in deinem Haus wieder aus.“ Und all der fremde Atem zeigt mir, dass ich eigentlich gar nicht frei war. Denn das ist nicht mein Atem, er ist nur geliehen. Und wissen Sie was, Miriam? Diese Gedanken kommen mir mehr und mehr, seit wir in den Tagebüchern meines Großvaters stöbern und auf Sätze treffen wie die Nummer mit der Gegenwart, auf die ich achten soll. Ich schaue die Dinge um mich herum zum ersten Mal seit Jahren mit ganz wachen Augen an – und sie reden mit mir, wie gesagt. Und was sie so von sich geben, gefällt mir nicht unbedingt.“

Ich bin sprachlos. Ich hätte ihn ganz anders eingeschätzt. Doch er ist noch nicht fertig mit seiner Selbstbetrachtung.

„Wissen Sie, Miriam, ich habe viel zu oft in der Vergangenheit und in der Zukunft gelebt. Nur bei meiner Arbeit am Schreibtisch war ich immer ganz da. Ich habe geplant und gezeichnet, habe mich an die Vorgaben gehalten und mich doch frei gefühlt, Neues zu entwickeln. Das war oft ein sehr schönes Gefühl. Wenn auf den Schrifttafeln steht, dass alles, was mir im Moment begegnet, mir etwas zeigen möchte für mein Leben, dann muss ich doch nur die Augen aufhalten und staunen, was mir so über den Weg läuft.“

Ich schaue ihn aufmerksam an. Es gefällt mir, wie er erzählt. Ganz ruhig und anwesend. Um uns herum herrscht absolute Stille und die Bücher in der alten Bibliothek hören uns schweigend zu.

„Da gehört aber viel Wachsamkeit dazu“, sage ich, „wenn ich alles, was mir begegnet, wahrnehme und auf mich beziehe.“

„Ich denke gerade an Ihren Vater", sagt Emile, „seine Krankheit hat er vielleicht gar nicht ohne Grund bekommen. Sie bietet ihm ja vielleicht sogar eine Chance?"

„Eine Chance?" Ich bin perplex. So kann ich das bestimmt nicht sehen. Obwohl, eigentlich …

„Doch, zum Teil stimmt das vielleicht. Ich hatte immer so das Gefühl, dass er selbst sich die Luft zum Atmen nimmt. So gesehen hätte er die Chance, daran noch etwas zu ändern. Aber ob mein Vater das auch so sehen kann? Ob er sich überhaupt trauen würde, da hinzuschauen? Was hätte er davon, jetzt zu erkennen, dass er krank geworden ist, weil er seine eigenen Bedürfnisse nicht wahr haben wollte? Jetzt ist es doch fast schon zu spät, oder? Was könnte er jetzt noch ändern? Dazu würde viel Mut gehören", sage ich.

„Ja, Sie haben recht, Miriam, es ist sehr mutig, in einem solchen Moment das eigene Drama anzuschauen."

Emile runzelt seine Stirn und sieht mich dann mit großen Augen an.

„Mir kommt da gerade der Gedanke, dass mir das Leben mit der Trennung von meiner Frau auch einen Ball zugespielt hat – den ich nur nicht fangen wollte. Ich begreife erst jetzt so ganz langsam, dass ich mich immer auf sie eingeschossen habe, weil sie mich verlassen hat. Was hab ich mir leidgetan, was war sie die Böse für mich." Er zuckt mit den Schultern und schüttelt den Kopf. Dabei dreht er das Glas in seiner Hand immer wieder hin und her.

„Verzeihen Sie, Emile, aber was, denken Sie, wollte das Leben Ihnen damit sagen?"

Er schaut mich an und sucht nach Worten. „Ich glaube, das, was ich Ihnen schon gesagt habe. Sie ist zwar weggegangen, aber eigentlich war ich vor mir selbst davongelaufen mit meinen vielen planlosen Reisen. Wie schade, dass ich das erst jetzt erkenne."

Er beißt sich auf die Lippen und seufzt. „Sie sind noch so jung. Sie haben die Chance, alles, was Sie jetzt begreifen, noch umzusetzen in Ihrem Leben."

„Hm, es zu begreifen ist wohl die eine, danach zu handeln die andere Seite. Und das ist doch noch viel schwieriger."

Emile nickt und seufzt. „Ja, die Umsetzung, das ist für uns Menschen das Allerschwierigste."

Ich bin plötzlich abgrundtief müde. „Emile, ich muss das jetzt erst mal verdauen", sage ich und muss gähnen, „ich mache mich am besten wieder an meine Arbeit, dann kann ich alles sacken lassen."

In den nächsten Tagen arbeite ich konzentriert und meistens alleine am Schmuck. Emile muss einen Auftrag zu Ende bringen. Ich lebe mich in meinem Appartement ein, die Tage fließen dahin, ich fühle mich wohl, unterbrochen von Anrufen meiner Mutter, Einkäufen oder Nora, auch Professor Becker meldet sich einmal, Véronique klopft auch in der Bibliothek an, um zu sehen, wie es vorangeht.

Und dann, eines Nachts, träume ich sehr deutlich von einem großen Schiff aus Holz. Überall wimmelt es von Menschen, die meisten tragen schlichte Kleidung aus Baumwolle, einige aber auch kostbare, reich verzierte Kleidungsstücke. An Deck sind viele Menschen, ich bin mitten unter ihnen. Einige davon scheine ich gut zu kennen. Ein schlanker junger Mann hat den Arm um meine Taille gelegt. Ich selbst schaue prüfend in den Nachthimmel. Die Sterne glitzern prächtig über uns. Das Wasser, auf dem wir dahingleiten, ist tiefschwarz und spiegelglatt. Der Mann neben mir sagt etwas in einer melodischen Sprache, die ich nicht verstehe.

Ich erzähle Emile später von dem Traum. „Wo könnte das sein? Einen ähnlichen Traum hab ich immer wieder. Ich sehe alles ganz deutlich vor mir, aber ich war doch im realen Leben noch nie auf diesem Schiff, nur in meinen Träumen. Meinen Sie, Gustaves Briefe haben den Traum erneut hervorgerufen? Er hat doch aber noch nie im Detail von einer Schiffsreise erzählt."

„Nun, Träume spinnen ja oft fort, was uns am Tag beschäftigt. Vielleicht haben Sie da eine kleine, aber feine Kreuzfahrt im Traum unternommen", scherzt Emile.

~ 14 ~

Theben, 14. Juni 1936

Meine geliebte Marie,

ich komme in der nächsten Woche für's Erste zurück. Die Ausgrabungen sind beinahe abgeschlossen. Wir haben dabei unglaubliche Entdeckungen gemacht. Der Übersetzer des königlichen Gesandten vermutet, daß es sich bei der Schriftrolle um eine Art Vermächtnis handeln könnte, von einer sehr hochgestellten Persönlichkeit verfaßt, die ihre geheimsten Gedanken niedergeschrieben hat. Vermutlich wurde die Schriftrolle vergraben, um sie vor etwas oder jemandem zu verstecken. Denn an der Stelle, an der sie gefunden wurde, war sonst nichts. Sie lag tief im Wüstensand, auf der Höhe eines verschütteten Brunnens. Einige Hundert Meter vor der Grenze der Stadt, die wohl von den eigenen Bewohnern zerstört wurde. Alles ist noch ein großes Geheimnis, auch die Umstände, wie es zur Zerstörung dieser Stadt kam, deren wenige Überreste jetzt weit weg vom Nil mitten in der Wüste zufällig von einer Karawane entdeckt wurden. Auf der Schriftrolle, auf den ersten Blick schwer zu erkennen, stand weiterhin geschrieben:

Erkenne, wer du wirklich bist.
Tief in deinem Innern liegt dein Kern verborgen.
Suche und finde ihn.

Marie, ich bin sehr verwirrt. Nach den Überlieferungen, die wir bisher haben, hat kein Ägypter solche Dinge von sich gegeben. Ich weiß auch nicht, was das zu bedeuten hat. Ich merke nur, welche enorme Kraft davon auf mich ausgeht. Und seit heute Morgen fiebert auch mein Körper ein wenig. Als ob er Feuer gefangen hätte. Meine Stirn ist heiß und mein einheimischer Diener bringt mir ständig feuchte Umschläge in das Zelt, die mich wieder abkühlen sollen. Ich vermisse Dich und unsere Kinder so stark. Bald bin ich wieder bei euch. In zwei Tagen nehmen wir das Schiff nach Kairo. Und ich habe ein wunderschönes Souvenir für Dich im Gepäck. Es wird Dich sehr zieren. Keine andere Frau in ganz Paris wird etwas Vergleichbares um den Hals tragen. Ich hoffe sehr, mein Mitbringsel gefällt Dir.

In tiefer Liebe,

Dein Gustave.

~

Ich bin in meiner Mühle allein und schaue hinaus in den zaghaften Frühling. Vögel zwitschern und ich fühle mich wohl. In einem archäologischen Buch, das Emile mir mitgegeben hat, lese ich über eine Stadt mitten in der Wüste, die man zwar schon in den 30er Jahren ausgegraben hat, deren Geschichte allerdings erst in jüngster Zeit entziffert werden konnte. Diese Stadt, Achet-Aton, wurde von König Echnaton und seiner Gattin Nofretete zu Ehren des Sonnengottes Aton errichtet. Sie war ein blühendes Zentrum von Leben und neuen Gedanken, bis die Dinge umschlugen und die alte Priesterschaft wieder mehr und mehr an Macht gewann. Schließlich zerstörten die Anhänger der Priester, die gegen die Vorstellungen des Sonnenkönigs rebellierten, die gesamte Stadt in einem von den Priestern angezettelten Aufstand. Echnaton, den viele einen Ketzer nannten, weil er die wohlhabende und einflussreiche Kaste der Priester entmachtete, indem er die Menschen nur noch einen Gott verehren ließ, hatte den Einfluss der Priesterschaft unterschätzt. Mit der Zerstörung Achet-Atons war auch die kurze Blütezeit neuen Gedankenguts vorüber.

Wer weiß, kommt es mir in den Sinn, vielleicht stammen die Sinnsprüche ja von Nofretete selbst, die aus einem anderen Land nach Ägypten gekommen war, um verheiratet zu werden. Und vielleicht hat sie ja eine Art Tagebuch retten wollen vor dem Pöbel, der in der Stadt marodierte? Die Schriftrolle war sehr schwer beschädigt, schreibt Gustave, und sollten noch weitere Gedanken darauf festgehalten gewesen sein, waren sie für ihn und seine Leute nicht mehr zu erkennen.

Aber genug Ägypten für heute. Ich muss raus an die frische Luft. Außerdem habe ich Hunger. Und schließlich muss es mit dem praktischen Teil des Auftrags vorangehen. Ich setze mich in mein Auto und fahre nach Cluny. Unterwegs besorge ich mir ein paar Leckereien.

Dort ist alles still. Ich habe einen Schlüssel und gehe gleich in die Bibliothek. Von Emile kein Lebenszeichen, auch wenn ich weiß, dass er in seinem Arbeitszimmer sitzt. Aber sobald er über Plänen brütet, vergisst er die Welt um sich herum und nimmt mich erst wieder wahr, wenn er gegen Abend herauf in die Bibliothek kommt, um mir über die Schulter zu schauen und eine Flasche Wein zu entkorken.

Ich bin mit dem ersten Collier fertig, gerade habe ich den fehlenden Karneol eingesetzt. Véronique kommt gegen Mittag vorbei und zeigt sich angenehm überrascht: „Sieht sehr gut aus", bringt sie staunend hervor, „fast wie neu, wenn man bedenkt, dass es schon ziemlich alt ist. Wie alt eigentlich?"

Ich habe recherchiert und bin zu dem Schluss gekommen, dass die verwendeten Materialien etwa aus dem Jahr 1800 nach Christus stammen. Aber das Collier kann auch älter sein. Wer weiß, welcher Kunstschmied es nach altägyptischen Originalen gefertigt hat? Wenn es ein Plagiat ist – und davon muss ich ausgehen, sonst hätte sich ja auch der kunstverständige Archäologe Gustave versündigt, indem er ein Original aus Grabräuberhand erwarb –, dann ist es mit höchstem Kunstsinn hergestellt. Es sieht in seiner Präzision und Detailverliebtheit aus wie ein Unikat, vielleicht war es die Sonderanfertigung für eine Hochzeitsgabe, die ein Stammesfürst in Auftrag gegeben hatte.

Ich äußere meine Vermutungen laut.

„Die Hochzeitsversion gefällt mir", sagt Véronique. Spricht aus ihr die Anwältin, die kein Diebesgut in der Familie haben möchte, oder gar die Romantikerin, die tief auch in ihr schlummert? Auf jeden Fall scheint sie sehr zufrieden mit meiner Arbeit zu sein.

Ich sage es später Emile. Der lacht: „Ja, ja, die kühle Véro, vielleicht steckt in ihr doch mehr, als sie nach außen zeigt. Aber sie hat es auch nicht leicht mit meinem Bruder. Er ist ganz Realist."

„Also das Gegenteil von Ihnen, Emile", sage ich.

Emile schmunzelt. „Wer, glauben Sie denn, bin ich?"

„Oh, da möchte ich mir kein Urteil erlauben", zögere ich. „Wie heißt es so schön bei Gustave: Erkenne, wer du wirklich bist. Das können also nur Sie selbst herausfinden."

„Das ist gar nicht so einfach, Miriam. Seit ein paar Tagen schon beschäftigt mich genau dieser Gedanke. Ich könnte Ihnen sofort ein paar Charakterzüge nennen, aber das ist noch weit davon entfernt, genau zu besagen, wer ich wirklich bin. Also los, Miriam, jetzt sagen Sie mir einfach, was Sie an mir entdeckt haben. Und Sie brauchen mich nicht zu schonen …"

Ich nippe an meinem Glas und lasse mich auf das Spiel ein. „Aber nur, wenn Sie auch mir sagen, wie Sie mich sehen. Ganz offen. Okay?"

„Okay. Dann mal los!"

„Also, ich glaube, Sie sind Ihrem Großvater sehr ähnlich. Ein Freigeist, der gerne reist, philosophiert, Neues sieht, es anderen mitteilen und es mit ihnen teilen möchte. Wer das nicht schätzen kann und sich nicht von Ihrer Begeisterung anstecken lässt, mit dem werden Sie nicht lange zusammen sein wollen. Sie wünschen sich ein offenes Ohr und einen staunenden Blick. Sie haben sich auch eine kindliche Seite bewahrt, die neugierig durch die Welt streift, immer offen für Neues."

Emile schaut mich mit schräg gelegtem Kopf an.

„Das gefällt mir! Nicht schlecht! Gibt es auch etwas Negatives?"

Ich ziehe die Luft ein und überlege. „Also, wenn das jetzt negativ ist: Ich sehe auch den kompromisslosen Genießer, der sich sehr viel Zeit nimmt für die schönen Dinge des Lebens, es manchmal sogar übertreibt. Das zeigt sich wohl schon darin, dass Sie jeden Abend mit mir Wein trinken."

Emile lacht. „Na ja, das ist für uns Franzosen normal. – Deutsche sehen darin wohl eher ein Alkoholproblem, oder? Ehrlich gesagt finde ich das nicht so schrecklich. Aber das mit dem Wein, das könnte vielleicht ja auch an Ihnen liegen, Miriam, dass mir Ihre Gesellschaft guttut und ich sie genießen möchte."

Er ist aufgestanden und schaut aus dem Fenster, vor dem der Abend Einzug hält. Die Äste des Birnbaums im Garten sind nur noch als Schattenrisse zu erkennen. Durch das gekippte Fenster weht kühle Frühlingsluft ins Zimmer. Ich sehe sein Gesicht nicht, vielleicht ist er verlegen.

„Lassen Sie uns bei Ihnen bleiben", sage ich schnell. „Ich denke, Sie mögen es, sich auszutauschen, und Sie haben ein Talent, Dinge auf den Punkt zu bringen. Außerdem sind Sie oft guter Dinge und haben einen leichten Hang zum Sarkasmus."

„Ha, touché. Der erste wirklich negative Punkt." Emile dreht sich wieder zu mir um und schwenkt sein Weinglas durch die Luft „Sarkasmus ist das Gegenteil von Mitgefühl. Ein Sarkast sieht das Leben bitter und will sich damit von den anderen abheben, denen er sich ziemlich überlegen fühlt. Das Wichtigste ist ihm, ja nicht so zu sein wie alle anderen."

„Also, ich habe noch nichts wirklich Negatives an Ihnen feststellen können", sage ich, „aber wir kennen uns wohl auch noch zu wenig."

„Also gut. Ich bin jetzt dran", sagt Emile und verschränkt seine Hände ineinander. „Sie sind eine frische junge Frau mit einem lebendigen Geist und großem Tiefgang. Außerdem halte ich Sie für eine sehr begabte Künstlerin, die ihr Fach versteht. Wenn Sie sich mit etwas beschäftigen, sind Sie zielstrebig und konzentriert. Ihre Arbeit macht Ihnen viel Spaß und Sie sehen darin mehr als nur einen Verdienst. Sie machen sich Gedanken über die Dinge des Lebens und die Menschen, die Sie umgeben. Zum Beispiel über das Leben und die Bedürfnisse Ihres Vaters, vielleicht ausgelöst durch seine schwere Krankheit. Sie stehen auf eigenen Beinen und sind erstaunlich reif für Ihr Alter."

Ich muss lachen. „Ich bin 36. Da haben andere schon drei Kinder, einen Ehemann und ein Haus."

„Darauf kommt es nicht an", antwortet Emile vehement. „Man muss nicht nach den akzeptierten Regeln der Gesellschaft leben. Oder würden Sie das gerne?"

Ich puste laut aus. „Ne, wirklich, Emile, das ist ein schwieriges Kapitel. Es ist doch eine Binsenweisheit, dass das Leben, das wir uns immer ausgemalt haben, und das, was das Leben uns dann wirklich bietet, oft nicht übereinstimmen. Aber ich glaube, dass man aus dem Kapital, das man mitbringt, jederzeit viel machen kann. Und das habe ich vor."

„Sie haben viel Kapital, Miriam, wenn ich das mal so sagen darf als alter Knabe."

„Haben Sie denn Ihr Kapital genutzt?", frage ich ihn.

„Mein Kapital? – Ich glaube nicht. Mir war bis vor kurzem ja noch gar nicht bewusst, dass das, was Sie in mir gerade gesehen und benannt haben, überhaupt ein Kapital ist. Ich habe wohl, wie so viele, einfach drauflos gelebt, ohne mir wirklich große Gedanken über mich zu machen."

„Und wenn es genau das ist, was dieser Ägypter oder diese Ägypterin gemeint hat, als er oder sie nach dem eigenen Kern gefragt hat, den man erst dann findet, wenn man gezielt danach sucht? Also, ich habe mir darüber noch keine Gedanken gemacht. Ich finde es auf jeden Fall sehr spannend. Was meinen Sie, Emile, besteht unser Kern nur aus den positiven Dingen, oder gehören auch die unangenehmen Seiten, Wut, Angst und die bitteren Gefühle mit dazu?"

„Müssen sie wohl, denke ich. Aber ich kann mir vorstellen, dass noch viel mehr damit gemeint ist. Bleiben wir am Ball. Vielleicht hilft uns der alte Gustave ja auch weiter. Wir haben schon ein paar Tage nicht mehr nachgeblättert. Ich hätte große Lust dazu."

~ 15 ~

Ich bin wieder in der Bibliothek, die ich mittlerweile sehr mag. Ihre Stille tut mir gut und so kann ich mich leicht auf mein nächstes Schmuckstück konzentrieren, das ich jetzt angehen will. Ich habe es ausgewählt, weil es mir selbst so gut gefällt, denn es ist einfach und schlicht gestaltet. Es besteht aus einem offenen, breiten Silberband, das s-förmig um den Hals gelegt wird und sich dann nach unten zum Dekolleté hin zu einer Spirale formt. Es hat eine zeitlose Form, man könnte es ohne weiteres heute noch tragen, weil es in seiner Schlichtheit zu vielen Kleidungsstücken passen würde. Es braucht keine wirkliche Reparatur und muss in erster Linie aufgearbeitet werden. Ich poliere es. An manchen Stellen ist das Silber verformt und hat kleine Ecken und Macken. Gerade das verleiht ihm aber den besonderen Charakter.

Sehr behutsam gehe ich mit dem Stück um, das wohl aus dem griechischen Raum stammt – so wie der Silberanhänger mit dem schlanken nackten Frauenkörper, den ich direkt danebengelegt habe, weil beide Stücke eine Verbindung einzugehen scheinen. Ich glaube, sie sind wirklich sehr alt. Um das genau klären zu können, müsste ich aber die Hilfe von Professor Becker in Anspruch nehmen. Ich denke, ich werde ihn anrufen. Auch wenn er sehr beschäftigt ist, wird es ihn vielleicht freuen zu hören, wie sein Auftrag vorangeht, den er mir vermittelt hat.

Es macht mir viel Freude, mit den beiden Schmuckstücken zu arbeiten. Die nackte schlanke Frau scheint zuzusehen, wie ich mich der Silberkette widme. Die Arbeit ist unkompliziert und geht leicht voran. Sie tut mir gut – ich kann meine Gedanken schweifen lassen, während ich feile, vorsichtig klopfe und poliere, so dass der Schmuck unter meinen Händen wieder anfängt zu schimmern und zu strahlen.

Zwischendurch nehme ich immer wieder einen Schluck Kaffee. Emiles Worte gehen mir nach. Bin ich wirklich so, wie er gesagt hat? Schmeichelhaft, zugegeben, aber stimmt es? Irgendwo tief in mir sagt etwas ganz einfach und schlicht: „Ja. Das bist du, Miriam."

Aber ich habe noch andere Seiten, die Emile Gott sei Dank noch nicht kennt, ich jedoch umso besser. Zum Beispiel meinen Zorn, der so oft in der Zeit mit Frank auftrat und den ich manches Mal gar nicht unterdrücken konnte. Oder das, was Nora mir immer wieder vorwirft, dass ich so unverbindlich und eigen sei, wenn ich mich tagelang mit einem Schmuckstück verkrieche und vergesse, mich auch nur einmal bei ihr zu melden.

Wer also bin ich? Und was ist mit meinen Wünschen, Träumen und Sehnsüchten? Sie tauchen immer einmal blitzartig auf und ich gebe mich ihnen dann ein Schmuckstück lang hin.

In diesen Träumen habe ich Kinder, sie sind ziemlich wild, aber es stört mich nicht. Sie toben durch hohes Gras in einem alten Garten, während ich an einem Holztisch sitze und arbeite. Dazwischen schäle ich Äpfel, knacke Walnüsse und rufe dem Jungen zu, er soll seine Schwester nicht so fest an den Haaren packen, das tut doch weh, verdammt noch mal! Und dann gibt es auch noch einen Mann. Er lacht viel und es macht ihm nichts aus, sich bei der Gartenarbeit schmutzig zu machen. Mir aber auch nicht. Mein Mann ist ein spontaner Mensch, der mich gerne in die Arme nimmt, wenn er heimkommt. Und er flüstert mir ins Ohr: „Mein Liebling." Das höre ich so gern.

Ich schüttele mich: Tagträume, allesamt. Wahrscheinlich gibt es so ein Leben gar nicht. Die Wirklichkeit sieht doch ganz anders aus. Ich bin eigensinnig, störrisch, sehr wählerisch. Das Resultat aus der Summe dieser Eigenschaften ist doch eindeutig: Kein Mann, der verrückt nach mir und selbst noch ein verspielter Junge ist, keine Kinder, kein wilder Garten.

Welche dieser verschiedenen Seiten und Möglichkeiten bin ich also? Bin ich zielstrebig oder verträumt, letztlich jedenfalls zu eigen für eine reale Partnerschaft oder einfach zu starrsinnig, um einen notwendigen Kompromiss einzugehen? Was also könnte in Bezug darauf mein „tiefster Kern" sein, den ich finden und entwickeln sollte?

Während ich alleine im langsam trüber werdenden Licht der alten Bibliothek sitze, die immer ein wenig nach Salpeter riecht, das s-förmige Collier in ein letztes schonendes Politurbad tauche, es anschließend abtrockne und mit einem weichen Tuch nachbehandle, drängt der feine Schmerz wieder hoch, den die Trennung von Frank in mir hinterlassen hat. Es ist keine Sehnsucht mehr nach ihm, das fühle ich jetzt ganz deutlich, ich möchte ihn weder berühren noch mein Leben mit ihm teilen. Es ist vielmehr eine Traurigkeit darüber, dass wir beide uns nie so ganz in unserem Wesen erfassen und lieben konnten. Ich fühlte mich von ihm nie wirklich erkannt.

Natürlich tat es ihm gut, eine so aufgeschlossene und schöne Frau neben sich zu haben. Das konnte ich schon aus den Reaktionen seiner Freunde lesen, wenn wir gemeinsam irgendwohin kamen. Sie nickten anerkennend mit dem Kopf, ihre Augen blieben eine Weile an mir haften, so dass die Freundinnen oder Ehefrauen an ihrer Seite sie dabei prüfend anschauten. Wenn ich in der Runde etwas sagte, lachten die meisten und fühlten sich angestachelt, schnell und möglichst witzig zu antworten. Wir lieferten uns gegenseitige Wortgefechte, die mir immer sehr viel Spaß bereiteten. Frank blieb meist ziemlich still. Ich weiß nicht, was er sich dabei dachte. Vielleicht hätte er sich gewünscht, dass ich ihm mehr Aufmerksamkeit schenke, mit ihm lache und scherze und ihn aus seiner Reserve locke, in der er so oft gefangen war. Er hätte es bestimmt genossen und verdient gehabt. Aber ich habe es nicht getan.

An den Tagen nach solchen Treffen sprachen wir wenig miteinander, aber er bemühte sich, mit Gesten auf sich aufmerksam zu machen, indem er mich hofierte und verwöhnte. Dabei hatte ich doch nie das Gefühl, dass er mich wirklich sah, wie ich bin – widersprüchlich und zugleich ein wenig hilflos, wenn auch dahinter trotzig, stark und entschlossen.

Ich hatte auf jeden Fall nicht den Eindruck, dass er den Teil dieses Kerns erkannte, von dem hier die Rede ist. Wie hätte er das auch können, wenn ich ihn selbst nicht wirklich kannte? Franks Themen kreisten meist um äußere Dinge. Nie habe ich mit ihm über das Leben gesprochen, wie ich es jetzt mit Emile tue, obwohl ich so viele Jahre mit ihm zusammen war. Frank hat mir dafür etwas anderes gezeigt: dass ich auch Sicherheit und Kontinuität brauche. Für die muss ich jetzt selbst sorgen.

Dennoch gut, dass es vorbei ist. Es muss mehr geben als einen geschützten äußeren Rahmen im Leben.

Tief im Innern ist dein Kern verborgen. Suche und finde ihn.

Der eigene Kern muss etwas einmalig Kostbares sein. Und genau dies will ich in mein Leben lassen. Seit Jahrhunderten haben Gesellschaft, Religionen, Normen und Staaten versucht, die Menschen daran zu hindern, ihren eigenen Kern zu finden und zu entfalten. Die Spuren der Angst, dafür bestraft zu werden, wenn man sein eigenes Wesen unbeirrbar lebt, stecken doch sehr tief in uns. Auch heute noch, auch wenn wir dafür nicht mehr eingesperrt oder sogar getötet werden. Zumindest nicht in diesem Teil der Welt.

Was will ich aber überhaupt entfalten? Da gibt es nur eine Ahnung von Weite, Unabhängigkeit und der Idee, dass es hinter dem Sichtbaren ganz viel zu entdecken gibt, dass es Zusammenhänge gibt, die jedem Leben einen tiefen Sinn geben.

Wie schade, dass ich mit Frank solche Entdeckungen nicht machen konnte, so wie es mit Emile ganz leicht möglich ist. Was für ein toller Mensch. Er muss als junger Mann viele Frauen angezogen haben mit seiner lockeren Art und der Leichtigkeit, mit der er den Tag angeht. Ich finde ihn attraktiv, trotz des Altersunterschiedes. Manchmal ertappe ich mich dabei, wie ich mit ihm flirte. Er scheint nur darauf zu warten und steigt sofort in dieses Spiel ein. Seine Augen glänzen, aber er zügelt sich, und die Melancholie, die ich nun schon öfter wahrgenommen habe, legt sich wie ein Schatten über sein Gesicht. Irgendetwas scheint ihn in solchen Momenten gefangen zu nehmen. Dann wendet er sich von mir ab.

~ 16 ~

„Liebe Miriam, wäre es Ihnen möglich, mich schon um 8.30 Uhr am Bahnhof in Macon abzuholen?“ Professor Becker kommt! Er hat sich Emiles Geburtstag zum Anlass genommen und reist übers Wochenende an. Emile hatte mich schon vor ein paar Tagen eingeladen. Er würde sich sehr freuen. Nichts Großes habe er vor, nur eine kleine Feier mit Freunden. Ich bin sehr gespannt, denn ich kenne bisher niemanden aus seinem Umfeld.

„Doch, doch, Miriam, Karl kennen Sie gut. Er will extra anreisen – und dabei können wir ihn auch ein bisschen ausfragen über das, was uns so interessiert. Vielleicht kann ich ihn dazu überreden, ein paar Tage zu bleiben.“ Emile freut sich sichtlich, und ich brenne darauf, Karl Becker die restaurierten Stücke zu zeigen. Bestimmt kann er mir helfen, den Schmuck zeitlich noch genauer einzuordnen.

Nachdem ich die Nachricht von Professor Becker auf meiner Mailbox abgehört habe, antworte ich sofort und fahre am nächsten Morgen um halb acht Uhr los in Richtung Macon, der nächstgrößeren Stadt. Dort finde ich hoffentlich auch ein Geschenk für Emile. Ich hatte angeboten, den Professor im etwa 30 Kilometer von Cluny entfernten Macon abzuholen. Emile wird an diesem Samstag, an dem abends die Geburtstagsfeier steigt, genug zu tun haben.

Es ist einer der ersten warmen Frühlingstage in diesem Jahr. Ich komme viel zu früh an. Auf dem Bahnsteig stehen einige Pendler und Touristen mit großen Rucksäcken. Die Gegend ist bei jungen Menschen sehr beliebt, die meisten wollen wohl nach Taizé, einem ökumenischen Zentrum in der Nähe von Cluny, wo sich Menschen aus der ganzen Welt treffen.

Der Zug fährt pünktlich in den kleinen Bahnhof ein. Professor Becker steigt als einer der ersten aus. Ich erkenne ihn sofort an seinem etwas zu weit geschnittenen Trenchcoat und einem Hut, der mich an die 50er Jahre erinnert. Er empfängt mich gewohnt herzlich und ganz französisch mit zwei Küsschen auf die Wangen.

„Gut schauen Sie aus, Miriam. Die Landluft bekommt Ihnen. Sie sitzen also nicht nur gebeugt im künstlichen Licht und arbeiten, sondern nehmen sich auch Zeit zum Spazierengehen, oder?“ Ich schüttele verwundert den Kopf. „Eigentlich nicht.“ Aber anscheinend wirkt das Leben hier dennoch anregend auf mich. Zumindest sieht es so aus.

„Lassen Sie uns einen Kaffee trinken gehen, Miriam, dann kann ich mich einstimmen auf Frankreich. Außerdem hab ich die halbe Nacht im Zug gesessen. Ich bin ein wenig steif und müde. Auf meine alten Tage bleibt das nicht an den Kleidern hängen.“

Professor Becker ist ein hochgewachsener Mann mit dichtem grauem Haar und einer dunkel umrahmten Brille, die ihm etwas sehr Gelehrtes verleiht. Außerdem trägt er meistens einen Anzug, wenn auch nie das neueste Modell. Dazu ein weißes Hemd ohne Krawatte. Heute hat er die Anzugjacke weggelassen. Das Hemd macht ihn salopp und noch sympathischer als sonst.

Wir schlendern durch die Gassen. Der Kern von Macon ist sehr überschaubar, aber es gibt eine überraschende Vielzahl von interessanten Geschäften. Wir kommen an einer Buchhandlung vorbei, in deren Auslage große Bildbände liegen. Darunter auch ein Buch über den Palast von Knossos auf Kreta, mit dem Emiles aktueller Auftrag irgendetwas zu tun haben muss, laut der Pläne, die ich auf seinem Schreibtisch entdeckt habe. Vielleicht könnte ihm ein solches Buch gefallen. Dann müsste ich allerdings gestehen, dass ich mich in seinem Haus ein wenig umgeschaut habe. Er wird es mir aber bestimmt verzeihen, denke ich. Ich kaufe den Bildband. Er trägt den Titel „Knossos. Les mystères d'une grande culture". Klingt geheimnisvoll und vielversprechend.

In einer Weinhandlung in der Nähe erstehe ich noch einen sündhaft teuren Rotwein, den auch Karl Becker wärmstens empfiehlt. Die zwei Genießer passen wirklich gut zusammen. Die Flasche soll ein kleiner Ausgleich sein für die vielen Weine, die ich schon mit Emile getrunken habe. Wer weiß, vielleicht können wir sie auch zu dritt trinken.

Die Party geht am frühen Abend los. Ich weiß nicht, was ich anziehen soll. Ich bin schon so lange nicht mehr ausgegangen. Schließlich hole ich aus meinem Koffer ein enges schwarzes Strickkleid, das ich sonst über eine Hose als Tunika trage; es ist relativ kurz, aber mit einer Feinstrumpfhose wird es gehen. Über die Schultern lege ich eine Stola in einem hellen Crème-Ton. Meine halblangen dunkelbraunen Haare bringe ich in einem kurzen Zopf unter, den ich mit Gel glätte. Ich fühle mich sehr verändert, Cluny hat mich bisher nur sportlich erlebt. Aber das Umkleiden bringt mich in festliche Stimmung. Ich freue mich auf den Abend. Die Luft ist würzig und lau. Täglich wird es ein wenig wärmer und es bleibt schon relativ lange hell abends.

Emile zieht, erstaunt über meinen ungewohnten Anblick, die Augenbrauen hoch, als er mir die Tür öffnet. „Miriam, wie hübsch", bringt er hervor. Ich gratuliere ihm und umarme ihn dabei herzlich. Dann drücke ich ihm mein Päckchen in die Hand. Er wirkt verlegen.

„Kommen Sie mit, die meisten sind schon da."

Ich folge etwas nervös. Obwohl mein Französisch schon viel flüssiger geworden ist, finde ich es anstrengend, mit Fremden Konversation zu machen.

Emile hat sein Büro, das gleichzeitig Wohnzimmer ist, fast leergeräumt. In einem alten gemauerten Kamin brennt hinter einer modernen Glasscheibe ein Feuer, das den Raum zusätzlich zu den vielen Leuten aufheizt. Alle stehen, auch wenn es einige Sitzgelegenheiten in den Ecken gibt. Die Luft ist dick, ein fröhliches Stimmengewirr sorgt für Feststimmung. Jeder hält ein Glas Champagner in den Händen. Ich halte mich daran fest, als Emile mich vorstellt: „Darf ich euch vorstellen: Miriam Weidner aus Deutschland. Sie ist eine wundervolle Goldschmiedin."

Das Blut schießt in mein Gesicht, alle schauen mich neugierig an. Das Stimmengewirr erstirbt erstmal. Professor Becker kommt mir zu Hilfe. „Ich kann das nur bestätigen", meint er schmunzelnd. Und alle lächeln anerkennend und nicken mir zu.

Etwa 20 Leute füllen den Raum. Ich erkenne nur Véronique, der Mann neben ihr ist wohl Richard, Emiles Bruder. Er ist deutlich jünger als Emile, ich schätze ihn auf Anfang 50. Er wirkt sehr sportlich in einer dunklen Jeans und einem schmal geschnittenen olivfarbenen Hemd. Er ist schlank und hat dichtes, grau meliertes Haar wie sein Bruder, das wohl ebenfalls einmal sehr dunkel war. „Oh wie schön, die Künstlerin endlich persönlich kennenzulernen", sagt er. Er ist es gewöhnt, mit Menschen umzugehen, als Anwalt hat er sicher mit sehr verschiedenen Charakteren zu tun, auf die er sich blitzschnell einstellen muss, das merkt man. Ich bin überrascht. Er wirkt sympathisch auf mich, im Gegensatz zu seiner Frau.

Außer dem Ehepaar de La Foret sind Kollegen von Emile da, wie er mir erklärt, Architekten aus den umliegenden Städtchen, ein erfolgreicher Bauträger mit einer überheblich wirkenden dünnen Frau, der bestimmt zu Emiles besten Auftraggebern zählt, und eine lebhafte Frau mittleren Alters, die für das Essen zuständig ist.

Emile kennt sie anscheinend gut, nennt sie „ma chère Catherine" und fasst sie immer wieder vertraut um die Taille. Könnte eine Verflossene sein, denke ich amüsiert. Der Champagner beginnt schon, seine Wirkung in meinem Kopf zu entfalten. Ich werde langsam lockerer, nehme mir ein paar Austern vom Büffet in der Küche, dazu einen Chablis, ein herrlich erfrischender Weißwein aus der Region, probiere die scharf gewürzten Fleischspieße mit gedünstetem Gemüse und beobachte Emiles Freunde und Arbeitskollegen, die sich elegant und dennoch leger zu geben wissen.

Das hat nichts Aufgesetztes, alles ist leicht und beschwingt, wie in einem Film bewegen sich die Menschen flirrend durch diesen hellen freundlichen Raum.

Emile hat die großen Fenster geöffnet, die in den Garten zeigen, damit die Abendluft hereinwehen kann. Das Feuer flackert im Kamin und sorgt für die nötige Wärme im Rücken. Der Gastgeber plaudert, lacht und erzählt mit großen Gesten, ein Glas Wein in der Hand. Catherine lehnt sich immer wieder leicht an ihn. Eigentlich weiß ich nichts von ihm, obwohl er mir so vertraut scheint, als ob ich ihn mein Leben lang schon kennen würde.

„Wie gefällt es Ihnen, Miriam?“ Professor Becker hat sich neben mir an die Wand gelehnt. „Es ist schön hier, nicht wahr?“

Er hat recht. Ich fühle mich wohl, beinahe geborgen. Das Haus, seine Bewohner und dessen Gäste strahlen etwas sehr Angenehmes aus. Sie sind aufgeräumt und ungezwungen, aber weder laut noch übertrieben. Sie beziehen mich in ihre Gespräche ein, aber sie lassen mich auch gleich wieder gehen, wenn sie merken, dass ich mein Repertoire erschöpft habe. Vielleicht sind Franzosen so, denke ich. Sie haben diese natürliche Eleganz und sind zur selben Zeit offen und locker. Vielleicht sind aber auch nur Emiles Freunde so.

Ich erhasche seinen Blick. Er schaut mich lange an, wie ich finde. Und ich schaue zurück und werde verlegen. Irgendetwas ist zwischen uns, aber es hat nichts mit Verliebtheit zu tun, zumindest nicht bei mir. Es ist etwas sehr Vertrautes. Und es geht ihm anscheinend ebenso.

„Ach ja, Miriam, morgen Nachmittag kommt mein Sohn Markus, um mich abzuholen“, reißt mich Karl Becker aus meinen Träumereien. „Er hat in der Nähe zu tun, er ist Weinhändler. Wenn Sie also Fragen zu Ihrer Arbeit haben, sollten wir das am besten noch morgen früh klären. Dann sind wir ungestört.“ Ich nicke. Gerne.

~ 17 ~

Es ist spät geworden gestern Abend. Ich habe zu viel getrunken, und schließlich konnte ich nicht mehr heimfahren. Also habe ich mich in der Bibliothek auf einer Couch eingerollt, um ein wenig Schlaf zu finden, bevor Professor Becker heute früh um zehn Uhr an der Haustür klingeln wird, um sich meine Arbeiten anzusehen. Ich bin gerade aufgewacht. Mein Handy meint, es sei jetzt 9.32 Uhr. Mein Kopf dröhnt leise. Von Emile ist noch nichts zu sehen, doch ich finde den Weg in die Küche, um mir schon einmal einen Kaffee aus der Maschine zu lassen.

Als ich aus dem Fenster schaue, durch das milchiges Licht in die Küche fällt und den Raum unwirklich erscheinen lässt, sehe ich eine Gestalt in einem langen sandfarbenen Gewand auf mich zukommen. Sie trägt ein Tuch um den Kopf gewunden, das Gesicht ist beschattet. Es ist ein Mann. Er hebt eine Hand. Noch bevor ich etwas sagen kann, höre ich draußen einen Hund bellen und sehe nur noch den Baum vor dem Fenster im Garten. Mir ist schwindlig, aber ich habe keine Angst. Die Gestalt war greifbar und trotzdem transparent. Ein Trugbild am hellen Sonntagmorgen. Nicht schon wieder! Ich kann nur verrückt sein. Es klingelt an der Haustür.

Kurze Zeit später sitzen wir alle drei an dem mächtigen Holztisch in der Bibliothek, Emile, ziemlich zerzaust, hat eines der Tagebücher in der Hand, während ich dem Professor meine Arbeit zeige. Er wirkt zufrieden, aber von allen Stücken hat es ihm vor allem die unscheinbare nackte Frauenfigur, die ich noch nicht bearbeitet habe, angetan.

„Sie ist eine Griechin, unverkennbar, die Würde, die sie ausstrahlt, diese Eleganz, und dieser fast knabenhaft schlanke

Körper. Das könnte eine minoische oder, sogar noch älter, eine kykladische Figur sein, aber keine der sehr bekannten Abbildungen. Vielleicht ist es eine wenig bekannte Göttin, eventuell auch eine Priesterin, aber dann wäre sie vermutlich nicht nackt." In Gedanken wiegt er den zarten Silberanhänger in seinen Handinnenflächen hin und her.

„Sie hat etwas von Ihnen, Miriam. Entschuldigung, wenn ich das sage, aber sie strahlt eine Würde aus, die Sie auch in sich tragen." Emile lächelt verschmitzt. Mir fehlen die Worte. Doch bevor meine Verlegenheit ins Unermessliche steigt, schlägt er das Tagebuch auf und liest nochmals die bisher wichtigsten Passagen vor, die uns beide so verblüfft haben.

Der Professor hört zu und reagiert begeistert: „Erkenne, wer du wirklich bist. Ähnliche Aussagen habe ich schon bei vielen alten Philosophen gefunden und es treibt mich Zeit meines Lebens um, eine Antwort darauf zu finden. Weißt du noch, Emile, wie oft wir uns schon die Köpfe heißgeredet haben?"

Plötzlich werde ich wach.

„Haben Sie denn je eine Antwort gefunden?", frage ich ihn.

Er schüttelt den Kopf. „Es gab viele Ansätze und manchmal dachte ich, ich hätte es für mich begriffen, aber letztlich weiß ich noch keine Antwort darauf, wer ich *wirklich* bin."

„Vielleicht ist mit *wirklich* gemeint, dass jeder Mensch etwas Besonderes, Individuelles und Einzigartiges in sich trägt, unabhängig von allem Vererbten, das ihn alleine ausmacht und ihn von allen anderen Menschen unterscheidet", werfe ich ein.

Seine Augen leuchten auf: „Sie haben sich schon sehr viele Gedanken gemacht."

„Nein, noch nicht einmal. Dieser Gedanke ist mir gerade erst gekommen."

Professor Becker lehnt sich zurück und nickt. „Wenn Sie hier noch tiefer graben wollen, dann können wir uns gerne später ausführlich darüber unterhalten. Ich glaube nämlich, in diese Richtung noch mehr gefunden zu haben."

Emile lehnt sich über den Tisch zu uns herüber und fasst Professor Becker am Arm. „Na, Karl, ich glaube, wir haben da eine interessierte Gesprächspartnerin gefunden. Meinst du nicht auch?"

Er nickt. „Wie ich sehe, habt ihr zwei ja auch schon ein bisschen philosophiert, dank des Schmuckes – alter Schmuck erzählt nun mal Geschichten. Zusammen mit den Tagebüchern scheint er ganz neue geistige Welten zu öffnen. Die Schmuckstücke …" Professor Becker brennt jetzt förmlich darauf, weiterzureden.

Emile hakt ein: „Was meinst du, Karl, möchtest du nicht noch ein paar Tage dranhängen? Du kannst dir doch die Zeit einteilen. Das dürfte für dich kein Problem sein."

„Wenn Markus mitmacht, gerne. Ich frage ihn."

Die beiden unternehmen einen kleinen Spaziergang, ich arbeite weiter. Die weibliche Figur kommt als nächstes an die Reihe.

~ 18 ~

Der Sohn von Professor Becker muss am frühen Abend eingetroffen sein, denn als ich etwas steif vom vielen Sitzen aus der Bibliothek hinunter in die Küche gehe, höre ich die drei Stimmen, die sich angeregt unterhalten und lachen. Als ich die Tür öffne, drehen sich alle drei zu mir um und begrüßen mich herzlich. Eine jüngere Version von Professor Becker steht auf, kommt auf mich zu und sagt: „Hallo Miriam, ich bin Markus. Schön, Sie kennenzulernen!"

Er ist ganz der Vater, zumindest sieht er ihm sehr ähnlich. Er dürfte ungefähr so alt sein wie ich und wirkt sehr ungezwungen. Er trägt ein kariertes Flanellhemd, mit dem er gut als Winzer durchgehen könnte. Er mustert mich neugierig, als ich mir auf einen Wink von Emile einen Stuhl nehme und mich an den Küchentisch dazusetze. Ich fühle mich so selbstverständlich und ohne Umstände empfangen, als sei ich nicht etwa eine Geschäftspartnerin, sondern gehörte schon fast zur Familie. Ein solches Gefühl hatte ich schon lange nicht mehr. Und das inmitten von mir kaum bekannten Menschen.

„Ich habe gerade von den beiden alten Knaben gehört, dass Sie von der Gegend noch fast nichts gesehen haben, Miriam", sagt Markus an mich gewandt, „und mein Papa hat beschlossen, zwei Tage anzuhängen. Das kommt mir auch entgegen, denn ich möchte Taizé einen Besuch abstatten. Dort war ich oft in meiner Jugend und es interessiert mich, ob es da noch genauso zugeht wie vor 15 Jahren. Haben Sie Lust, mich zu begleiten? Sonst fahren Sie in Kürze nach Freiburg zurück und haben nichts gesehen außer der staubigen Bibliothek und nichts gehört außer den zugegeben sehr amüsanten Beiträgen von Onkel Emile."

Ich muss lachen. „Gerne. Ich komme mit, wenn ich Zeit habe.“

Am Nachmittag arbeite ich noch für ein paar Stunden am Schmuck. Professor Becker sieht immer mal kurz zu mir herein und schaut mir über die Schulter. Unter seiner fachkundigen Anleitung ordnen wir den Schmuck in groben Zügen neu.

„Gustave hat wirklich ein ausgefallenes Gespür für besonderen Schmuck gehabt. Er hat wohl nicht nach teuren dekorativen Stücken gesucht, sondern sich vom Außergewöhnlichen leiten lassen.“

„Ich habe mich auch schon etwas gewundert“, sage ich, „aber die Tagebücher verraten uns einiges über seine Beweggründe. Es ist, als ob er über den Schmuck mit seiner Frau spricht, für die er die Stücke ja erworben hat. Sie zeichnen ihr Bild, sie sind wie ihr Charakter, ein Zeichen seiner tiefen Liebe und Zuneigung für dieses wohl sehr zarte Wesen.“

Markus holt mich um sieben Uhr mit seinem Auto ab. Ich bin neugierig auf Taizé. Nach etwa zehn Minuten Fahrtzeit durch eine herrliche ländliche Gegend, die im diesigen Abendlicht tiefe Ruhe ausstrahlt, treffen wir in dem Zentrum ein. Es gibt nur eine einzige Straße zu diesem kleinen Örtchen, auf der es ganz unvermutet wimmelt von Leben. Es macht den Eindruck, als ob Hunderte von Jugendlichen hier über die Straße laufen. Sie wirken gut gelaunt und heiter. Ich bin verblüfft. Meine leichte Voreingenommenheit weicht langsam. Gibt es so etwas? Ein friedliches Zusammensein von jungen Menschen aus der ganzen Welt, das auf den ersten Blick gar nichts Frommes hat?

Markus schaut mich schmunzelnd von der Seite an. Er fasst mich am Ellenbogen und sagt: „Komm, Miriam, ich zeige dir jetzt etwas.“

Ob er merkt, dass er mich duzt? Aber hier scheint es nichts anderes zu geben. Er führt mich von einem großen Parkplatz aus über die Straße, wo wir vor einem großen Gebäude mit Kuppeldach stehenbleiben. Viele junge Leute strömen hinein und wir mit ihnen. Ich schaue mir die offenen Gesichter an, die sich auf etwas zu freuen scheinen. Im Inneren empfängt uns eine gedämpfte Atmosphäre. Es ist ruhig und meditativ, die vielen Stimmen werden automatisch leiser, bis sie ganz verstummen. Licht fällt durch bunte Glasfenster. Jedes ist anders gestaltet und leuchtet in kräftigen Farben. Es ist wunderschön, wie ein Bild von Chagall.

„Ist dies eine Kirche?“, flüstere ich Markus zu. Hier stehen gar keine Bänke, die meisten sitzen einfach auf dem Boden, der mit einem dünnen Teppich belegt ist.

„Ja, es ist eine Kirche, schau, dort vorne ist der Altar.“ Dann sehe ich den schlichten Altarraum, in dem viele Kerzen in kleinen Nischen und auf Steinblöcken brennen.

Markus führt mich zu einem Platz, wo wir uns einfach auf dem Boden niederlassen. Ich setze mich im Schneidersitz auf meine Jacke. Kurze Zeit später ziehen Mönche in weißen Gewändern würdevoll ein. Auch hier staune ich über die vielen jungen und schönen Gestalten. Ich hatte Priester und Mönche immer nur als ältere dickliche Männer in Erinnerung. Als der Gottesdienst beginnt, beschließe ich, mich einfach darauf einzulassen. Ich werde mich überraschen lassen. Wenn mich Karl Beckers Sohn schon hierherbringt, muss es etwas Außergewöhnliches sein, denn er macht auf mich keinen besonders religiösen oder gar frommen Eindruck.

Eine Orgel fängt an zu spielen und die jungen Leute stimmen einen Gesang an. Markus hat ein Liederheft dabei und bietet mir an, mitzusingen. Die Melodien sind sehr harmonisch, schlicht und einfach, der Text ist vielsprachig und ich höre zuerst nur zu. Die ganze Welt scheint hier einen gemeinsamen Gesang anzustimmen. Nach einer Weile fange ich selbst an zu singen. Die Mantra-artigen Lieder gehen rasch ins Ohr und ich ertappe mich dabei, wie ich mit der Zeit sogar in verschiedene Sprachen wechsle, denn die Texte sind sehr leicht und eingängig.

Durch das Singen scheint sich etwas in mir zu lösen, und es gerät ins Fließen, was mir erst bewusst wird, als ich Tränen auf meinem Gesicht spüre. Auch Markus singt mit. Ich schaue ihn von der Seite an und fange die jungenhafte Freude ein, die von ihm ausgeht. Es wird kaum etwas gesprochen, ein Mönch spricht nur wenige ausgewählte Zeilen in verschiedenen Sprachen hintereinander. Anschließend singen wieder alle. Unglaublich, wie viele junge Menschen begeistert dabei sind. Auch mich packt diese Atmosphäre und ich werde immer ruhiger. Es ist, als ob ich mit etwas tief in mir in Kontakt komme – und ich fühle mich von innen berührt.

Nach dem Gottesdienst treten wir in den frischen Frühlingsabend. Ich rieche das Gras und die würzige Luft noch viel stärker als vorher.

„Na, Miriam, wie war´s für dich?“, fragt mich Markus.

Ich kann zuerst gar nichts sagen. „Damit hätte ich nicht gerechnet. Wolltest du deshalb hierher, Markus?“ Ich duze ihn ganz selbstverständlich.

„Ja, Miriam, mich hat die Atmosphäre damals ziemlich beeindruckt. Und ich wollte einmal wieder hierher, um zu sehen, ob es mir heute auch noch so geht.“

„Und?“

„Ja, es war wieder so.“

„Es ist doch komisch, dass hier, nur ein paar Kilometer von Cluny entfernt, eine Art geistige Bewegung entstanden ist – ähnlich wie im Mittelalter, als vom Kloster in Cluny auch eine Erneuerung ausging. Nicht umsonst hat man Cluny das Licht der Welt genannt“, sinniere ich.

„Das ist interessant, das wusste ich gar nicht, aber du könntest recht haben. Das ist dafür vielleicht ein gutes Pflaster hier.“

Beschwingt fahren wir zurück. Inzwischen ist es dunkel geworden.

~ 19 ~

Heute geht jeder seiner eigenen Wege. Markus besucht die Winzer in der Umgebung, um seine Reserven aufzustocken, Karl Becker und Emile sind wandern gegangen und ich mache mich wieder an meine Arbeit. Ich habe dabei ganz neuen Elan. Seit gestern Abend ist eine ungeheure Ruhe und gleichzeitig Freude in mir. Ich sehe die Stücke mit neuen Augen. Sie scheinen mir bereitwillig ein wenig mehr von ihren Geheimnissen preiszugeben.

Am Nachmittag kommt Leben in die Bude. Die Männer kehren zurück. Wir essen eine Kleinigkeit und setzen uns dann alle in der Bibliothek zusammen. Emile zeigt seinem Freund und dessen Sohn die Tagebuchaufzeichnungen und liest die beiden Sätze vor, die wir entdeckt haben. Karl Becker nimmt daraufhin den betreffenden Tagebuchband zur Hand und blättert ein paar Seiten weiter. Er liest eine Weile quer und meint dann plötzlich: „Leute, ich glaube, ich hab da etwas Neues für euch. Gustave versorgt uns noch mit mehr. Hört mal zu, was er noch von der Schriftrolle entziffern konnte. Hier steht:

Dein Kern ist aus göttlicher Quelle entstanden.
Habe Lust und Freude daran ihn zu entfalten."

Professor Becker strahlt. „Ich habe es mir fast gedacht, das hier könnte sein wie bei diesem Hollywood-Film, ‚Jäger des verlorenen Schatzes'. Und ich habe das Gefühl, ihr könntet ihn bergen." Alle lachen, seine Euphorie steckt an. „Immer wieder stoße ich in meinem Leben auf ähnliche Zeilen. Jetzt auch hier wieder. Es scheint etwas sehr Wichtiges darin zu stecken."

Markus hat interessiert zugehört. „Also, Miriam und ich haben gestern Abend in Taizé eine Erfahrung gemacht, die irgendwie dazu passen könnte."

Emile und der Professor horchen auf.

„Inwiefern?"

Markus versucht, unser Erlebnis in Worte zu fassen, aber es fällt ihm schwer. „Erzähl du doch mal, Miriam, wie es dir ergangen ist."

Ich habe mich schon seit gestern Abend gefragt, was da eigentlich mit mir passiert ist. Und ohne weiter zu überlegen meine ich: „Ich glaube, ich habe meinen Kern gestern ein bisschen berührt – und das inmitten von lauter fremden Menschen. Es war etwas ganz Inniges, ich kann es gar nicht richtig beschreiben. Ich hab auf jeden Fall plötzlich eine ganz tiefe Liebe zu mir empfunden. Zu mir und zu allem um mich herum. Zuerst dachte ich, ich würde mich nur mit Markus so vertraut fühlen, aber dann habe ich gemerkt, dass es auch den Menschen um mich herum galt. Vielleicht kam es durch das Singen, vielleicht war es der stimmungsvolle Rahmen, der Raum, die Mönche, ich weiß es nicht. Aber ich konnte heute früh in der Bibliothek dieses Gefühl immer noch spüren."

„Das kann ich sehr gut nachvollziehen", sagt Markus. „Mir ging es ganz ähnlich."

„Aber was ist mit göttlicher Quelle gemeint?", fragt Emile nach.

Professor Becker, der mit diesen Themen vertraut zu sein scheint, ergänzt: „Schon lange wird die göttliche Quelle als der Ursprung von allem bezeichnet, der Ursprung allen Seins. Und wenn es heißt, dass tief in deinem Inneren dein Kern verborgen ist, der aus dieser Quelle stammt, dann ist das ein Hinweis darauf, dass dieser Kern in uns so etwas wie ein göttlicher Funke ist." Er sieht uns enthusiastisch an und fährt fort: „So etwas Ähnliches habe ich schon in manchen Schriften gefunden. Und die meisten sagen auch, dass es unsere Aufgabe als Mensch ist, diesen göttlichen Funken zu suchen und zu finden. Und ihn dann natürlich weiter zu entfachen."

Ich mische mich ein: „Wenn ich es mir so recht überlege, hab ich schon immer nach einer Antwort auf die Frage gesucht, wer ich *wirklich* bin. Und ich hätte nie gedacht, dass mich diese Suche einmal hierher führen würde."

Emile seufzt tief. „Leute, glaubt ihr wirklich, dass diese alten Schreiber damals, vor etwa 4000 Jahren, an so etwas gedacht haben? Schaut euch doch den Verlauf der Geschichte an. Oder guckt euch doch mal um. Wer macht sich in unserer Gesellschaft schon wirklich Gedanken über seinen göttlichen Funken und richtet gar noch sein Leben danach aus! Bei uns sucht zwar jeder nach etwas, aber das sind doch meist äußere Dinge."

„Da irrst du dich, mein Freund", meint Professor Becker, „zu allen Zeiten gab es Philosophen und wache Menschen, die solche Zusammenhänge erkannt und benannt haben. Es hat ihnen nur kaum jemand zugehört."

Wir schauen uns schweigend an. Keiner weiß so recht, was daraus zu machen ist. Dennoch fällt mir auf, wie vertraut wir alle miteinander sind. Das ist doch gar nicht zu glauben. Noch vor ein paar Wochen kannte ich außer meinen ehemaligen Professor keinen von ihnen. Was für ein Erlebnis. Ich fahre hierher, um Schmuck zu restaurieren, und finde ganz viel Neues, Unerwartetes. Neue Menschen, eine neue Umgebung. Oder doch irgendwie Vertrautes?

Zum ersten Mal denke ich voller Wehmut daran, dass ich bald nach Hause fahren muss. Das scheint mir jetzt so weit weg zu sein. Ich fürchte mich ein bisschen davor.

~ 20 ~

Professor Becker und Markus sind bereit zur Abfahrt.

Ich hatte meinen Professor am Vorabend noch einmal gebeten, einen Blick auf zwei Schmuckstücke zu werfen, die mir Kopfzerbrechen bereiten, weil ich nicht genau weiß, wie ich sie in ihren Originalzustand versetzen kann, ohne zu viel daran zu verändern. Ich habe zwar schon meine Vorstellungen, aber aus meinem Studium weiß ich, dass er immer interessante Ideen hat.

Noch vor dem Frühstück treffen wir uns in der Bibliothek. Er hat tatsächlich ein paar gute Anregungen, denen ich nachgehen will.

Ich will die Schatulle schon schließen, da greift er noch einmal nach der silbernen Frauenfigur und wiegt sie vorsichtig in der Hand hin und her.

„Hiermit bin ich mir nicht so sicher, ob ich mit meinen Vermutungen richtig liege“, sagt er. „Ich werde zuhause noch einmal in meiner Fachliteratur kramen und sehen, ob ich sie noch genauer einordnen kann. Ich möchte Sie bitten, die Figur zu fotografieren und mir ein Bild zu mailen, damit ich mich damit näher befassen kann. Sie interessiert mich, sie hat eine besondere Ausstrahlung.“

„Finden Sie das auch? Als ich sie zum ersten Mal in die Hand genommen habe, hatte ich irgendwie das Gefühl, den Anhänger zu kennen. Ich hatte richtig Gänsehaut. Komisch, nicht wahr? Dabei bin ich ziemlich sicher, dass ich mit einem ähnlichen Schmuckstück noch nie zu tun hatte.“

Professor Becker nickt. „Das Gefühl kenne ich sehr wohl. Immer wieder sind mir bei meiner Arbeit ähnliche Dinge passiert. Ich dachte zuerst, es sei so etwas Ähnliches wie ein

Déjà-vu. Aber dann habe ich gemerkt, dass in diesen Momenten irgendetwas an die Oberfläche wollte, das ich vorher nicht erkannt hatte, als ob es hervorgekramt würde, weil ich es von mir aus nicht gesehen hatte."

„Darf ich Sie etwas fragen?"

„Klar."

Ich räuspere mich: „Ich habe seit Jahren immer wieder eine Art Déjà-vu, immer die gleichen Bilder, die ganz plötzlich auftauchen und wieder verschwinden. Und ich weiß damit nichts anzufangen. Manchmal dachte ich schon, ich sei ein bisschen verrückt." Und als ob ein Damm gebrochen wäre, erzähle ich ihm von dem Schiff, dem Wind, den Menschen in seltsamen Kleidern, dem jungen Mann mit dem langen Gewand, der mir erst vor ein paar Tagen wieder erschienen ist. Meine Bilder, die ich seit Kindertagen mit mir herumtrage und vor anderen verborgen halte. Mein Herz klopft laut.

Nachdem er mir aufmerksam und schweigend zugehört hat, sagt er: „Ja, Miriam, viele Menschen haben so etwas und reden nicht darüber, so wie Sie! Es sind eine Art Erinnerungen der Seele. In bestimmten Momenten greift unser Bewusstsein Erinnerungsfetzen auf, die das Unterbewusstsein gespeichert hat und irgendwann freigibt. Es merkt sich nämlich nicht nur Erlebnisse aus diesem Leben, sondern auch Erfahrungen, die unsere Seele in früheren Leben gesammelt hat. Deshalb erscheinen uns diese Fetzen so seltsam vertraut, sie tragen Gerüche, haben intensive Farben und die Menschen, die auftauchen, fühlen sich sehr real an, auch wenn ihre Kleidung und ihre Sprache uns fremd erscheinen oder altmodisch."

„Glauben Sie wirklich daran?" Ich staune nicht schlecht. Damit habe ich mich noch nie befasst.

„Ja, ich halte dies durchaus für möglich", meint er ruhig. „Mittlerweile gibt es auch wissenschaftliche Abhandlungen von namhaften Philosophen und Psychologen, die sich mit

der Reinkarnationsphilosophie auseinandersetzen. Sehen Sie es als etwas Positives an, ein Geschenk, behalten Sie es gut in Ihrem Gedächtnis. Irgendwann werden sich die Puzzleteile zusammenfügen und Sie werden den tieferen Sinn verstehen."
Er richtet sich in seinem Sessel auf und lächelt. Dabei schaut er aus dem Fenster, durch das die ersten Sonnenstrahlen in die staubige Bibliothek fallen. Sein Gesichtsausdruck ist sehr entspannt und er wirkt viel jünger, als er eigentlich ist.

„Wissen Sie, ich habe schon einige Jahre mehr als Sie hinter mir. Und so manches Ereignis hat mich aufhorchen lassen und mir deutlich gemacht, dass mehr in uns steckt als wir in Elternhaus, Schule oder Universität lernen. Auch mehr, als wir im beruflichen und privaten Umfeld entwickeln. Ich persönlich glaube, dass das, was man Seele nennt, unseren tiefsten Kern darstellt. Und den bringen wir mit in diese Welt. Ich glaube auch, dass unsere Seele unsere ganz eigene Individualität zum Ausdruck bringen will, wenn wir es wagen, sie zuzulassen."

Er sieht mich an. „Wenn Sie sich mit diesem Thema noch mehr auseinandersetzen möchten, stehe ich gerne als Gesprächspartner zur Verfügung."

Ich freue mich und gleichzeitig bin ich sehr erleichtert. „Sehr gerne", sage ich.

„Wann sind Sie denn wieder in Freiburg?", fragt mich mein Professor, „dann könnten wir dieses Gespräch fortsetzen."

„Am Wochenende bin ich schon wieder dort."

„Gut, dann melden Sie sich, wann immer Sie möchten."

Der Abschied von den Beckers ist herzlich – und wieder einmal staune ich darüber, wie viel mir diese Reise nach Cluny eröffnet hat. Es ist eine Reise in eine mir bis dahin völlig unbekannte Welt, die ganz offen und weit ist. Der Schmuck, so habe ich den Eindruck, ist nur noch der Wegweiser. Dahinter tun sich Türen auf, Horizonte öffnen sich. Es ist eine Reise hin zu anderen Menschen, denen ich mich so nahe fühle, wie es mir in dieser Form noch nie passiert ist. Emile, Karl Becker – und Markus.

Es ist aber auch eine Reise in andere Zeiten und in neue Zusammenhänge, die mir langsam klarer werden. Letzten Endes ist es eine Reise hin zu mir, und mir wird mit einem Mal bewusst, dass ich mich erst jetzt richtig kennenzulernen scheine. Dass ich schließlich lerne, mich zu akzeptieren.

Plötzlich graut mir nicht mehr so vor der Heimfahrt. Meine Reise nach Cluny ist hier noch nicht beendet. Ich kehre ja zurück, denn meine Arbeit an den Schmuckstücken ist noch lange nicht fertig, und so wird meine Reise auch daheim weitergehen. Und das gibt mir Energie und beflügelt mich.

~ 21 ~

Zwei Tage später mache ich mich auf den Weg nach Hause. Meine Arbeit hier ist fast abgeschlossen. Ich muss zurück in meine Werkstatt, dort warten jede Menge Post und hoffentlich auch neue Aufträge auf mich.

Das hier war nur ein Ausflug, sage ich mir. Eine schöne freie Episode in meinem Leben. Jetzt kommt wieder der Alltag – und der will bewältigt werden.

Meine Eltern warten auf mich, meinem Vater geht es ein wenig besser. Er ist aus dem Krankenhaus entlassen, aber die Nebenwirkungen der Medikamente sind fast so belastend wie die Krankheit selbst.

Sofort ist mein Kopf voll von diesen Gedanken und meine Heiterkeit ist wie weggeblasen. Ich drücke Emile fest an mich beim Abschied und verberge mein Gesicht an seiner Brust. Es tut gut, seine Wärme zu spüren und seine Hände auf meinem Rücken. Ich küsse ihn auf die Wangen, aber als er mich auf den Mund küssen will, drehe ich mich weg. So sind meine Gefühle für ihn nicht. Er spürt es sofort und seufzt ein bisschen traurig. „Bis bald, chère Miriam“, sagt er, „es war sehr, sehr schön, dich hier zu haben. Es hat mir gut getan. Und ich bin ehrlich gesagt traurig, dass du fährst.“

„Ich auch“, sage ich und zögere. Diese plötzliche Nähe verwirrt mich, auch, dass er mich duzt. „Aber wir bleiben in Kontakt, ich muss ja noch ein paar Mal kommen, um allem den letzten Schliff zu geben.“

„Ja.“ Er versucht tapfer, sein verschmitztes Grinsen aufzusetzen, was ihm nicht recht gelingen will. „Gute Fahrt und pass auf dich auf.“

Auf der Heimreise beschäftigt mich dieser überraschend innige Abschied. Und ich frage mich, was diese Nähe zwischen uns bei mir auslöst. Er ist kein Partner für mich, ich empfinde nichts Erotisches. Aber was ist es dann? Ich muss wohl mit ihm darüber reden – und ich will ihm keine falschen Hoffnungen machen. Sonst könnten wir uns nicht mehr so unbefangen begegnen wie bisher.

Ich komme schnell auf andere Gedanken, denn als ich die Grenze nach Deutschland passiere, ergreift mich das andere Leben hier sofort wieder. Die Uhren scheinen lauter und schneller zu ticken. Ich werde sofort bedrängt, als ich zum Überholen auf die linke Spur wechsle, eine Baustelle löst die nächste ab. Erschöpft komme ich abends daheim an, werfe aber vorher noch einen Blick in meine Werkstatt. Hier umfangen mich die gewohnte Stille und Ruhe. Der Staub tanzt im trüben Licht der Deckenleuchte, ich atme den vertrauten Geruch nach Metall und Holz ein.

Auf meiner Werkbank, die auch mein Schreibtisch ist, stapelt sich Post. Nora hat den Briefkasten regelmäßig geleert. Meine alte Kaffeetasse steht in der Spüle, wie ich sie verlassen habe. Gewaschen und verkehrt herum. Morgen koche ich mir frischen Kaffee und genieße jeden Schluck, beschließe ich, bevor ich hoch in die etwas muffige Wohnung steige, das Schlafzimmerfenster weit aufreiße und zum ersten Mal an diesem Tag tief durchatme. Ich bin wieder daheim. Auch gut.

Am nächsten Morgen sichte ich die Post und höre den hektisch blinkenden Anrufbeantworter ab. Manche Stimme ist ein paar Mal zu hören und wirkt zunehmend ungeduldig und leicht verstimmt. Ich solle mich bitte „umgehend" melden, tönt es, „sonst müssen wir uns jemand anderen suchen." Ich merke schnell: Die Strenge hat mich wieder. Die gelöste Stimmung, die mich jeden Tag in Frankreich begleitet hat, ist weg. Und mit ihr die heitere Vertrautheit, die ich mit Emile empfunden habe. Es ist, als tauchte ich nach einem schönen Traum wieder in die Realität ein. Ich habe Heimweh. Dabei bin doch daheim. Und muss mich wieder einfinden.

Zuerst statte ich meinen Eltern einen Besuch ab.

Mein Vater sitzt in seinem Fernsehsessel und sieht mager und abgespannt aus. Die Lippen meiner Mutter sind zusammengekniffen, die feinen Fältchen um ihren Mund haben sich vertieft. Ich trinke einen Tee mit den beiden – meine Mutter kocht hervorragenden Tee und hat zur Feier des Tages einen Zitronenkuchen gebacken. Sonst gibt es keine sehr guten Neuigkeiten.

„Dein Vater wird von jetzt an täglich diese Tabletten nehmen müssen“, sagt sie. „Sie sorgen dafür, dass sich kein Wasser in der Lunge sammelt. Das heißt aber auch: kein Wein mehr, und wenn, dann nur in absoluten Maßen.“

Papa nickt traurig. „So ist es halt, wenn man alt wird. Denk dran, Mädchen, dass du gut auf dich aufpasst.“

Ich habe einen trockenen Hals trotz des vielen Darjeelings. Sie kommen nicht mehr raus aus ihrem engen Leben, das ist mir völlig klar. Aber ich möchte dem entkommen. Ich möchte nicht so leben und denken und fühlen. Ich empfinde das Leben als offen und voll und schön. Und tief in mir hoffe ich, dass diese Einstellung mich auch vor einer schweren Krankheit bewahren kann.

Als ich die Wohnungstür meiner Eltern hinter mir schließe, nachdem meine Mutter mich noch einmal fest an sich gedrückt hat, fester und inniger als gewöhnlich, kann ich nur noch an eines denken: Nora. Ich muss sie sehen, ihr alles erzählen, was ich erlebt habe. Die ganzen neuen Eindrücke und Gedanken. Dieses Abenteuer, das sich da in mir abspielt, ich möchte, dass sie es mit mir teilt. Ich wusste ja nicht, dass das zu einer weiteren Herausforderung für mich werden würde.

Als wir uns treffen, hört sie erst einmal schweigend zu. Ich erzähle ihr alles. Sie bekommt immer größere Augen. Ich hoffe so sehr, dass sie meine neue Welt auch betreten kann, sie mit mir teilt. Ich merke, dass sie mir bis zu einem gewissen Punkt folgt. Dann aber spüre ich Widerstand.

„Meinst du nicht, dass du dich da in etwas verrennst, das mit der Gegenwart gar nichts zu tun hat, mit dem wirklichen Leben? Sind das nicht Träumereien, in denen du dich da verlierst? Es lenkt doch ab von dem, was das Leben hier von dir fordert", sagt sie bestimmt und irgendwie zornig.

„Was fordert es denn, das Leben hier?" Ich klinge trotzig.

Sie sucht nach Worten. „Bodenständigkeit. Leistung. Ziele, die wir klar vor Augen haben, die wir formulieren, um sie zu erreichen! Welcher Familienvater kann sich schon Tagträumen hingeben? Welche Mutter mit drei Kindern hat die Zeit, ihren wahren Kern zu entfalten? Sie muss doch Tag und Nacht ihre Kräfte für die Familie einteilen. Gerade sie kann doch nicht einfach nach Impulsen handeln, dem nachgehen, was sie tief drinnen zu entdecken glaubt. Diesen Luxus kann sie sich doch gar nicht leisten."

Nora setzt ihr Weinglas hart auf den Tisch und lehnt sich vor in meine Richtung. „Und dein Emile? Dieser wohlhabende Junggeselle, der hat gut reden." Spöttisch schaut sie, und in ihren Augen glänzt Wut. Als ob sie sich um etwas betrogen fühlen würde.

Da ist sie wieder, die strenge Lehrerin, die erzieht und doziert, die weiß, worum es geht im Leben. Und ich habe keine passende Antwort für sie.

Vielleicht hat sie ja recht, beginne ich zu zweifeln. „Weißt du, Nora, diese Fragen sind seit Jahren in mir. Brauche ich denn da nicht mal eine Antwort? Stellst du dir solche Fragen nicht?"

„Nein, mir reicht es, wenn ich mit dem zurechtkomme, was

mir das tägliche Leben an Aufgaben stellt und an Anforderungen gibt."

„Aber hast du dir noch nie über den tieferen Sinn deines Lebens Gedanken gemacht?", wage ich einen Konter.

„Was ist schon der Sinn des Lebens? Schau dich doch mal um. Geboren werden, Schule, Ausbildung, einen Partner finden, Heiraten, Kinder, ein kleines Häuschen, und vielleicht eine Karriere. Für Männer ganz klar die Karriere. Und am Ende möglichst wenig krank sein, eine gute Rente. Das reicht! Zumindest den meisten."

„Das ist mir zu wenig. Es gibt mehr als das. Und ich will mehr als das. Du etwa nicht?" Ich lehne mich energisch zurück.

„Was willst *du* denn?", fragt sie mich.

„Natürlich wünsche ich mir vieles davon auch. Vor allem einen Partner, mit dem ich mich gut verstehe, mit dem ich mein Leben teilen kann, und zwar wirklich teilen. Und darüber hinaus habe ich begriffen, wie wichtig es für mein Lebensgefühl ist, immer mehr herauszufinden, wer *ich* wirklich bin und was *ich* brauche, um glücklich zu sein."

„Das klingt schon toll, aber wohin soll dich das führen?"

„Zuerst einmal zu mir. Weißt du, Nora, ich hab durch die vielen Gespräche eines begriffen: Wirkliche Freude entsteht nur, wenn wir uns selbst auf den Weg machen und der eigenen Spur folgen. Natürlich macht es Freude, mit vielen Menschen zusammen zu sein und einen gemeinsamen Konsens zu finden, aber eigentlich suchen wir doch alle nach dem, was nur uns ausmacht."

„Okay, angenommen, du bist verheiratet und hast zwei kleine Kinder und jede Menge Schulden auf dem neuen Haus. Jetzt merkst du, leider etwas zu spät, dass dieser Mann nicht wirklich zu dir passt. Eigentlich möchtest du anders leben. Aber du hast dich nun mal hierfür entschieden. Was machst du jetzt?" Nora schaut mich herausfordernd an.

„Es gibt da keine Patentlösung, Nora. Ich glaube, dass ein Mensch an diesem Punkt seine eigene Lösung finden muss. Ich denke, wenn wir alle schon früh lernen würden, auf uns zu hören und unseren eigenen Weg zu erkunden, dann würden wir vielleicht besser und früher wissen, wer zu uns passt. Viele binden sich, ohne vorher begriffen zu haben, wer sie sind und was sie sich wünschen und brauchen, um glücklich zu sein. Sie handeln vielleicht zu schnell und zu angepasst. Und dann wachen sie eines Tages auf und merken, dass sie unglücklich sind. Auch dann ist es nicht zu spät. Es ist vielleicht nur schwieriger, etwas zu ändern."

Die Diskussion strengt mich an. Ich gähne, möchte das Thema wechseln. Aber Nora lässt nicht locker.

„Du denkst also, jeder müsste schon der fertige Lebenskünstler sein, selbsterfahren und zielstrebig, bis er den absoluten Wunschpartner findet und heiratet? Ha, dann guck dich aber mal um, wer das in die Tat umgesetzt hat."

„Nein, Nora, ich glaube, wir lernen uns ja ständig besser kennen, das ganze Leben ist doch ein Prozess, der verbunden ist mit ganz vielen Erfahrungen, die uns schrittweise dorthin führen, zu erkennen, was unser eigener Weg ist, nur unser Weg eben."

„Gut, was soll die Frau also machen?"

„Da lässt du nicht locker. Ich bin ja wirklich froh, dass ich so weit mit Frank gar nicht gekommen bin. Aber eines weiß ich. Ich würde mich niemals verbiegen lassen. Und deshalb habe ich mich ja auch von Frank getrennt. Ich glaube, dass jede Situation ihre eigene Lösung hat. Wir dürfen uns nur nicht schon vorher entmutigen lassen."

Nora entspannt sich. „Du hast da in Frankreich doch schon über einiges nachgedacht, merke ich."

„Ich hatte ja auch wirklich Zeit dazu und die Gespräche mit Emile haben mich viel weitergebracht."

„Na, wäre der Philosophenknabe nicht was für dich?"

Ich lache. „Hab ich mir auch schon überlegt, und ich fühle mich schon zu ihm hingezogen. Er ist charmant, locker, man kann herrlich mit ihm reden, aber irgendwie prickelt es nicht und vielleicht ist er auch einfach zu alt für mich."

Da sind wir wieder. Zwei Freundinnen. Unterschiedlich im Charakter und in der Weltanschauung, und auch wenn wir uns immer wieder aneinander reiben, tun wir uns gut und bringen uns weiter. Vielleicht gerade deshalb. Ich freue mich so, dass wir uns haben.

„Danke dir, Nora", sage ich, „du bist die Beste."

Am nächsten Morgen finde ich eine Mail von Nora in meinem Postfach.

Hallo Miri, mir ist unser Gespräch noch lange nachgegangen. Irgendwie hat es mich sehr beschäftigt. Und ich stelle mir die Frage: Wenn jeder so handeln würde, dass er sich und seine eigene Vorstellung vom Leben in den Mittelpunkt stellt, bekommen wir dann nicht unweigerlich eine Welt voller Egoisten? Und was ist mit unserer Verantwortung unserer Familie, unseren Partnern, Kindern und schließlich der Gesellschaft gegenüber? Bin super gespannt auf deine Antwort. – Nora

Diese Dialoge mit Nora liebe ich. Sie fordern mich heraus. Ich antworte:

Hallo Nora, hab noch keine passende Antwort parat, muss ich zugeben. Aber mein Bauch sagt mir, dass ich auf der richtigen Spur bin. Ich denke, ich werde mit Professor Becker mal darüber sprechen. Schließlich hat er mir angeboten, mit ihm jederzeit philosophische Themen diskutieren zu können. Er scheint sich schon viel mit solchen Fragen auseinandergesetzt zu haben. Ich bin neugierig. Miri

In den nächsten Tagen kümmere ich mich in der Werkstatt um Liegengebliebenes. Rückrufe, Kunden besänftigen, Aufträge abarbeiten, Rechnungen schreiben. Außerdem besuche ich meine Eltern und bin in der restlichen Zeit mit mir allein. Dabei kommt mir immer wieder Professor Becker in den Sinn. Schließlich greife ich zum Hörer und rufe an.

„Miriam“, seine Stimme klingt erfreut, „wie schön, von Ihnen zu hören. Geht es Ihnen gut?“

Ich zögere mit der Antwort, da fährt er schon fort: „Hätten Sie Lust, am Freitagabend zu mir zu kommen? Markus ist auch da, mit ein paar Freunden. Wir könnten ein bisschen plaudern, so wie in Cluny.“

Ja, ich möchte kommen. Ich sehne mich danach, wieder in die Welt einzutauchen, die ich in Frankreich kennenlernen durfte. In die Welt der richtigen Gespräche, der ungewöhnlichen Einsichten. Es ist eine grenzenlose Welt für mich, ein Stück Freiheit, wie ich es vorher nicht gekannt habe. „Oh ja, ich komme sehr gern“, sage ich ohne zu zögern. Und mein Herz hüpft. Auch, weil ich Markus wiedersehen werde.

Die weitere Woche verläuft sehr beschwingt. Ich freue mich. Am Freitag fahre ich los, in einen warmen Abend hinein. Es ist erst sechs Uhr, ich bin für sieben Uhr eingeladen, aber Professor Becker wohnt auf dem Land und ich bin mir nicht sicher, wie lange ich für die Strecke brauche. Zu früh komme ich an dem Haus an, ein alleinstehendes Einfamilienhaus, das von einem gewissen Wohlstand zeugt, mit großem Garten, in dem ein großer alter Nussbaum steht. „Karl & Eva Becker“ steht auf dem Klingelschild. Doch seine Frau lebt nicht mehr, soviel weiß ich. Sie ist schon zu meinen Studienzeiten gestorben.

Professor Becker steht strahlend in der Tür. „Gut, dass Sie ein wenig früher dran sind“, sagt er, „da kann ich Sie auf die anderen Gäste vorbereiten. Wir treffen uns hier einmal im

Monat, Markus und ein paar Studienfreunde, manchmal sind auch zwei meiner Kollegen dabei. Wir kochen zusammen und unterhalten uns über Gott und die Welt, wie es so schön heißt. Meine Kollegen können heute nicht kommen, umso schöner ist es, dass Sie hier sind. Treten Sie ein."

In dem Haus scheint seit Jahren nichts verändert worden zu sein. Die Einrichtung ist schlicht, doch altmodisch. Dennoch wirkt alles freundlich. Wir gehen gleich in die Küche, die bestimmt noch aus den 70er Jahren stammt. Wahrscheinlich hat Professor Becker seit der Krankheit seiner Frau hier nichts mehr verändert.

Er drückt mir ein Glas Rotwein in die Hand, da klingelt es schon: Markus mit einem Freund und einem Pärchen kommen herein. Alle sind beladen mit Schüsseln und Körben, jeder hat etwas zu essen mitgebracht. Als Markus mich sieht, freut er sich sichtlich. Er umarmt mich und gibt mir zwei Küsschen auf jede Wange. „Sicher ist sicher", sagt er und lacht. „Darf ich vorstellen? Mike, Sebastian und Ulrike. Das ist Miriam."

Alle duzen sich. Nur Professor Becker ist „der Professor", wir siezen ihn.

Wir bleiben in der Küche und trinken Wein; aus den Körben werden die Zutaten geholt, die wir für Antipasti, eine Lasagne und einen Salat brauchen. Jemand bindet mir eine Küchenschürze um und wir fangen an zu kochen. Alle reden kreuz und quer durcheinander. Sie scheinen sich gut zu kennen. Und Wein trinken sie auch gern. Auf jeden Fall holt Professor Becker eine Flasche nach der anderen von einem trockenen fülligen Spätburgunder aus dem Keller.

Die anderen fragen mich nicht viel, sie beziehen mich einfach mit ein in ihre Plaudereien über den warmen Frühlingsabend und die Konzerte, die sie in letzter Zeit rund um Freiburg besucht haben.

Plötzlich fragt einer in die Runde: „Hat eigentlich jemand ein Thema mitgebracht?“ Ich bin überrascht. Ein Thema? Alle schütteln den Kopf. „Nein, heute nicht“, sagt einer nach dem anderen.

„Ich würde euch gerne etwas erzählen, was mir bei meinem letzten Besuch in Frankreich über den Weg gelaufen ist“, meint Professor Becker schließlich. „Etwas sehr Spannendes, Altes, aber Zeitloses.“ Er fängt an, von den Tagebuchaufzeichnungen aus der Bibliothek in Cluny zu erzählen und den Inschriften auf den Papierrollen. Kurz und prägnant bringt er alles auf den Punkt und hält inne bei dem Satz:

Du bist hier auf der Erde, um dich selbst zu leben.
Habe den Mut, ganz du zu sein, echt und stimmig.

Die anderen hören still und konzentriert zu, es scheint sie sehr zu interessieren, was Karl Becker erzählt. Ich sitze schweigend dabei, aber es wühlt in mir.

„Was ist los mit Ihnen?“, fragt schließlich Professor Becker.

„Diesen Satz kenne ich noch gar nicht“, stottere ich.

„Entschuldigen Sie, Miriam. Ich muss gestehen, ich habe alleine schon ein bisschen weitergelesen, weil ich nicht schlafen konnte. Und dieser Satz fiel mich förmlich an und beschäftigt mich seitdem. Was halten Sie davon?“

„Ich habe keine wirkliche Antwort darauf“, sage ich ernst, „aber ich habe die Hoffnung, dass Sie, Professor Becker, vielleicht eine haben.“

Er schmunzelt. „Fragen wir doch erstmal die jungen Leute hier.“

Es zeigt sich, dass alle drei ganz unterschiedlich darüber denken, was ein stimmiges Leben bedeuten könnte und wie die vermeintlich moralische Frage nach der Verantwortung anderen gegenüber beantwortet werden sollte.

„Ich denke, niemand ist eine Insel", sagt Ulrike schließlich, „jeder hat so viele Bezüge zu anderen Menschen, die ihm lieb sind oder denen er irgendwie verpflichtet ist. Dennoch muss er sich letztlich gegen alle Erwartungen durchsetzen und sein Leben leben. Auch wenn das manchmal heißt, anderen weh zu tun."

„Du wärst, jetzt mal im Klartext gesprochen, also bereit, mich zu verlassen, wenn man dir deinen Traumjob als Kinderärztin in Südamerika anbieten würde und ich mir nicht vorstellen könnte, dort auch zu leben?", meint ihr Freund Sebastian.

Ulrike überlegt lange. „Ja, denn das ist das, was ich ganz tief drinnen wirklich will. Würde ich mit dir hierbleiben, dann würde ich es dir irgendwann vorwerfen, so wie ganz viele ihren Partnern etwas vorwerfen, von dem diese sie abgehalten haben oder zu dem sie sie überredet haben."

„Und wenn du feststellst, dass es eine Illusion war? Dass die Arbeit dich auslaugt, dass du in dem Land nicht zurechtkommst, dass du dort einsam bist? Was dann? Kämst du dann zu mir zurück, und ich würde dich wieder aufnehmen?"

Ulrike ist jetzt sehr ernst, die beschwingte Weinlaune vom Anfang ist wie weggeblasen, das Thema ist zu persönlich und die Spannung ist greifbar. Es ist eine sehr wichtige Frage, auf die beide eine Antwort suchen – auch für uns alle, wie es scheint.

„Dann müsste ich mich mit meiner Wirklichkeit auseinandersetzen", sagt sie schließlich, „und mit der Gegenwart. Es würde ganz viel Mut kosten, einzusehen, dass es nur ein Traum von Glück war. Es würde mir schließlich sehr weh tun. Aber ich würde bestimmt daran wachsen und hätte im Endeffekt nicht mehr, sondern weniger Angst vor dem Leben und seinen Entscheidungen. Ich käme, denke ich, nicht reumütig zurück, sondern gestärkt und mit der Gewissheit, dass hier meine Heimat ist und ich hier neu anfangen werde. Ich müsste nichts bereuen, und wenn du mich so realistisch und irgendwie auch erwachsener noch haben wolltest, dann wäre es super. Wenn du inzwischen aber eine andere Frau getroffen hättest, die deine Träume mit dir teilt, dann müsste ich dich loslassen. So sehe ich das eben!"

„Ja", sagt Sebastian, „das ist der Unterschied zwischen uns. Für mich ginge unsere Beziehung immer vor. Ich finde mich darin wieder, es gäbe keine Verlockung, die reizvoller sein könnte. Zumindest ist das meine augenblickliche Wahrheit. Und wenn die Gegenwart mir alles präsentiert, was mich meint, wie es so schön heißt auf eurer Schriftrolle, dann ist das auch meine tiefere Wahrheit. Ein Stück meines Kerns."

Er hält inne und lehnt sich zurück, dann nimmt er einen tiefen Schluck aus seinem Glas. „Und deshalb würde ich dich wahrscheinlich auch zurücknehmen", lacht er und prostet Ulrike und uns allen zu.

Klar, dass wir keine eindeutige Antwort an diesem Abend finden, aber wir kommen darin überein, dass jeder für sich selbst herausfinden sollte, was ihm für sein Leben sehr wichtig ist – und sich nicht von faulen Kompromissen davon abbringen lassen sollte, es auch wirklich umzusetzen. Denn das macht unglücklich und schließlich krank. Nur, dazu braucht es auch verdammt viel Mut – und Vertrauen. Man kann niemanden dafür verantwortlich machen, wenn etwas schief läuft. Man ist ganz auf sich alleine gestellt.

In dieser Nacht fährt keiner mehr nach Hause. Aber das scheinen die anderen auch nicht erwartet zu haben. Einer nach dem anderen zaubert einen Schlafsack aus seinen Taschen und Professor Becker zeigt mir ein Gästezimmer mit einer frisch bezogenen Bettcouch, auf der ich mich ausstrecken und noch ein bisschen schlafen kann. Es ist bereits halb vier Uhr morgens, als wir schlafen gehen.

Beim Frühstück – wir sitzen in der großen Wohnküche um den runden Tisch und sind etwas schweigsam, der Kopf ist leicht verkatert und die lange Nacht hängt uns in den Knochen – denke ich mir, wie gut doch das Leben auch hier sein kann. Intensiv und spannend. Es kommt nur auf die Menschen an und ihre Bereitschaft, offen und ehrlich miteinander zu sein. Vielleicht habe ich hier einen Kreis gefunden, in dem ich mich wohl fühle und der mich irgendwie auch weiterbringt.

„Sag mal, Miriam", meint Markus, als er mir noch einmal Kaffee nachschenkt, „nächsten Samstag ist hier ein Konzert, möchtest du mitkommen?"

Ich muss nicht lange nachdenken. „Fein, nächsten Samstag bin ich noch da, dann fahre ich wieder nach Frankreich. Ja, klar komme ich mit!"

Ich fahre gegen Mittag nach Hause, beschwingt und mit offenem Herzen. Ich trällere ein Lied vor mich hin, das habe ich schon lange nicht mehr getan.

Ich denke auch an meinen Professor Becker. Was für ein außergewöhnlicher Mensch. Das ist keine Frage des Alters, er scheint gar keins zu haben. Was für Geschenke das Leben mir derzeit macht. Nicht nur die berufliche Herausforderung, auch die Tagebuchaufzeichnungen, Emile, Professor Becker, Markus und jetzt die neuen Begegnungen in Karl Beckers Haus. Ich atme tief die würzige Luft ein und frage mich: Ist das Zufall, dass sich plötzlich so viel Neues auftut, das sich so lebendig anfühlt? Und alles hängt mit Professor Becker zusammen, schließlich hat er mir den Auftrag vermittelt.

Ich rufe ihn noch am Nachmittag an und bedanke mich nicht nur für die Einladung, sondern auch für all das, was ich durch ihn erfahren durfte. Er freut sich und sagt: „Miriam, wissen Sie, wer Türen aufmacht, dem öffnen sich Türen und das Leben wird weit. Es gefällt mir, dass Ihnen diese neuen Sichtweisen und Menschen guttun und ich glaube, Sie tun einigen Menschen auch sehr gut. So wird mir zumindest berichtet."

„Ach ja, von wem denn?"

„Na von Emile. Wenn wir telefonieren, schwärmt er immer von Ihnen. Aber auch Markus und seine Freunde scheinen Sie zu mögen. Wissen Sie was? Hätten Sie nicht Lust, in Zukunft bei diesen monatlichen Treffen immer mit dabei zu sein?"

Ich freue mich so, dass ich gar nicht weiß, was ich antworten soll. „Das klingt spannend. Toll."

~ 22 ~

Das Konzert ist am Freitag. Es ist ein warmer, aber trüber Abend. Regen wird es jedoch wahrscheinlich nicht geben. Ganz Freiburg scheint auf den Beinen zu sein. Wir treffen uns in der Innenstadt, um den Rest des Weges bis zu dem Festivalgelände zu Fuß zurückzulegen. Markus und zwei Pärchen kommen mit, darunter auch Sebastian und Ulrike. Wir sind gut gelaunt und freuen uns auf die verschiedenen Gruppen, die für den Abend angekündigt sind.

Schon von weitem sehe ich ihn. Er steht mitten in der Menge und hat eine Regenjacke über den Arm gehängt. Die kurzen mittelbraunen Haare, die gerade Haltung, die Art, wie er den Kopf leicht nach vorn neigt: Frank. Es trifft mich wie ein Schlag. Doch gleich darauf werde ich ruhig und freue mich sogar ein klein wenig. Unwillkürlich gehe ich auf ihn zu, um ihn zu begrüßen. Ich bin mir nicht sicher, ob er mich schon gesehen hat, er schaut in die andere Richtung, wo gerade die erste Gruppe ihre Instrumente auf der Bühne aufbaut.

Plötzlich taucht wie aus dem Nichts neben ihm eine große schlanke Frau mit hellem Haar auf, fasst ihm vertraut um die Taille, schmiegt sich an ihn und gibt ihm einen Kuss auf die Wange. Er wendet sich ihr glücklich zu – in diesem Moment erkennt er mich und erstarrt. Schnell schaut er weg und weiß offensichtlich nicht, wie er reagieren soll. Ich bleibe sofort stehen und sehe die Szene wie in einem Film. Seine abrupte Art, sich einfach wegzudrehen, tut weh, aber es bleibt mir nichts anderes übrig, als genau das zu akzeptieren. Langsam wie in Zeitlupe wende ich mich ab und gehe zu Markus und seinen Freunden zurück. Während des Festivals wandern meine Gedanken immer wieder zu Frank und seiner neuen

Freundin. Manchmal sucht ihn auch mein Blick in der Menge, aber ich kann ihn nicht entdecken. Es hat mich aufgewühlt, doch ich spüre auch, dass der Schmerz nicht mehr so tief sitzt und langsam immer mehr nachlässt. Wie gut. Jetzt weiß ich: Ich bin durch.

Markus steht neben mir und es ist ihm nicht entgangen, dass ich unruhig bin. „Was ist, Miri? Du wirkst so angespannt."

„Ach, ich hab Frank gesehen, meinen früheren Freund."

„Und?"

„Ich weiß jetzt endgültig, dass es vorbei ist."

„Das ist gut. Und ab jetzt hast du ja uns", meint Markus und legt für einen kurzen Moment seinen Arm um mich. Von nun an kann ich das Konzert genießen. Ich bin frei.

Später, als wir noch einen Rotwein auf dem Festgelände trinken – inzwischen ist es Nacht, empfindlich kühl und wir haben alle unsere Jacken übergezogen – sage ich: „Professor Becker hat mich gefragt, ob ich regelmäßig zu euren Treffen kommen möchte. Wäre das für euch okay?"

„Das würde uns riesig freuen", antwortet Ulrike. Und alle stimmen zu.

„Prost", sagt Markus, „auf unsere gemeinsame Zeit, die vor uns liegt. Ich freu mich schon!" Seine Augen strahlen.

Daheim angekommen, rufe ich sofort Nora an. Es ist schon weit nach Mitternacht, aber das macht nichts. Sie ist eine Nachteule.

„Ich hab Frank gesehen – mit einer Neuen – und es tut nicht mehr weh!"

„Herzlichen Glückwunsch, Miri. Das müssen wir feiern. Wenn wir uns das nächste Mal treffen, wird der endgültige Abschied von Frank F. begossen. Versprochen."

Ich lege den Hörer auf und gehe ins Bett. Dabei schaue ich durch das geöffnete Fenster in den Nachthimmel. Er ist klar und die ersten Sterne zeigen sich. Beim Einschlafen stehe ich plötzlich an Deck des großen, alten Schiffes, das Meer rauscht, jemand sieht mich an mit dunklen Augen und spricht in einer fremden Sprache zu mir. Zum ersten Mal fühlt sich das Bild stimmig an.

Am nächsten Morgen bin ich wieder ganz bei mir und mit mir alleine. Ich arbeite viel Liegengebliebenes auf und dabei kommt mir das Gespräch zwischen Sebastian und Ulrike noch einmal in den Sinn. Etwas hat mich daran befremdet. Vielleicht die Selbstverständlichkeit, mit der Ulrike die Liebe zu ihrem Freund aufs Spiel setzen würde, um ihren beruflichen Herzenswunsch zu erfüllen. Würde ich auch so leichtfertig handeln? Oder ist es gar nicht leichtfertig? Vielleicht hat sie nur andere Prioritäten im Leben als ich. Hätte eine Liebe für mich mehr Priorität als mein Beruf oder wäre es dann nicht die richtige Liebe? Und was würde ich tun, wenn ich eine glückliche Beziehung hätte, aber mein Beruf mich davon wegführen würde, ohne dass mein Geliebter mir folgen könnte oder wollte?

Dieser Teil des Satzes, „Erkenne, wer du wirklich bist", ist eine riesige Herausforderung. Ob die Menschen, die das verfasst haben, auch danach gelebt haben? Schade, dass ich keinen davon fragen kann. Also muss ich mir die Antwort darauf erstmal schuldig bleiben.

~ 23 ~

Es ist ein feuchter Montagmorgen, an dem ich nach Cluny zurückfahre. Ich hab mich wieder in derselben Pension einquartiert. Die Obstbäume im Mühlengarten stehen in voller Blüte und am nächsten Tag zwitschern die Vögel schon vor Sonnenaufgang.

Die Begegnung mit Emile verläuft zum Glück unkompliziert. Ich klingele, er öffnet die Tür, grinst mich an und umarmt mich. „Miriam, hattest du eine gute Fahrt? Lass uns Kaffee trinken und loslegen. Ich hab schon richtige Entzugserscheinungen."

Ich bin nicht so entspannt wie er, aber meine Nervosität legt sich rasch, als wir an die Arbeit gehen.

Eine Stunde später erscheint Véronique unangemeldet und setzt sich zu uns in die Bibliothek. Sie ist perfekt gestylt, wie immer – Kostüm, die Haare gekonnt hochgesteckt, kleine Perlenohrringe an den Ohrläppchen, der Lippenstift dezent auf das gesamte Ensemble abgestimmt. Wir sitzen gerade über dem mysteriösesten Stück der Sammlung, dem griechischen Schmuckstück aus Silber, das eine schlanke, nackte Frauengestalt darstellt, und suchen dazu eine passende Stelle im Tagebuch. Emile lässt sich von Véroniques Anwesenheit nicht ablenken.

„Es hat mich sehr viel Überwindung gekostet, glaub mir, Miriam, nicht einfach weiterzulesen und zu sehen, was Gustave noch so alles ans Licht gezaubert hat auf seinen Forschungsreisen", sagt Emile zu mir und lächelt dabei verschmitzt. „Aber ich hab mich zurückgehalten, denn ich wollte es mit dir gemeinsam tun."

Als Véronique den vertraulichen Ton in seiner Stimme wahrnimmt, verfinstert sich ihre Miene sofort.

„Oh“, sagt sie, „man hat sich hier anscheinend sehr gut verstanden und ist sich inzwischen nähergekommen?“

Emile ignoriert ihre Spitze. „Véronique, du wolltest sehen, wie weit Miriam bereits vorangekommen ist? Sehr weit, wie du siehst. Bald dürften die Arbeiten am Schmuck beendet sein.“

Véronique bittet Emile hinaus. Sie platzt schier vor Unmut. „Was soll das?“, höre ich sie aufgeregt im Gang sagen. „Es gibt eine Grenze zwischen Auftraggeber und -nehmer, die du nicht überschreiten solltest! Gerade du nicht, du weißt, was ich von deiner lockeren Art im Umgang mit dem weiblichen Geschlecht halte.“ Véroniques Stimme überschlägt sich fast, sie hat sich nicht mehr im Griff und es scheint ihr auch egal zu sein, dass ich hinter der geschlossenen Tür das meiste mitbekommen kann. „Und sag ja nicht, ich hätte keine Ahnung und es ginge mich nichts an. Hier geht es mich deutlich etwas an, denn ich unterschreibe die Rechnungen, die sie stellt. Du hast ja nicht mehr die finanziellen Mittel, seit du deinen letzten Großauftrag in den Sand gesetzt hast. Wer weiß, an was du im Moment gerade arbeitest. Undurchsichtige Geschäftspartner hast du ja immer gehabt. Aber halte dir hier deine Finger sauber, ja?“

Ich spüre einen Kloß im Hals. So ist es also mit Emile. Ein Frauenheld ist er – und ein schlechter Geschäftsmann. Ein Stück seiner schönen Fassade bröckelt bei mir.

„Es geht dich durchaus gar nichts an, Véronique“, höre ich Emile sagen, „denn jeder Mensch ist anders und ich bin so, wie ich nun mal bin. Du steckst ja auch in deiner Haut und machst damit nicht immer nur gute Erfahrungen, oder? Außerdem ist dies hier mein Haus und mein Leben – und vergiss bitte nicht, dass es sich um den Schmuck *meines* Großvaters handelt und um ein Geschenk für *meine* Eltern, die auch die Eltern deines Mannes sind, nicht wahr?“

Es wird still draußen. Ich höre, wie Véronique mit strammen Schritten die Treppe hinuntergeht. Die Haustür schlägt zu.

Nach einer Weile kommt Emile wieder ins Zimmer. „Es tut mir leid, dass du das alles mit anhören musstest", sagt er, „Véronique und ich haben uns noch nie sonderlich gut verstanden. Sie ist in vielem ganz anders als ich. Vielleicht hat sie in manchen Dingen recht, in manchem aber auch nicht. Das ist immer alles eine Frage der Bewertung, nicht wahr?"

Ich nicke schweigend und betroffen.

„Aber eins möchte ich doch klarstellen, Miriam. Ich bin kein Filou. Du bedeutest mir mittlerweile sehr viel. Du gefällst mir auch als Frau, das gebe ich zu. Aber ich verstehe, dass ich wohl für dich ein wenig zu alt bin. Und das kann ich akzeptieren, auch wenn es mir schwerfällt. Lass uns Freunde und Gesprächspartner sein, denn diese Seite an dir fasziniert mich ebenso sehr."

Ich nicke wieder. „Emile, danke für diese offenen Worte. Sie bringen mir Klarheit und entspannen unser Zusammensein und unsere Arbeit hier. Denn ich würde es nur schwer aushalten, wenn Spannung zwischen uns herrscht oder gar Missstimmung. Es ist gerade diese Leichtigkeit im Umgang mit dir, die mir so guttut und so gefällt."

Ich sage es nicht, aber denke mir, dass ich wohl auch gerade wieder ein Stück mehr von diesem Kern begriffen habe, der tief in mir steckt und mich ausmacht. Das fing schon in Freiburg an, als ich mich mit Professor Becker, Markus und seinen Freunden getroffen habe. Ich habe gemerkt, dass ich diese Art von Begegnungen brauche, um mich selbst zu entfalten. Ich brauche diese Menschen, die wie ich auf der Suche nach einer tieferen Wahrheit sind, und es macht mir ungeheure Freude, das gemeinsam mit ihnen zu tun. So wie auch hier mit Emile. Ich habe gemerkt, dass ich gerne auf der Suche bin, ja, dass ich es brauche wie die Luft zum Atmen, genauso wie den Austausch mit anderen Menschen, die so gestrickt sind wie ich. Ich lächele und Emile scheint das wiederum zu entspannen.

„Vergessen wir den Disput eben", sagt er, „und machen wir einfach weiter, wie es uns entspricht. Heißt es nicht beim alten Gustave, dass wir Lust und Freude daran haben sollten, das in uns Entdeckte auch zu entfalten, nicht nur, es zu suchen und zu finden? Dann lass uns Lust und Freude daran haben, weiter zu suchen in diesen Aufzeichnungen und sie mit dem Schmuck in Verbindung zu bringen, der so echt und schön vor uns liegt. Weißt du was, ich lese nochmal die Stellen vor, an denen Gustave die Schriften in Ägypten entziffert. Ich hab sie markiert, damit ich sie immer sofort parat habe.

Er blättert. „Hier fängt es an: *Achte stets auf das Hier und Jetzt, denn es wird dir alles präsentieren, was dich meint auf diesem Lebensweg*. Dann weiter: *Erkenne, wer du wirklich bist! Tief in deinem Innern liegt dein Kern verborgen. Suche und finde ihn.* Schließlich: *Dein Kern ist aus göttlicher Quelle entstanden. Habe Lust und Freude daran, ihn zu entfalten.*"

~ 24 ~

Emile kann wirklich mitreißend sein. Doch irgendetwas in mir zögert noch, einfach wieder in die andere Welt einzutauchen. Einen Haken hat die Sache. Und das sind Véroniques schneidende Worte und das Unbehagen, das sie in mir ausgelöst haben.

„Seine Lust am Leben auszudrücken finde ich sehr schön", sage ich laut. „Aber was ist, wenn ein Teil dieses Kerns in uns nicht schön ist, wenn er mir gar nicht gefällt? Das Nette, Friedliche, Akzeptierte kann ich ja problemlos entfalten. Aber was mache ich mit dem Dunklen, Widersprüchlichen, Gefährlichen in mir, mit den Seiten, die mir gar nicht behagen? – Und was mache ich, wenn andere Menschen mir ihre hässliche Seite zeigen, ihre Verletzende, so wie etwa Véronique gerade?"

Emile sieht mich mit seinen hellen Augen fest und ruhig an. „Ach, Miriam, ich denke, unser tiefster Kern ist weder schön noch hässlich, weder gut noch böse, er ist einfach das, was uns ausmacht, etwas ganz Ureigenes. So genau weiß ich das aber auch noch nicht." Mit dieser Antwort kann ich leben.

~

Kairo, 4. April 1937

Meine liebe Marie,

zuerst die frohe Botschaft: Ich komme nach Hause. In einer Woche schon. Meine Mission hier ist erst einmal beendet. Also darf ich für ein paar Monate zu dir zurückkehren, um meine Arbeit zu dokumentieren sowie an das Staatsministerium zu berichten. Allerdings hat man mir bereits zugetragen, daß ich für eine neue Auslandsreise auserkoren bin. Ich soll im kommenden Frühjahr nach Kreta reisen, um dort auf den Ausgrabungsstätten für Ordnung zu sorgen und die Fundstücke zu beschriften. Sei bitte nicht traurig oder besorgt, wir werden einen gemeinsamen Winter mit unseren Söhnen haben und es wird uns an nichts fehlen. Das Frühjahr ist noch weit hin und bis dahin sehen wir alles mit frischen Augen.

~

Ich seufze laut bei diesen Zeilen und Emile schaut mich über den Rand seiner Brille an. „Was ist los, Miriam?"

„Nichts, gar nichts, die hatten halt auch ihre Sorgen und mussten ständig Sehnsucht nacheinander aushalten, und wahrscheinlich war dann daheim auch nicht alles eitel Sonnenschein, wenn man sich so lange nicht sieht und plötzlich wieder dicht an dicht lebt. Ich denke aber, Marie war auf der einen Seite zwar eine sehr zarte Person, auf der anderen Seite muss sie auch unabhängig und selbstständig gewesen sein, sonst hätte sie dieses Leben ja nicht ertragen."

„Wir wissen ja nicht wirklich, wie es ihr damals ging", meint Emile. „Aus den Briefen können wir uns ja nur ein Bild von der jungen Frau machen und sehen Gustave als zwar romantischen Mann, der sich auf der einen Seite sehr um seine junge Frau zuhause sorgt, zugleich aber neue Abenteuer ins Auge fasst. Das hat bestimmt für Zündstoff im trauten Heim gesorgt, kann ich mir vorstellen. So wie ich meine Großmutter in Erinnerung habe, konnte sie nämlich auch ganz schön resolut sein."

Emile schaut mich augenzwinkernd an, schiebt die Brille auf die Nasenwurzel zurück und liest weiter:

Nun muß ich dir aber noch etwas Phantastisches berichten, meine liebe Marie. Ich war gestern Abend zu einem Abschlussbesuch bei dem ägyptischen Botschafter eingeladen, mit dem mich so etwas wie gegenseitige Zuneigung verbindet, auch wenn unsere Kulturen sehr unterschiedlich sind. Er scheint Vertrauen in mich zu haben, anders kann ich mir seine Offenheit, die für einen Araber sehr ungewöhnlich ist, nicht erklären. Auf jeden Fall hat er mich nach dem offiziellen Teil des Abends in sein Raucherzimmer gebeten. Wir haben ganz nach europäischer Art gemeinsam Zigarren geschmaucht und Cognac getrunken und da hat er mir eröffnet, daß einen Tag zuvor eine weitere Inschrift gefunden wurde, die er sofort hat beiseite nehmen lassen, um sie mir zu zeigen. Zuerst war ich erstaunt darüber und auch leicht verärgert, daß man mir davon nichts berichtet hatte. Aber ich kenne die ägyptische Mentalität ja jetzt ganz gut und muß dankbar sein, daß dieser Regierungsvertreter mir vertraut, sonst hätte ich nie davon erfahren und diese kostbaren geheimen Schätze wären vielleicht in falsche Hände geraten und damit für die Öffentlichkeit für immer verloren gewesen.
So aber bat er mich unter vier Augen, eine weitere Schriftrolle zu übersetzen. Meine Hände zitterten vor Aufregung, als ich sie entgegennahm, um die bereits ziemlich verwitterten Zeichen zu entziffern. Der Duktus ist der gleiche wie bei den vorausgegangenen Rollen. Der Schreiber wendet sich wieder ganz persönlich an sein Gegenüber. Ich hatte Mühe, die Bilder in unsere Sprache zu übertragen. Vielleicht habe ich auch Fehler gemacht bei meiner ersten Übersetzung. Aber sinngemäß erschließen sich mir die Worte so:
„Du bist hier auf der Erde, um dich selbst zu leben. Habe den Mut, ganz du zu sein, echt und stimmig."
Da haben wir es, Marie. Alle diese Sätze stellen uns vor neue Aufgaben und sie klingen so ganz anders als das, was uns bislang über die ägyptische Kultur überliefert wurde – und gleichzeitig zeitlos. Da ist in der ersten Schrift von der so wichtigen Gegenwart die Rede,

in der zweiten von dem uns eigenen Wesen und von der Lust, es zu erkunden, und jetzt in der dritten von dem Mut, den wir aufbringen sollen, um ganz wir selbst zu sein. Mir kommt nicht zum ersten Mal die Vermutung, daß der Verfasser oder die Verfasserin dieser Zeilen ursprünglich gar nicht aus Ägypten kam. Aber das ist, wie gesagt, nur eine Ahnung.

Vor dem Botschafter habe ich meine Erschütterung verborgen. Er sollte nicht gleich erkennen, wie aufgewühlt ich war. Die Schriften müssten sehr sorgsam behandelt werden, sagte ich nur, sie seien archäologisch äußerst aufschlussreich und wichtige Zeitzeugen für das ägyptische Volk und schließlich für die ganze Welt. Er solle sie bitte nach Kairo ins ägyptische Museum bringen lassen zur sorgsamsten Aufbewahrung. Ob ich mir vor meiner Abreise noch eine originalgetreue Abschrift davon anfertigen lassen könne, habe ich ihn gefragt. Ich wolle meinem Lehrstuhl davon berichten. Er sah mich sehr aufmerksam an mit seinen tiefschwarzen Augen, nickte schließlich und sagte: „Ja, mein Freund. Sie dürfen es.“ Ich verstand sofort, daß ich es seiner Sympathie für mich zu verdanken hatte, daß die Schriften auf den Schriftrollen überhaupt zu mir gelangt sind. Und beim Abschied reichten wir uns fest die Hand. „Wenn Sie Ihr Weg wieder nach Ägypten führt, dann seien Sie mein persönlicher Gast“, sagte er. Und glaub mir, Marie, ich weiß diese Geste sehr zu schätzen.

~

Emile klappt das Buch zu, streckt sich und gähnt.

„Den Satz kenne ich schon“, sage ich, „Karl Becker hat mir davon erzählt.“

„Ich weiß“, meint Emile und zwinkert mir zu. „Er hat es mir verraten. Aber uns nimmt das nichts weg, oder?“

Ich schüttele den Kopf.

Draußen wird es dämmrig, es muss schon späterer Abend sein, und ein böiger Wind verheißt, dass vielleicht ein Gewitter heraufzieht.

„Großes Kino ist das, was mein Großvater erlebt hat. Beeindruckend.“ Emile steht auf und schüttelt leicht den Kopf. Dann sieht er auf die Uhr.

„Hunger hab ich jetzt auf einmal“, sagt er. „Du auch? Der Supermarkt macht um neun Uhr zu, wir sollten noch schnell hinfahren, vorausgesetzt, du magst mit mir zu Abend essen?“

„Gern“, sage ich noch etwas abwesend. Wir nehmen Emiles alten Geländewagen, um in den außerhalb gelegenen *supermarché* zu fahren. Der warme Wind fährt durch die offenen Fenster in den Wagen und zerzaust mir die Haare. Es fühlt sich sehr angenehm an, die Haut prickelt und ich sehe Emile von der Seite an, der angestrengt auf die Straße schaut. Was für ein guter Freund du bist, denke ich mir, fast könnte ich mich doch in dich verlieben. Laut jedoch spreche ich den Gedanken aus, der mich, seit wir aufgebrochen sind, gefangen nimmt: „Hör mal, hast du das Gefühl, dass du dich lebst? Ich meine so, wie es auf den Schriftrollen stand. Und was heißt das überhaupt? Und kennst du jemanden, der das ganz und gar tut?“

Wir halten an einer roten Ampel. Emile tritt dabei etwas zu fest auf die Bremse. Der Wagen kommt mit einem heftigen Ruck zum Stehen.

„Geht das überhaupt? Wenn ich mich ganz leben würde, dann wäre ich wohl inzwischen mit dir zusammen!“

„Moment mal“, protestiere ich, „es kann ja nicht davon abhängen, ob du mit mir zusammenlebst oder nicht. Schließlich finde ich, dass du dich doch schon ziemlich sehr selbst auslebst. Du bist unkonventionell, frei im Denken und, wie ich mitbekommen habe, auch im Handeln, gehst offen und direkt mit Menschen um, siehe Véronique, und wagst es, Grenzen zu setzen."

Die Ampel wird grün. „Stimmt", sagt Emile.

Ich rede mich in Rage. „Du hast frei deinen Beruf gewählt und übst ihn wohl auch nach deinen Vorstellungen aus, auch wenn du damit nicht immer finanziellen Erfolg zu haben scheinst."

„Stimmt auch. Dieses Risiko gehe ich ein, um frei bestimmen zu können, was mir entspricht und was nicht."

„Schöner Standpunkt. Und wovon lebst du dann, wenn ich fragen darf?"

Emile lacht schallend. „Weißt du, ab und zu hab ich damit auch Erfolg."

Ich merke schon, dass er älter ist als ich und wohl auch selbstbestimmter. Meine doch sehr konservative Erziehung ließ mir nicht wirklich viele Freiräume, um für mich selbst entscheiden zu lernen.

Meine Miene scheint Bände zu sprechen. Emile sieht mich von der Seite an, als wir auf dem Parkplatz angekommen sind und der Wagen abgestellt ist. „Und wie sieht es mit dir aus, ma chère?"

„Ich glaube, ich fange jetzt erst damit an, mich zu leben. Ich hab mir eigentlich nie so recht Gedanken darüber gemacht."

Beim Einkaufen schaue ich mir die Leute viel genauer an als sonst. Die meisten wirken in sich gekehrt, müde oder ungeduldig. Woran erkenne ich, ob jemand sein eigenes Wesen lebt? Vielleicht an einem lebendigen Funkeln in den Augen? Aber das entdecke ich um mich herum nicht.

~ 25 ~

Emile fragt mich am nächsten Morgen, ob ich mit zu einem Winzer in der Nähe von Macon fahre. Er hat Markus versprochen, dort ein paar Kisten Wein abzuholen, die dieser am Wochenende mitnehmen würde. Ich freue mich schon auf dieses süße Städtchen, das ich zum letzten Mal besucht habe, als ich Professor Becker vom Bahnhof abgeholt habe. Es liegt idyllisch an einem kleinen Fluss und die Innenstadt mit den reizvollen Passagen und Geschäften lädt zu einem Stadtbummel ein. Wir halten kurz an, um in einem kleinen Café am Flussufer einen Espresso zu trinken. Es ist ein schwüler, etwas dunstiger Tag. Das drohende Gewitter vom Vorabend ist weitergezogen und durch die Schwüle ist die Luft schwer.

Das Weingut liegt außerhalb, ein wenig abseits der Staatsstraße. Als Emiles Geländewagen vor der Hofeinfahrt hält, öffnet sich das Tor automatisch und ein kleiner stämmiger Mann etwa Mitte 50 tritt vor das Haus. Er begrüßt Emile herzlich. Um seine freundlichen Augen bilden sich dabei jede Menge Lachfalten. Die beiden Männer umarmen sich fest, sie scheinen sich gut zu kennen. Ob er mit jedem Kunden so herzlich umgeht, oder steckt vielleicht nur ein guter Geschäftssinn dahinter?

Emile stellt mich als deutschen Gast seiner Familie vor. „Mademoiselle, willkommen auf meinem Weingut", begrüßt mich der Winzer laut. „Wie gefällt es Ihnen in unserem Land?" Er wirkt auf mich nicht aufgesetzt, sondern aufrichtig freundlich. Mein Französisch ist inzwischen so flüssig, dass innerhalb kurzer Zeit ein lebhaftes Gespräch in Gang kommt.

Wir lachen viel. Monsieur Gaspard, so sein Name, führt uns in seine Lagerräume. Dort ist es kühl und riecht modrig. Natürlich sollen wir den Wein, den wir für Markus abholen, auch selbst probieren. Die beiden Männer sprechen lebhaft miteinander, über die verschiedenen Lagen und Jahrgänge, über das Wetter in diesem Jahr und wie es den Reben bekommt, über die vermutete Qualität des gerade heranreifenden Jahrgangs und die beste Ernte aller Zeiten vor zwei Jahren, als der Sommer ungewöhnlich trocken war, aber das Frühjahr ausreichend feucht.

Monsieur Gaspard gestikuliert viel beim Reden und lacht noch mehr dabei. Ich lasse den Wein auf der Zunge zergehen und spüre, wie ich lockerer werde, so dass ich ihn schon bald frage: „Sie scheinen ja ganz für Ihren Wein zu leben, wie es aussieht. Mögen Sie denn Ihren Beruf?"

„Mögen, Mademoiselle Miriam, ist untertrieben. Ich liebe ihn. Es ist der beste und einzig wahre Beruf auf der Welt." Dabei lacht er noch lauter, seine roten Wangen glühen und die kleinen grauen Locken rund um seinen Kopf wippen bei jeder Bewegung mit.

„Kommen Sie denn aus einer Winzerfamilie?", frage ich.

„Ja, aber als jüngstes Kind von fünf wollten meine Eltern eigentlich einen Kaufmann aus mir machen." Er lacht amüsiert auf. „Aber ich bin schon als kleiner Junge immer durch die Weinberge gestreift, war der erste morgens bei der Ernte, hab den Geruch des Weinkellers geliebt, und mir war schon ganz früh klar: Ich will in meinem Leben nichts anderes als Winzer werden. Schließlich lebt man nur einmal, Mademoiselle." Er zwinkert mir schelmisch zu und trinkt ein Schlückchen Wein.

„Und dann haben Sie das Gut doch übernommen?"

„Wo denken Sie hin, junge Frau, so einfach war das nicht. Dies ist nicht der Hof meiner Eltern. Den führt mein großer Bruder. Ich hatte einen kinderlosen Onkel, der sogar das Studium für mich finanziert hat, damit ich seine Weinberge mit dem Geschäft – dieses Weingut hier – übernehmen konnte.“

Der Rotwein am späten Vormittag hat mir Mut gegeben. Offen frage ich den sympathischen, lebhaften Winzer: „Sind Sie damit glücklich geworden?“

„Wenn ‚glücklich sein‘ bedeutet, jeden Morgen als erstes nach dem Wein in den Fässern zu sehen und den Geruch in mich aufzusaugen, bevor ich mich an den Frühstückstisch setze, oder nach jedem Gewitter sofort voller Sorge zu den Reben zu laufen wie ein Vater, dessen Kind gerade vom Rad gefallen ist und der es untersucht, ob es schlimme Kratzer abbekommen hat. Und wenn dann im Spätsommer der Wein gelesen ist und die Trauben prall und frisch in den Bottichen liegen und darauf warten, zu einem guten Wein zu vergären, ja, dann bin ich glücklich.“

Mit dem Auto voller Kisten fahren wir wenig später zurück nach Cluny. Wir sagen nichts. Aber ich habe das Gefühl, dass uns beiden die Begegnung mit diesem Mann, der so ganz in dem aufgeht, was er tut, sehr gut getan hat. Zuhause angekommen, geht jeder gleich in sein Arbeitszimmer.

„Du glaubst es vielleicht nicht, Miriam, aber ich habe gerade einen wichtigen Auftrag, den ich endlich zu Ende bringen muss, sonst bekomme ich Ärger“, meint Emile mit einem ironischen Lächeln. Mir passt das sehr gut, denn ich habe bereits ein gehörig schlechtes Gewissen, schon wieder nichts gearbeitet zu haben.

Ich verschwinde in der Bibliothek und hole vorsichtig die griechische Frauenfigur hervor, das letzte noch zu bearbeitende Stück. Ich lasse es durch meine Hände gleiten, das Silber ist kühl und stumm, und doch scheint die Figur mit mir zu reden.

Ja, mein Beruf erfüllt mich. Ich habe ihn nach meinen Vorstellungen gewählt, gegen den Rat meiner Eltern, die aus mir gerne eine Rechtsanwältin oder zumindest eine Grundschullehrerin gemacht hätten, wegen des sicheren Einkommens und der guten Vereinbarkeit von Familie und Beruf, zumindest als Lehrerin. Ich habe mich noch nie anderen Leuten angeschlossen, nur um nicht alleine zu sein. Lieber bin ich abends mit einem Buch zuhause, als in einer Gesellschaft, in der ich mich nicht wohlfühle. Manchmal fehlt mir dadurch die Ausgelassenheit und vielleicht auch die Ekstase, die andere spontan erleben. Zu selten gehe ich aus mir heraus, einfach so. Mit Nora teile ich eine ganz besondere Vertrautheit, ohne Vorurteile und ohne Verstellung. Außer ihr und Frank gab es lange Zeit niemanden, den ich wirklich näher an mich herangelassen hätte. Umso wohler tun mir die offenen Begegnungen der letzten Wochen, sei es mit Emile, mit Professor Becker, Markus und seinen Freunden.

Etwas in mir löst sich, geht auf wie eine alte rostige Tür, die seit langer Zeit einmal wieder geöffnet wird. Und es wundert mich, dass sie nicht in den Angeln quietscht. Im Gegenteil, es geht leicht und beschwingt. Ich fühle mich beinahe erfüllt. Beinahe, denn hinter dieser Tür sitzt noch eine Trauer, ein Gefühl von Einsamkeit, das ich mir nicht so recht erklären kann. Aber es ist greifbar. Vermutlich fehlt mir ein Partner an meiner Seite. Ganz so unabhängig, wie ich mich gerne sehen möchte, bin ich anscheinend doch nicht.

~ 26 ~

Am nächsten Tag kommt Markus. Er hat sich für den frühen Abend angekündigt und will am Morgen schon wieder fahren. Ich bin bereits mittags unruhig und erwarte ihn. Ständig stehe ich auf und gehe ans Fenster, weil ich von dort durch den Garten auf die Straße sehen kann.

Es ist ein etwas schwüler, immer noch dunstiger Tag. Schon morgens haben kaum Vögel gesungen, anscheinend sind auch sie träge geworden in der unbewegten Luft. Die Stadt ist zu dieser Zeit von vielen Touristen belebt, die sich auf der Treppe nicht weit von Emiles altem Steinhaus fotografieren lassen. Ihre Stimmen dringen zu mir in die Bibliothek hinauf.

Wenn er da angekommen ist, möchte Markus uns in ein Restaurant in der Nähe der alten Abtei einladen, deren Ruinen mitten in der Stadt liegen. Es ist in einem dieser hellen Steinhäuser untergebracht, die schon einige Hundert Jahre alt sind. Ich war schon einmal mit Emile dort essen. Den Speisesaal beherrscht ein offener Kamin, der im Winter beheizt wird. Jetzt im Frühsommer sind die Räume mit den glatten Marmorböden angenehm kühl. Ich freue mich.

Endlich, so gegen 17 Uhr, hält ein Wagen vor dem Haus. Eine Autotür schlägt zu, es folgen Schritte auf dem Kiesweg, dann tönt die Klingel. Ich bleibe bewusst noch in der Bibliothek, während Emile öffnet. „Markus, wie war die Fahrt? Komm rein, wir warten schon auf dich!“ Ich höre seine Stimme und mein Herz schlägt schneller. Ich zwinge mich, die Treppe langsam hinunterzugehen. Auf einmal bin ich ungewohnt nervös.

„Hallo Markus.“ Wir umarmen uns fest.

„Miriam, schön, dich zu sehen.“ Wir strahlen beide.

Emile sieht uns an und schluckt. „Am besten, du lädst gleich den Wein in deinen Kofferraum“, sagt er trocken, „sonst vergessen wir das noch.“

Die beiden Männer gehen hinaus und ich betrachte sie von hinten. Emile ist mittelgroß, schlank und salopp gekleidet. Markus überragt ihn um einen halben Kopf, bewegt sich geschmeidig und wirkt sehr jungenhaft. Sein halblanges braunes Haar ist von der Fahrt zerzaust und einige Wirbel stehen aufmüpfig hoch. Ich muss unwillkürlich lächeln. Die beiden sind einfach klasse.

Wir trinken einen Aperitif in der Küche. Markus erzählt von der Fahrt, die nicht sehr angenehm war.

„Staus ohne Ende in Deutschland. Sogar noch in Frankreich. Und dann Baustellen und ein Unfall, wegen dem ein Teil der Autobahn gesperrt war und alles über Land umgeleitet wurde. Aber jetzt bin ich endlich da. Müde, aber froh.“

Wir scherzen, Emiles Stimmung ist auch wieder gestiegen, und so sage ich, dass ich mich schnell umziehe. Ich habe alles Nötige aus der Pension mitgebracht, weil wir ja schnell loswollen.

„Ich habe ein Problem“, sagt Emile, „ich kann nicht mitkommen. Der Bauträger des Auftrags, an dem ich gerade mitarbeite, hat fürchterlichen Druck gemacht. Ich muss die Pläne bis Montagfrüh vorlegen. Das bedeutet Nachtschicht. Ich kann euch leider nicht begleiten. So leid es mir tut. Esst bitte ohne mich, wir können dann morgen zusammen frühstücken, bevor du fährst, Markus. Dann sehe ich klarer, wie weit ich gekommen bin mit meiner Arbeit.“

Ich gönne mir keine Zeit, über die neue Lage nachzudenken, sondern flitze hoch, um mich umzuziehen und schnell noch ein wenig frisch zu machen. Ich zupfe hier und da, prüfe mein Bild im Spiegel, bin nicht ganz zufrieden, die Haare sind zu schlapp, die Augen wirken angestrengt, die Lippen sind zu schmal, aber daran lässt sich jetzt auch nichts ändern. Das dunkelgrüne knielange Kleid ist gut, ich schäme mich zwar für meine noch weißen Beine, aber eine Strumpfhose ist einfach zu warm für diesen lauen Abend. Ich nehme zur Vorsicht die schwarze Strickjacke mit und ziehe mir mein Lieblingsschmuckstück an, einen aus Silber geschmiedeten ovalen Anhänger mit einem dunkelgrünen Topas in der Mitte, mein Gesellenstück aus der Zeit der praktischen Ausbildung.

Die beiden Männer sitzen unten in der Küche und warten auf mich. Durch die leicht geöffnete Tür schnappe ich den Fetzen eines Gesprächs auf und höre Emile, wie er sagt „Dieses Mal also auch für dich? Na dann, viel Glück, aber erzähl mir bitte nicht zu viel davon." Ich klopfe sachte an, um mich anzukündigen. Markus pfeift leise, als er mich sieht. Emile steht gleich auf und räumt die Gläser weg. „Guten Appetit für euch", sagt er. Es fällt ihm sichtlich schwer, uns alleine gehen zu lassen.

Ich habe nicht viel Hunger und bin mit Markus allein nicht mehr so unbefangen wie vorhin. Ihm scheint es auch so zu gehen und wir suchen nach Themen. Zu oft greife ich nach meinem Rotweinglas. Mir ist schon ein wenig schwindlig von dem Alkohol auf fast nüchternen Magen.

„Der Winzer, Monsieur Gaspard, hat mich sehr beeindruckt", bringe ich hervor.

„Ein toller Mann, nicht wahr?", greift Markus auf.

„Er wirkt so voller Lebensfreude."

„Das schmeckt man sogar noch im Wein."

Wir lachen.

„Und das, obwohl seine Frau gestorben ist, vor zwei Jahren, gerade in dem Jahr, in dem es den besten Wein seit Langem gab", erzählt mir Markus.

Betroffen frage ich leise: „War sie krank?"

„Ja, ich denke schon. Monsieur Gaspard spricht nie darüber. Ich weiß nur, dass sie lange gelitten hat und es eine Erlösung war, als sie starb."

Ich schaue Markus an. „Warst du schon mal verheiratet?"

„Ja, fünf Jahre lang, mit einer Winzertochter. Klassischer Fall von zu früher Eheschließung. Wir waren beide erst Anfang 20. Ihre Eltern haben eine Traumhochzeit ausgerichtet, in ihren Augen waren wir das perfekte Paar – die optimale Mischung aus Winzertradition und florierendem Weinhandel. Am Anfang waren wir das auch, aber es hat nicht lange funktioniert. Als kein Nachwuchs kam, trotz intensiver Planung, ist meine Frau immer unzufriedener geworden. Sie hat sich immer mehr auf ein Kind fixiert. Es gab kaum noch ein anderes Thema mehr zwischen uns. Wir haben ganz viel versucht, aber es wollte nicht klappen. Zuerst wurde sie traurig, dann gereizt und schließlich hat sie sich mehr und mehr von mir zurückgezogen. Wir haben uns getrennt, als sie schwanger wurde, allerdings nicht von mir."

„Und jetzt? Siehst du sie noch?"

„Nein. Sie hat ihr Leben, mit inzwischen zwei Kindern, ich hab meins ohne. Das ist schon in Ordnung."

Wir haben also beide eine nicht geglückte Beziehung hinter uns – ich eine Fast-Ehe, er eine Nicht-mehr-Ehe.

„Mensch, Markus, das tut mir leid", sage ich laut und schaue ihn dabei voller Mitgefühl an, vielleicht ein bisschen zu lange, denn mein Blick verheddert sich in seinem.

Während er unverwandt weiter in meine Augen schaut, nimmt er meine rechte Hand, führt sie zu seinen Lippen und küsst sie. „Das ist gar nicht mehr schlimm, Miri, alles längst vorbei. Das Leben geht weiter, und jetzt sitze ich hier mit dir und genieße es sehr."

Mir fehlen die Worte. Zustande bekomme ich nur ein „Ja, ich auch". Verlegen schauen wir aufs Tischtuch und wechseln das Thema. Es wird ein langer und lustiger Abend. Dabei lassen wir uns durch die fünf Gänge eines köstlichen französischen Menüs führen – von Flugentenbrust bis zur Tarte aux pommes und großem Käseteller. Hinterher Kaffee und Cognac. Als wir gegen Mitternacht bezahlen und in die Nacht hinausgehen, ist leichter Wind aufgekommen.

„Ist dir kalt?“ Markus legt seinen Arm ganz selbstverständlich um meine Schulter und zieht mich ganz nah zu sich heran, um mich zu wärmen. Wir stolpern mehr, als dass wir die Straße hinaufgehen und reden dabei kaum. Wir genießen die Nähe des anderen.

Vor Emiles Haus bleiben wir schließlich stehen. Es brennt Licht in seinem Arbeitszimmer.

Wir sehen uns zögernd an. „Lass uns in den Garten gehen“, flüstert Markus. „Ich will mit dir noch ein bisschen alleine sein.“

Im Garten nimmt er mich ganz sanft in die Arme und küsst mich. Zum ersten Mal seit Monaten – es fühlt sich an wie Jahre – kümmert es mich nicht mehr, wo ich bin, wie spät es ist und was um mich herum passiert. Ich gehe einfach in der Umarmung auf.

Plötzlich fällt Licht in den vorderen Teil des Gartens. Im zweiten Stock über uns ist ein Fenster geöffnet worden. Wir halten inne und sind mucksmäuschenstill. Ich drücke mein Gesicht an Markus’ Brust, in der Hoffnung, dass Emile uns nicht sieht. Aber oben rührt sich nichts.

„Wollen wir reingehen?“, flüstert Markus. Ich nicke.

Als wir das Licht im Treppenhaus anknipsen, hören wir Emiles Schritte. „Na, ihr wart aber lange weg. Wie war denn das Essen?“

„Gut“, sagen wir beide wie aus einem Mund.

Emile bietet uns noch einen Espresso an, den ich aber ablehne, weil ich gut schlafen möchte. Ich habe einiges zu überlegen. Ich lasse die beiden Männer alleine und ziehe mich in die Bibliothek zurück, wo Emile mir wieder ein kleines Nachtlager zurechtgemacht hat. Ich möchte jetzt alleine sein, strecke mich lang unter der Decke aus und schaue in die Dunkelheit.

Bin ich verliebt? Was wird mit Emile? Geht jetzt eine sehr schöne Zeit zu Ende, weil eine neue beginnt? Wie überhaupt geht alles weiter? Mein Leben ist aufregend, intensiv und schön, wenn da nicht die dumpfe Angst wäre, die auch mit hochschleicht. Die alte dumme Angst, Begleiter aus Kindertagen.

Ich schlafe unruhig, träume wirr, von einer Kaimauer, an der die Brandung hochschäumt und ich balanciere darauf, immer in Gefahr, von der nächsten Welle ins tosende Meer gespült zu werden. Da kommt meine Mutter angelaufen und reißt mich herunter von der Mauer. „Ich hab dir doch gesagt, du sollst nicht traumtanzen", fährt sie mich an. „Es ist viel zu gefährlich!"

Am nächsten Morgen habe ich den Traum immer noch deutlich vor Augen, aber ich sage mir fest, doch, Miriam, du kannst tanzen, ob im Traum oder im Leben.

Bevor Markus fährt, streicht er mir zart über die Wange und flüstert „Ich ruf dich an".

Betäubt räume ich den Tisch ab und will mich auf den Weg in meine Pension machen, doch Emile hält mich auf. Er fasst mich am Arm, lehnt sich im Gang an die Wand und sagt unvermittelt: „Hör mal, ihr mögt euch, oder?"

„Ja, ich glaub schon. Ziemlich."

„Ich hab nicht gut geschlafen letzte Nacht. Es hat sehr in mir gearbeitet und ich war ehrlich gesagt eifersüchtig, dich so selig an Markus' Seite zu sehen." Emile seufzt tief. Es fällt ihm schwer, darüber zu reden.

Ich trete nervös von einem Fuß auf den anderen. „Bedeutet das, dass, wenn wir wirklich zusammen kämen, unsere

Freundschaft zu Ende wäre? Ich könnte das durchaus verstehen, Emile."

„Nein, Miriam. Ich bin zu dem Schluss gekommen, dass ich dich als Freundin nicht verlieren möchte. In zehn Tagen ist das Fest meiner Eltern, dann wäre unsere gemeinsame Zeit ohnehin vorbei. Aber ich will mit dir weiter in der Bibliothek sitzen und in Gustaves Aufzeichnungen schmökern, ich will nicht, dass dieses Abenteuer schon ein Ende hat. Es wäre so schön, wenn du auch nach Beendigung des Auftrags immer wiederkämst! Wir könnten dort weitermachen, wo wir jetzt aufgehört haben – nur unter anderen Vorzeichen eben."

„Das wäre wirklich schön, Emile. Sehr, sehr schön!"

Emile nickt. „Nach den Feierlichkeiten kommt Karl Becker zu Besuch. Er ist vorher auf Dienstreise. Fahr doch einfach mit, es würde mich sehr freuen, dich so bald wiederzusehen. Schließlich bist du für mich eine sehr gute Gesprächspartnerin, ach was, die Beste. Und eine Augenweide bist du sowieso."

Mir fällt ein Stein vom Herzen. Ich atme erleichtert auf.

„Ja, Emile, auch mir bedeutet unsere Freundschaft sehr viel – ich komme sehr gerne."

Auch Emile ist die Freude deutlich anzusehen. Er nimmt mich in den Arm und drückt mich herzlich. „Auch das hätten wir geschafft. Und ich freue mich sehr, Sie bald wiederzusehen, Mademoiselle Weidner", meint er schelmisch.

Ich habe nicht mehr viel zu arbeiten. Noch heute werde ich mit dem letzten Anhänger fertig werden, der schlanken Frauenfigur. Und ich lege all meine Liebe und Sorgfalt in dieses letzte Stück, das mir von allen besonders am Herzen liegt.

~ 27 ~

Voll mit Gedanken und Gefühlen fahre ich heim. Die Welt zieht an mir vorbei, als sei sie nicht ganz real. Ich bin noch gefangen von diesem Abend mit Markus und auch von dem Gespräch mit Emile. So wertvoll, diese zwei, so lebendig, das Leben. Ich könnte juchzen in meinem Wagen, der mich wieder nach Hause bringt. Es ist, als ob ich über eine Brücke fahre zwischen zwei Welten, der alten, in der ich wie verpuppt gelebt habe, und der neuen, die so verheißungsvoll vor mir liegt. Dabei ist gar nichts Weltbewegendes passiert. Nur in mir drin, da hat sich ein Nebel gelichtet, wie ein Vorhang, der aufgeht, und dahinter zeigt sich eine neue Landschaft, die in der Morgensonne glänzt.

Eine leichte Furcht steigt in mir auf. Das geht alles viel zu schnell! Ich kann das nicht zulassen! Aber es fühlt sich gut an! Aber wenn ich zu euphorisch werde, dann könnte ich …

Der Traum kommt mir in den Sinn. Meine Mutter, die mich von der Mauer zieht und davon abhalten will, zu tanzen. Mehr noch, Tanzen ist etwas Gefährliches für sie, es führt zu nichts Gutem, das Leben in einem beschwingten Rhythmus zu sehen. So tief war die Lebenseinstellung meiner Mutter in mir verankert, dass es wie vorgezeichnet war, dass ich mich für Frank entscheiden musste, der so bodenständig und so ernst war. Der nie abheben würde. Pass auf, dass du nicht übermütig wirst, denn dann fällst du von der Mauer ins tosende Meer. Und das kann tödlich sein. Diese Überzeugung lauert in mir, aber ich bin bereit, sie loszulassen. Ob ich mit Markus tanzen kann, ohne unterzugehen? Ich will es herausfinden, das weiß ich jetzt. Er hat mich wirklich wachgeküsst.

~ Teil II ~

~ 28 ~

Paros, 3. September 1937

Meine liebe Marie,

und wieder bin ich auf Reisen. Ich hatte gehofft, länger bei Dir und den Kindern bleiben zu können, aber irgendetwas in mir treibt mich immer wieder voran. Und diese Sehnsucht nach den Entdeckungen aus der alten Welt ist beinahe so stark wie meine Liebe zu Dir. Bitte verzeih mir den vorausgegangenen Satz. Hier auf der alten Insel Kreta scheint die Zeit stehengeblieben zu sein. Wir haben versucht, mit einer Propellermaschine von Athen nach Heraklion zu fliegen, aber der Meltemi, der Wind, der die Ägäis so oft heimsucht, war zu stark und wir mußten auf Paros auf einer kurzen Sandpiste zwischenlanden.

Ich dachte schon, mein letztes Stündchen habe geschlagen, doch der Pilot hat uns schließlich sicher auf den Boden zurückgebracht. Wir haben uns für drei Nächte in einer kleinen Herberge direkt am Hafen einquartiert und jeden Morgen erneut darauf gehofft, daß die Maschine starten kann, aber der Pilot hat immer wieder abgewunken. Jetzt hat uns ein Schiff nach Kreta gebracht, das den Wellen und dem Wind gewachsen war, auch wenn ich zwischendurch nicht mehr daran geglaubt habe. Ich bin die ganze Zeit an Deck geblieben, um nicht seekrank zu werden, und habe mich an der Reling festgeklammert, wenn die Wellen die andere Seite des Schiffs überspült haben. Meine beiden wissenschaftlichen Begleiter Etienne und Paul-Richard waren spurlos unter Deck verschwunden – und als wir nach acht Stunden endlich in den ruhigeren Hafen von Heraklion einfahren konnten, waren sie so grün im Gesicht wie die Algen an der

Unterseite unseres Schiffes, das den bezeichnenden Namen „Helena" trug.
Auf Paros ist mir etwas Bemerkenswertes widerfahren, das ich Dir unbedingt erzählten muß. Während der unbestimmten Wartezeit bin ich durch die engen, von der Sonne aufgeheizten weißen Gassen von Parikia, des Hauptortes hier, geschlendert und auf einen kleinen Antiquitätenladen gestoßen. Selbstredend habe ich mich darin umgesehen.
Eine alte Frau saß in einem geflochtenen Korbstuhl, stand aber sofort auf, um mich freudig zu begrüßen. Es scheint, daß sich nicht viele Leute hierher verirren. Sie wirkte gebildet, sprach gut Englisch und erzählte mir, sie sei eigentlich aus Athen, habe sich aber schon vor Jahrzehnten mit ihrem Mann auf dessen Heimatinsel Paros niedergelassen. Seither verkaufe sie hier Kunsthandwerk von den ägäischen Inseln, Ikonen, Kandelaber, gewebte Teppiche, auch alte Bücher aus den Klöstern.
Amerikanische Touristen, die es immer mehr auch zu den griechischen Inseln zieht, aber auch Museen und private Sammler nehmen ihr die Stücke ab. Sie hat sich durch ihre auserlesenen Offerten einen Ruf geschaffen, der weit über Paros hinausreicht. Als ich ihr erzählte, was mein Beruf ist und daß ich schon viele Teile der Welt gesehen habe, fingen ihre Augen an zu leuchten und sie lud mich ein, mit ihr einen Kaffee zu trinken.
Nachdem wir uns über die für uns bedeutenden Fundstücken ausgetauscht hatten – sie sammelt mit Leidenschaft die alten Schätze ihrer griechischen Heimat – erzählte ich ihr von meinen jüngsten Funden in Ägypten. Ich hatte sofort Vertrauen zu ihr gefaßt, sie wirkte so bescheiden und tiefsinnig, und ich ahnte, durch sie einen Hinweis zu erhalten, wie ich die Sätze zu deuten habe, die mich nicht loslassen. Als ich ihr schließlich erzählte, die Worte auf der Schriftrolle, die ich übersetzt habe, lauteten „Habe den Mut, ganz

du zu sein, echt und stimmig zu leben", stand sie abrupt auf und ging zu einem Regal im hinteren Teil des Raums. Dort zog sie ein Buch hervor, das in Altgriechisch verfaßt war. „Das ist ein Schatz für mich", sagte sie. „Eigentlich gehört es in ein Museum. Ich habe es von einem Kloster in den Bergen von Paros, das von den Mönchen verlassen wurde."

Es handelte sich um handschriftliche Aufzeichnungen der alten Klosterväter, die sie von Generation zu Generation weitergegeben haben. Sie schlug das staubige, in einen Ledereinband eingebundene Buch auf und erklärte mir, daß es sich um eine Art Chronik des Klosteralltags voller Liturgien und Gesänge handle. Das Faszinierendste sei jedoch die ganz persönliche und freie Weise eines bestimmten Patriarchen, die Welt zu sehen und sie zu kommentieren. Er hieß Konstantinos. Er soll die Pfade der griechischen Orthodoxie verlassen und etwas geschrieben haben, das zu dem passt, was ich bereits in Ägypten gefunden habe. Die Frau schlug das Buch auf der Seite 673 auf und las vor, was Konstantinos als zusätzliche Anmerkung in extrem kleiner Schrift an jener Stelle vermerkt hat:

Wenn du dich selbst erkennst,
annimmst bis in die tiefen Fasern deines Herzens und dich lebst,
dann kommst du an den Grund des Seins, an die göttliche Quelle.
Die göttliche Quelle ist Liebe.
Lerne, die Liebe zu dir und zu allem Sein wieder fließen zu lassen.

Liebe Marie, Du kannst Dir nicht vorstellen, wie glücklich ich war, auf eine Fortführung der Gedanken zu stoßen, die mir in Ägypten begegnet sind, niedergeschrieben zu einer viel späteren Zeit und in einem ganz anderen Teil der Erde. Die entsprechende Aussage war mit dem Datum 2. Mai 1756 überschrieben. Ich war sehr aufgeregt und fragte die Dame, ob ich am folgenden Tag wiederkommen könne, wenn der Sturm noch anhielte. Ich hoffte sogar inständig, daß der Meltemi unsere Weiterreise noch weiter verzögern würde. Und ich hatte Glück.

Am nächsten Tag war ich früh in der Altstadt, wie Du Dir denken kannst, und betrat den schummrigen Laden der alten Dame beseelt von der Hoffnung, daß sie mir dieses Buch verkaufen würde. Sie schien schon auf mich gewartet zu haben. In der Tat schien mir, sie hätte sich fein gemacht wie in Aussicht auf hohen Besuch. Sie hatte das silberfarbene Haar frisch gewaschen und hochgesteckt und eine Kette aus roten Korallen um den Hals gelegt. Parfumduft überdeckte den Geruch nach alten Dingen.

Ich war überrascht, wie sehr sie sich über mein Angebot freute. Es ging ihr nicht in erster Linie um die Summe, die ich ihr anbot, von der sie sicherlich einige Monate lang sorglos leben kann. Nein, sie war sichtlich froh und erleichtert, daß dieser kostbare Schatz in würdige Hände kommen sollte. So lange hatte sie es hier im staubigen Dunkel ihres Ladens gehütet – jetzt war es an der Zeit, daß es hinaus ins Licht komme und daß sein Inhalt möglichst vielen Menschen eine Begleitung auf ihrem Lebensweg sei. Den in steifes Papier gewickelten Band an meine Brust gedrückt, fiel mir beim Hinausgehen eine Schale, in der ein silberner Anhänger lag, ins Auge.

Sofort dachte ich daran, ihn Dir mitzubringen. Es ist eine schlanke, kraftvolle und in sich ruhende Frau, nackt, ohne unerhört oder primitiv zu wirken, sondern mit einer natürlichen Würde und Eleganz ausgestattet, die mir sehr gefiel. Auch wenn Du ihn wohl nicht tragen können wirst, weil er die vermeintliche Scham der Pariser Gesellschaft verletzt, fand ich ihn so reizvoll, daß ich innehielt und fragte, was er zu bedeuten habe.

„Oh", lächelte die alte Dame verschmitzt, „meine kykladische Schönheit gefällt Ihnen also auch? Sie ist eine kleine Kostbarkeit von den Inseln, ein uraltes Symbol für weibliche Schönheit. Ich weiß gar nicht

mehr, woher ich sie eigentlich habe. Ich glaube, der Anhänger liegt schon ewig hier. Er ist so schlicht und die Figur so schlank, so nackt und schutzlos und doch so kraftvoll. Sie scheinen ein gutes Gespür für den verborgenen Wert von Dingen zu haben, Herr Professor. Es ist ein sehr altes Stück, wahrscheinlich haben es die Mädchen hier seit Jahrhunderten getragen und an ihre Töchter weitervererbt. Wer es trägt, wird bei Geburten geschützt sein und auch im Alter noch seine mädchenhafte Schönheit bewahren."

Das paßt genau zu Dir, liebe Marie.

Du kannst Dir denken, wie glücklich mich diese beiden Errungenschaften machen. Jetzt bin ich bereit für meine Aufgabe auf Kreta.

Dein Dich liebender Gustave

~ 29 ~

Ich finde diesen mit vielen Ausrufezeichen am Rand versehenen Brief aus Gustaves Tagebuch morgens in meinem Faxgerät. Emile ist also wieder fündig geworden und konnte es anscheinend kaum erwarten, mich daran teilhaben zu lassen. In seiner geschwungenen Handschrift hat er daruntergeschrieben:

Miriam, wie toll! Damit ist klar geworden, woher Gustave die silberne Frauenfigur hat. Kein Wunder, dass sie dich so begeistert! Und was sagst du zu jenem Satz von Konstantinos? Da haben wir wieder etwas, was wir zusammen erobern können! Es geht weiter! Wunderbar! –

Ich umarme dich,

Emile

Aus seinen Zeilen sprechen pure Begeisterung und eine Vorfreude, die mich sofort ansteckt. Ja, es geht weiter, denke ich. Die Verbindung zwischen Frankreich und Freiburg bleibt bestehen. Wie auch immer sie aussehen wird, Emile und ich sind weiterhin auf Entdeckungsreise.

Das Fest zum 60. Hochzeitstag seiner Eltern war nicht nur heiter, wie ich aus seinen Mails gelesen habe, die er mir regelmäßig schickt. Der Schmuck hätte zwar sehr gefallen und sein Vater sei enorm stolz gewesen. Seiner Mutter jedoch habe das ganze Aufsehen um ein Andenken, das ursprünglich gar nicht ihr galt, sondern ihrer Schwiegermutter, nicht so sehr behagt. Immer schweigsamer sei sie geworden, und als Véronique dann noch geäußert habe, dass sich wohl jede Frau einen so aufmerksamen und liebevollen Ehemann wünsche, der sie mit ausgewählten Preziosen beschenkt, da habe sich seine Mutter umgedreht und zu weinen angefangen.

„Man muss dazu sagen, dass *Maman* schon immer ein bisschen melancholisch war“, schrieb Emile, „und das wird mit zunehmendem Alter nicht besser. Außerdem hat *Papa* keineswegs die romantische Ader seines Vaters geerbt, sondern tut sich eher schwer mit Liebesbezeugungen.“

Ich kann sie mir gut vorstellen, die Zwischentöne, die dieses Fest immer wieder gefährdet haben müssen. Véroniques spitze Bemerkungen, Emiles Tarnung seiner wahren Gefühle hinter einem leicht spöttischen Lächeln gepaart mit der leichten Anspannung im Vorfeld, ob das doch teure Geschenk auch gut ankäme. Dann die Erleichterung, da der restaurierte Schmuck beide Elternteile sehr zu beeindrucken schien. Bis gerade dadurch eine Enttäuschung bei der Mutter zum Vorschein gekommen sein muss, eine Enttäuschung über ihren Mann, dessen Liebe für sie während des gemeinsamen Lebens wohl nie so sichtbar geworden ist wie Gustaves Zuneigung zu Marie. Er hat sie verewigt in der ungewöhnlichen Schmucksammlung – und schließlich in seinen Tagebüchern.

Während ich abtauche in meine Gedanken, summt mein Handy kurz auf. Eine SMS von Markus:

> Hallo Miri, habe Sehnsucht. Magst du morgen mit mir brunchen? Würde mich freuen! :-) Markus

Seit ich wieder zurück bin, hatten wir nur wenig Kontakt. Beide wussten wir nicht so recht, wie wir dem anderen begegnen sollten und ob es zwischen uns überhaupt weitergehen würde im Alltag, der für jeden von uns doch komplett anders aussieht. Auch jetzt zögere ich, wie ich reagieren soll. Mein

Herz hüpft, aber mein Kopf sagt „langsam". Schließlich denke ich: Was soll's? Ein Frühstück ist doch unverbindlich. Und ich möchte sehr gerne seine Stimme wieder hören und erfahren, wie es ihm geht.

Wir haben erst einmal telefoniert, seit ich vor fünf Tagen zurückgekommen bin. Jetzt ist Freitag und am Wochenende habe ich frei.

Komme gern. Soll ich Brötchen mitbringen? Um wie viel Uhr überhaupt und wo wohnst du?

Die Antwort lässt nicht auf sich warten:

Zehn Uhr. Zehn Brötchen. Friedrich-Ebert-Straße 10, gleich hinter dem Wingert. Freu mich schon!!!

Vorher muss ich aber noch meinen Eltern einen Besuch abstatten, den hab ich schon die ganze Woche vor mir hergeschoben. Es ist nicht, dass ich sie nicht sehen möchte. Meinem Vater geht es schon besser, aber nicht wirklich gut, wie ich aus Telefonaten mit meiner Mutter weiß. Er selbst geht nicht ans Telefon, vielleicht ist seine Stimme noch zu schwach dafür.

Ich treffe die beiden beim Abendessen an, sie haben wie immer den Fernseher laufen, um dabei die Nachrichten zu sehen.

„Du siehst müde aus", meint meine Mutter, „und dünn. Isst du nicht genug?"

Ich denke bei mir, keine Ahnung, anscheinend achte ich derzeit nicht so auf regelmäßige Mahlzeiten. Laut sage ich: „Mama, ich esse immer genug, ich hab nur nicht die Veranlagung zuzunehmen."

„Dann iss etwas mit uns, dein Papa schafft ja auch kaum seine Portion, seit er krank ist." Sie ist besorgt, das kann man sehen. Die Falten auf ihrer Stirn und rund um den Mund sind tiefer geworden. Papa lächelt schwach, ich höre seinen rasselnden Atem, der Brustkorb ist seltsam gewölbt. Er legt seine Hand auf ihre und streichelt sie leicht. Sie schüttelt verwirrt den Kopf, drückt seine Hand kurz und zieht ihre dann weg, um mir die Salatschüssel und das Brot zu reichen.

Ich weiß nicht so recht, was ich den beiden erzählen soll. Sie schauen mich immer wieder aufmunternd an und fragen schließlich: „Na, wie war es denn jetzt so in Frankreich?“

„Schön, interessant, auch anstrengend“, sage ich.

„Und – hat es sich finanziell gelohnt?“ Mein Vater beugt sich vor, als stecke in der Frage etwas ungeheuer Intimes. „Wird sich daraus noch mehr ergeben, oder musst du dich jetzt hier auf die Hinterbeine stellen, um wieder neue Aufträge an Land zu ziehen?“

Ich seufze ein wenig gequält. „Das geht schon in Ordnung alles, ich schaffe das schon, ihr müsst euch um mich keine Gedanken machen. Wirklich nicht.“

Sobald ich in meinem Elternhaus bin, fühle ich mich wie das kleine Mädchen, auf das man aufpassen muss. Wann wird das endlich aufhören?

Meine Mutter wagt einen Vorstoß. „Hast du vielleicht jemanden kennengelernt dort? Die Franzosen sollen ja sehr charmant sein. Und es wäre doch schön, wenn du wieder jemand Nettes treffen würdest. Das würde uns freuen.“

„Nein, wieso? Ich hab doch genug Freunde hier.“

Von Markus bringe ich nichts über die Lippen. Es ist mir zu persönlich und noch zu ungewohnt, über ihn zu reden. Außerdem weiß ich noch nicht einmal, ob das für uns ein Anfang oder nur einem lauen Frühlingsabend geschuldet war.

Meine Eltern scheinen beide der Meinung zu sein, dass ich mich zu sehr in mich zurückziehe. Das betrübt sie sichtlich. Dabei ahnen sie nicht, dass ich mich noch nie so offen gefühlt habe wie im Moment. Aber ich kann ihnen von dieser neuen Phase in meinem Leben nichts erzählen, es will mir nicht über die Lippen kommen. Das, was ich erzählen würde, wäre zu fremd für sie, und ich befürchte, ich würde nicht die richtigen Worte finden. Vermutlich habe ich Angst vor ihrem Unverständnis gegenüber allen Dingen, die in irgendeiner Weise philosophisch oder gar religiös sind. Für sie hat ihr Leben lang immer nur das gezählt, was man sehen und anpacken kann.

Nach 50 stockenden Minuten breche ich auf.

Ich umarme meine sorgenvolle Mutter und den zerbrechlich gewordenen Körper meines Vaters. „Macht euch noch einen schönen Abend“, sage ich. „Ich melde mich.“ Auch, wenn ich die Fremdheit zwischen ihrer und meiner Welt deutlich spüre, fühle ich mich ihnen zum ersten Mal seit Langem wieder verbunden. Ein ganz warmes Gefühl ist das.

Ich fahre in meine kleine Wohnung, wo der Anrufbeantworter blinkt. Noras Stimme kommt mir traurig entgegen. „Hey Miri, bin so froh, dass du wieder da bist. War ganz schön einsam hier und auch echt eintönig. Melde dich mal, ich möchte einen Schoppen mit dir trinken gehen.“

Sofort wähle ich ihre Nummer. Besetzt. Ich lege auf und sehe aus dem Fenster hinaus in den Abend. Es ist noch hell am Horizont und Schwärme von späten Vögeln ziehen über den Abendhimmel. Auf der Straße unter meiner Wohnung ist noch viel Verkehr, auch zu Fuß sind einige Grüppchen junger Leute unterwegs, Es ist Freitagnacht und das Studentenleben in vollem Gange. Überall Lachen und Scherzen. Die Kneipen sind sicher voll. Ich hätte auch Lust auszugehen. Doch Noras Leitung bleibt besetzt und so mache ich mir schließlich eine Flasche Bier auf und setze mich in einen Sessel, den ich ans offene Fenster ziehe, damit die laue Nachtluft hereinwehen kann. Das Bier ist kühl und schmeckt angenehm bitter. Ich genieße jeden Schluck und merke nicht, wie ich einschlafe, mit dem Glas zwischen den Knien.

Als ich aufwache, ist es mitten in der Nacht und ich fröstele. Kein Laut dringt mehr von der Straße herein. Ich ziehe mich schnell aus und kuschele mich ins Bett. Ich bin schon im Halbschlaf, da sagt jemand zu mir: „Höre, Ashema, mach dich bereit, wir gehen bald an Land. Da hinten am Horizont kannst du es schon sehen."

Ich starre in die Dunkelheit und sehe die Umrisse einer Landschaft mit Bergen, Palmen und Holzhäusern auf Pfählen, die nahe am Ufer stehen. Wie aus einem Nebel taucht an Land eine große Menge Menschen auf, die in bunte Gewänder gehüllt sind. Sie winken mit Palmenblättern und rufen in einer mir fremden Sprache immer wieder das Gleiche. Ein junger Mann, dessen Gesicht ich nicht sehen kann, läuft auf mich zu und fasst mich fest an der Hand. „Es ist so weit, wir müssen uns stellen."

Zum ersten Mal verscheuche ich die Fantasie nicht sofort, sondern lasse sie geschehen. Vielleicht will sie mir ja etwas sagen, eine für mich wichtige Geschichte erzählen. Sie schreckt mich nicht mehr so wie früher. Dieses Zulassen habe ich Professor Becker und seinem Verständnis zu verdanken. Vielleicht ergibt alles einen Sinn und ich bin nicht einfach geistesgestört, denke ich, und in dem Moment verliert sich das Bild vor meinen Augen, die Stimmen und Farben und Gerüche nach Sand und frühem Morgen lösen sich auf. Ich sehe nur noch die Umrisse meines eigenen Bettes und rieche die würzige Nachtluft hier in Freiburg. Ich decke mich bis unters Kinn zu und schlafe sofort ein. Nachher sehe ich Markus, denke ich noch, und weg bin ich.

Der Morgen ist diesig und kühl. Heute wird die Sonne wohl Mühe haben, sich gegen die Wolkenschleier durchzusetzen. Ich bin guter Dinge, stelle mich unter die Dusche und lasse zuerst heißes, dann eiskaltes Wasser über mich laufen. Die Haut prickelt angenehm frisch und ich ziehe mich langsam und sorgfältig an, eine leichte Jeans, eng anliegendes T-Shirt, darüber eine Kette aus dunkelblauen Topas-Steinen, die in ein Samtband eingeknüpft sind. Sandalen mit niedrigem Absatz. Die Haare lasse ich offen.

Wie scherzhaft verabredet, besorge ich zehn Brötchen und suche die Friedrich-Ebert-Straße 10, die in der Nähe des Uni-Viertels liegt.

Markus' Stimme klingt außer Atem, als er mir aufmacht. „Komm rein, Miriam, ich hab den Dienstboten noch Beine machen müssen, damit sie die Wohnung auf Vordermann bringen für deinen Besuch!"

Er lächelt mich breit an und winkt mich an sich vorbei in die geräumige Wohnung, die ganz am Ende eines langen Flurs eine große Wohnküche mit Zugang auf einen Balkon hat. Hier hat er den Tisch gedeckt. Wir blicken von dort aus auf die Dächer und Kirchturmspitzen der Altstadt.

„Schön hast du's hier", murmele ich und verteile die Brötchen in einem Korb. Wir schauen uns an und müssen beide grinsen.

„Madame, Kaffee?", fragt Markus und gießt ein. Eier, Schinken, aufgeschnittene Tomaten, frischer Obstsalat. Er hat an alles gedacht. Wir essen. Von außen müssen wir wirken wie ein Paar, das sich schon lange und gut kennt. Aber so ist es nicht. Alles ist neu, ungewohnt und aufregend. Es macht mich auch verlegen. Erst, als Markus meine Hand, die zum Brotkorb greifen will, festhält und zart küsst, löst sich die Beklemmung langsam auf. Ich schließe die Augen und genieße die Berührung.

„Ich hätte dich am liebsten jeden Tag angerufen", sagt Markus.

„Und warum hast du's nicht gemacht?"

„Irgendwie hatte ich Bammel – davor, dass alles nur ein schöner Traum sein könnte."

„Ich weiß, was du meinst. Mir ging es ähnlich. Aber ich hätte ich mich sehr darüber gefreut."

„Miriam, meine Gefühle für dich sind echt. Das war kein Spiel neulich."

„Für mich auch nicht."

„Ich war unsicher, ob zwischen dir und Emile nicht etwas ist, da wollte ich vorsichtig sein."

„Ich mag Emile wirklich sehr, das stimmt. Und ich finde ihn als Mensch und auch als Mann interessant, das stimmt auch. Aber ich bin nicht in ihn verliebt."

„Bist du denn in mich verliebt?"

„Ich … ich glaube schon. Ich habe sehr oft an dich gedacht."

„Weißt du, Miri, ich habe von Anfang an das Gefühl gehabt, dass ich dich kenne. So etwas habe ich noch nie erlebt. Und als wir in Taizé aus der Kirche kamen, war eine Vertrautheit zwischen uns, die mich fast umgeworfen hat. Seitdem habe ich Sehnsucht nach dir. Kannst du das verstehen?"

Meine Stimme ist belegt. „Seit unserem Kuss habe ich auch große Sehnsucht nach dir, aber ich war versucht, sie zu unterdrücken, weil ich Angst vor einer Enttäuschung habe."

Markus steht auf, kommt zu mir herüber, zieht mich hoch und nimmt mich in den Arm. „Miri, du bist mir in dieser kurzen Zeit sehr wichtig geworden. Und glaub mir, ein Filou bin ich nun wirklich nicht."

Ich genieße die Berührung und seine Wärme. Wir küssen uns wieder – leidenschaftlich. Es fühlt sich gut an, verdammt gut. Ich will mehr.

„Muss ich eifersüchtig sein?" Noras Frage ist ernst gemeint. Sie sitzt mir gegenüber und zupft sich mit der rechten Hand am Ärmel ihrer Jacke, wie sie es immer tut, wenn sie nervös ist. Ich habe ihr von allem erzählt, was in mir vorgeht und war so ehrlich wie nur möglich mit den Gefühlen, die ich für Markus habe, mit meiner Zuneigung zu Emile, mit meinem Eifer für Gustaves Entdeckungen. Sie ist verunsichert, meine treue Nora. Sie hat Angst, dass meine stärker werdenden Gefühle für Markus unsere Freundschaft an den Rand drängt, dass ich mich so verändern könnte, dass wir uns entfremden.

Ich schaue sie fest an, durch das Licht der Kerze hindurch, die zwischen uns steht und von meinem Atem flackert. „Du musst keine Angst haben, Nora, ich gehöre nicht zu den Menschen, die einen anderen fallenlassen, nur weil sie eine Beziehung haben", sage ich. „Das mit uns gibt es schon so lange, und egal, in welcher Lebenssituation wir stecken, wir sind uns immer nah und vertraut. Du verlierst mich nicht als Freundin."

Ich meine jedes Wort so, wie ich es sage, doch Nora ist noch nicht beruhigt. „Das sagst du jetzt und das war ja auch so mit Frank, aber das mit diesem Markus, das fühlt sich für mich inniger an, näher, und ehrlich gesagt gefällt es mir nicht so ganz." Sie schaut zur Seite. „Versteh mich nicht falsch, Miri, es ist nicht, dass ich es dir nicht gönne. Du bist fast so etwas wie ein Partner für mich, ich kann immer bei dir anrufen, du kennst mich so gut wie niemand sonst. Ich dachte bislang, dass es für dich genauso ist. Dass ich dich so gut kenne, wie sonst niemand. Und wenn ich mir vorstelle, dass er jetzt dein erster Vertrauter wird, dass du mir zwar weiterhin vieles sagen wirst, aber nur in zweiter Instanz, dann, na ja, dann macht mich das irgendwie traurig."

Ich weiß, was sie meint. Sie fühlt sich schon jetzt verraten, dabei ist noch alles wie vorher.

„Hey, Nora, denk doch dran: ‚Lerne, die Liebe zu dir und zu allem fließen zu lassen', das haben die alten Mönche in ihr verstaubtes Buch geschrieben. Wenn ich lerne, ihn zu lieben, dann wird meine, ich sag jetzt mal, Liebe zu dir auch immer größer. Ich nehme dir dadurch nichts weg. Ich werde nur immer runder und auch reicher dadurch werden", flachse ich augenzwinkernd.

„Na ja, runder wollen wir doch jetzt nicht hoffen."

Nora lacht wieder.

„Nein, keine Sorge, ich werde schon nicht gleich Mami mit Doppelhaushälfte, Laubsauger und Familien-Van", sage ich. „Ich habe vor, Miri zu bleiben, ein bisschen unkonventionell, ein bisschen chaotisch und vielleicht ein bisschen langsam in allem."

„Gut so." Nora hat ihren Humor wiedergefunden. „Und ich bleib die spießige Lehrerin, ein bisschen unterkühlt, ein bisschen zu wenig romantisch, aber immer bereit zu einer Schandtat."

Wir reden weiter, bis es dämmert, trinken dazu Wein in Noras Küche, hören uralte CDs von *ABBA*, *Take That* und schließlich von *The Cure* und den *Talking Heads*, bis wir uns einen starken Espresso kochen und ich mich gegen fünf Uhr früh auf den Nachhauseweg mache, zu Fuß und mit einer Mischung aus Müdigkeit, benebelter Weinseligkeit, Aufgeregtheit und Vorfreude im Kopf. Die Vögel singen was das Zeug hält, die Stadt schläft noch ihren Sonntagmorgenschlaf. Und nur eine Katze, die in einem Vorgarten sitzt, schaut mir nach, als ich in meine Straße einbiege.

~ 30 ~

Die kommenden Wochen erlebe ich so intensiv, wie noch nichts in meinem Leben. Ich sehe Markus fast jeden Tag – und ich versuche, weder Nora noch meine Eltern noch meine Arbeit zu vernachlässigen. Auch mit Professor Becker bin ich in Kontakt. Er sieht die wachsende Nähe zwischen mir und seinem einzigen Sohn anscheinend sehr gern.

Einmal bin ich auch noch auf dem monatlichen Treffen mit Mike, Sebastian und Ulrike, die sich rund um den Professor scharen. Nicht alle begegnen mir dieses Mal mit vorbehaltloser Offenheit. Vielleicht spielt hier auch Eifersucht eine gewisse Rolle. Markus war jahrelang der umschwärmte Kronprinz, und jetzt widmet er sich mehr mir als den anderen. Vielleicht bin ich ein Störfaktor in dieser Gruppe, die sich schon so lange kennt. Nach diesem Treffen nehme ich mich zurück und bleibe den Treffen erst einmal fern, um ihnen Markus alleine zu überlassen.

Ab und an gehe ich noch mit meinen alten Bekannten aus der Clique rund um Frank aus. Aber wir haben uns nur noch wenig zu sagen. Ich erwische mich dabei, wie ich im Laufe des Abends immer schweigsamer werde. Das bleibt natürlich keinem verborgen – sie finden mich seltsam.

„Seit diesem Frankreich-Ding bist du komisch geworden, Miri“, meint schließlich Petra, mit der ich früher gelegentlich um die Häuser gezogen bin. Sie ist frisch verheiratet und erwartet ihr erstes Kind. „Früher hast du über jeden Käse gelacht, jetzt träumst du vor dich hin und sagst kaum was. Was ist los mit dir? Und deinen neuen Freund kriegen wir auch nicht zu Gesicht.“

Vielleicht bin ich wirklich komisch geworden. Mich interessiert kaum noch etwas außer Markus, die Sinnsprüche – und Emile.

Von ihm hab ich schon drei Wochen lang nichts mehr gehört. Wie es ihm wohl geht? Ich habe Sehnsucht. Mir fehlen seine Neugierde und seine Begeisterung. Mir fehlen die Abende in Frankreich, wenn wir diskutiert und dazu gegessen und Wein getrunken haben, während der Abendwind durch die alten Fenster in die Bibliothek wehte und die Blätter des Kirschbaums rauschten.

Also setze ich mich an meinen Computer und schreibe ihm eine Mail. Aber ich erhalte keine Antwort. Eine Woche lang schaue ich jeden Tag mindestens zwanzig Mal in mein Postfach. Nichts außer Werbung. Und meiner Nora, die treu jeden Tag ein kleines Tagesprotokoll liefert. Markus schreibt mir auch regelmäßig, aber immer nur kurze zärtliche Grüße. Schließlich sehen wir uns ja immer häufiger und zwischen uns bleibt nicht viel ungesagt.

Endlich aber erscheint Emiles Absender in meinem Postfach. Betreff: „Warten auf Emile".

> Liebe Miriam, bitte entschuldige, dass ich dich so lange auf eine Antwort habe warten lassen. Aber ich wusste nicht, wie ich es dir sagen soll – und ob überhaupt. Jetzt aber ist mir klar, dass du es wissen solltest. Dass du sogar ein Recht darauf hast, es zu wissen. Denn es kann nicht sein, dass Freunde sich etwas sehr Wichtiges verschweigen. Auch wenn es traurig ist. Oder vielleicht gerade dann. Mit mir stimmt etwas nicht. Also im Kopf sowieso nicht, aber das weißt du ja! Nein, ich war beim Arzt, auf Betreiben von Véronique hin, die fand, ich sei so blass und passiv, das wäre untypisch für mich. Auch hatte ich keinen rechten Appetit. Ich hab es auf deine Abwesenheit geschoben, ehrlich gesagt. Aber es kommt wohl noch etwas dazu, das schon einige Zeit in mir wächst.
>
> Ich habe einen Tumor, und der ist nicht so nett. Ich war in den letzten Wochen bei verschiedenen Ärzten und musste erst mal verdauen, was mit mir passiert. Jetzt habe ich

aber entschieden, dass außer meiner Familie meine besten Freunde davon wissen sollen, Karl Becker – und du!“

Es ist eine lange Mail. Nach diesen ersten Zeilen fängt er an zu berichten, was alles in der Zwischenzeit geschehen ist. Doch von seiner Krankheit erzählt er vergleichsweise wenig.

Wieder sitze ich im Auto und fahre in Richtung Frankreich. Dieses Mal nicht wegen des Schmucks, sondern um Emile zu sehen. In meinem ersten tiefen Schreck nach der Mail habe ich mit Markus gesprochen – und wir sind zu dem Schluss gekommen, dass ich am besten so bald wie möglich zu Emile fahre, und zwar alleine.

Während der Autofahrt bedrängt mich immer mehr die Frage, wie krank Emile wohl wirklich ist? Wie gut sind die Heilungsaussichten? Nichts davon hat er in seiner Mail anklingen lassen. Ich fühle mich verunsichert und ängstlich. Es ist, als würde alles in Zeitlupe geschehen. Ich gehe wie auf Watte. Noch vor ein paar Wochen haben wir zusammen geforscht und gelacht und das Leben schien so endlos und unkompliziert vor uns zu liegen. Wir waren uns darüber einig, dass es spannend bleibt und ewig so weitergehen kann. Wir haben unsere Freundschaft ausgelotet und auf feste Füße gestellt – und er akzeptiert und schätzt mich so, wie ich bin, sogar das mit Markus schien er gut wegzustecken.

Und weil er so ein guter Freund geworden ist, muss ich einfach gleich nach ihm sehen. Da reicht kein Telefonieren oder Mailen, ich will sehen, wie es ihm geht und mich mit ihm austauschen. Dennoch sitzt die Angst tief, und die völlig unerwartete Nachricht von seiner Krankheit hat mich geschockt.

Als ich vor seinem Haus parke und er die Tür öffnet, umarmen wir uns wie gewohnt, doch es fühlt sich inniger an als sonst. Emile freut sich sichtlich, dass ich da bin. Er sieht aus wie immer, aber seine Augen sind ernster geworden. Der gewohnte Schalk ist verschwunden – und das gibt mir einen tiefen Stich. „Oh, Emile, wie schrecklich“, entfährt es mir.

„Ja, Miriam, es ist schrecklich.“ Er führt mich in die Küche, wie üblich öffnet er eine Flasche Wein und dann fängt er an zu berichten. Was alles in der Zwischenzeit geschehen ist. Doch von seiner Krankheit erzählt er vergleichsweise kurz, ehrlich gesagt würde das auch gar nicht zu ihm passen.

„Miriam, ich erspare dir die medizinischen Details. Es reicht, wenn du weißt, dass es kompliziert ist und auch die Ärzte nicht genau wissen, wie sie vorgehen sollen. Ich werde mich für eine Therapieform entscheiden müssen und du kannst dir gar nicht vorstellen, wie schwer mir das fällt. Nie hätte ich gedacht, dass mich so etwas treffen könnte. Immer habe ich gemeint, es passiert nur den anderen. Ich, Emile, bin davor gefeit. Dass ich unsterblich bin oder zumindest kerngesund. Dachte ich immer. Bis dann diese Kopfschmerzen kamen, immer häufiger. Immer drängender. Bis ich kaum noch Appetit hatte und bis mich Véronique dann zum Arzt geschickt hat. Ich zum Arzt? Ich bin ein Freidenker, ich kann Unwohlsein mit meinen Gedanken bekämpfen, glaubte ich! Ich kann es wegdenken, verstehst du?“

Emile schaut mich mit dunklen Augen an, tief und erschüttert. Ich kann ihn so gut verstehen. Denke ich nicht genauso?

„Und dann diese Diagnose! Ich habe zu dem Arzt gesagt, er muss sich irren. Das ist nur ein Schatten da auf dem Bild, aber kein Tumor! Verstehst du, was ich meine?“

Emile steht auf vor Erregung. Er ist wütend.

„Wie kriegen Sie den Schatten da weg?“, hab ich den Arzt fast angeschrien. „Und vor allem, wie schnell und wie gründlich?“ Aber der hat gar nichts gesagt. Zurechtgewiesen hat er mich. Ich solle nicht so laut sein. Anderen würde das auch passieren. Ich sei nicht allein und auch nicht der einzige. Jetzt habe ich quasi Bedenkzeit, um mich zu entscheiden, wie sie vorgehen sollen mit mir. Und eins sage ich dir, Miriam, fremdbestimmen lasse ich mich nicht. Das passt nicht zu mir."

„Ich weiß", sage ich nur, „das passt nicht zu dir. Aber was willst du tun, Emile?"

„Anscheinend wächst der Tumor nicht sehr schnell, dafür aber konstant. Also habe ich beschlossen, meine Gedanken zuerst einmal zu ordnen. Und auch die Fäden in meinem Leben nicht aus der Hand zu geben. Und ein Faden ist das Nachforschen in Gustaves Tagebüchern – und zwar gemeinsam mit dir, Miriam."

Er sieht mich so eindringlich an, dass mir schwindelig wird. Es wird mir klar, dass ich ihm viel bedeuten muss, sonst würde er nicht so offen mit mir reden. Was für ein Vertrauensbeweis. Ich bleibe so gefasst wie möglich.

„Ja, Emile, ich will auch weiterforschen mit dir, aber ich muss erst verarbeiten, was da gerade passiert."

Emile beruhigt sich wieder – er greift zu seinem Glas. „Auch den Wein lasse ich mir nicht verbieten, Miriam. Ich will selbstbestimmt bleiben, egal, wo es mich hinführt. Denn nur so kann ich mich leben. Konsequent bis zu meinem Ende, wann auch immer das ist."

Ich spüre einen Kloß in meinem Hals. „Ja, lieber Emile, das kann ich sehr gut nachvollziehen. Und ich wünsche dir, dass es dir gut geht mit allem, was du tust oder lässt."

Emile sieht mich ruhig an und seine Züge entspannen sich. „Weißt du was, ma chère, wir gehen jetzt in die Bibliothek und lesen weiter. Ich brenne darauf."

~ 31 ~

Wir lesen. Wir tauchen förmlich in die Geschichten ein, die Gustave seiner Frau Marie erzählt. Er berichtet ihr, wie er auf Kreta einem alten Mann auf einem Esel begegnete, der ihn auf eine bislang unbeachtete Stelle der Ausgrabungsstätte hinwies. Der alte Mann erzählte ihm, wie er dort immer im Schatten eines Olivenbaums Pause gemacht habe. Dabei seien ihm Steine aufgefallen, die seltsam angeordnet aus der vertrockneten Erde herausschauten, so als hätten sie ein System. Daraufhin ließ Gustave dort graben und stieß dabei auf Vorratskrüge aus minoischer Zeit. Er ordnete schließlich an, das Terrain großflächig abzustecken und die Steine freizulegen. Das italienisch-französische Team legte eine Siedlung frei, die etwa 3800 Jahre alt sein musste, ein sensationeller Fund!

Gustave schildert dabei die flirrende Hitze, die auch im frühen Herbst noch herrscht, die Anstrengungen beim Aufgraben des steinharten Bodens, die Mühe und die Freude über jeden einzelnen Fund so plastisch und treffend, dass man selbst beim Lesen ins Schwitzen gerät. Er beschreibt die stolzen Kreter, die zwar arm, aber unglaublich gastfreundlich sind, auch wenn sie jedem Fremden mit einem angeborenen Misstrauen begegnen. Doch Gustave schafft es in den meisten Fällen, bedächtig und vorsichtig diesen sonnengegerbten Menschenschlag für sich zu gewinnen. Die Oliven-, Weinbauern und alten Dorfbewohner öffnen sich und laden ihn ein zu Schafskäse, großen, fleischigen Oliven und dem öligen Wein, der hier auf der Insel getrunken wird. Dazu gibt es Raki in rauen Mengen, ein Tresterschnaps, den fast jeder selbst brennt. Gustave erkundet das einfache, aber freundliche Leben dieser Menschen und entwickelt immer mehr ein Gespür für diese seltsame alte Insel, die da kurz vor dem afrikanischen Kontinent und nahe der türkischen Küste so schmal und mit hoch aufgeworfenen Bergen in der Ägäis liegt. Ein begehrter, selbstbewusster, privilegierter Ort, ungeschützt und ein Bollwerk zugleich.

Es ist schon dunkel draußen, als Emile über den Rand seiner Brille schaut. „Weißt du was, Miriam? Dort möchte ich hinfahren, nach Kreta, wo sich Gustave so wohlgefühlt zu haben scheint, dass er haarklein jede Begegnung und jeden Stein beschreibt."

Ich sehe, wie seine Augen leuchten. „Ja, das möchte ich tun. Willst du nicht mitkommen?"

Ich bin sprachlos.

Er merkt es sofort. „Entschuldige. Der Gedanke ist mir gerade erst gekommen, ehrlich gesagt. Ich habe noch keine Ahnung, wann und wie lange ich fahren würde. Aber es fühlt sich gut an. Und ich sollte nicht mehr allzu lange warten damit. Wer weiß, wie viel Zeit ich habe."

Er hat recht, denke ich. Er hat recht. Und so überrascht wie ich bin, drängt es mich auch danach, mit ihm diese Reise zu unternehmen. Auch wenn ich im Augenblick nicht wüsste, wie das gehen soll. Schließlich könnte Markus es völlig falsch auffassen.

Emile scheint meine Zweifel lesen zu können und denkt laut weiter: „Vielleicht würde auch Karl mitkommen, dann könnten wir zu dritt auf Gustaves Spuren wandeln. Wow, das wäre fantastisch."

Ich nicke benommen. Sage aber nichts dazu.

In dieser Nacht schlafe ich schlecht. Ich fühle mich Emile sehr nah. Ein großer Teil von mir drängt danach, Kreta mit ihm zu sehen. Vielleicht ist es die letzte Reise, die er unternehmen kann. Mein Herz krampft sich zusammen. Wird Markus dafür Verständnis haben? Vielleicht sollte er einfach mitkommen. Warum nicht? Oder wäre es dann nicht dasselbe? Müssen wir diese Reise alleine unternehmen, höchstens noch begleitet von Professor Becker? Sozusagen nur der „harte Kern“?

Als ich am nächsten Morgen benommen die Augen aufschlage, scheint die Sonne bereits hell und warm ins Zimmer. Ich habe noch den Schleier eines Traumes im Kopf, der mich wieder auf einem Schiff zeigt. Die Luft ist dieses Mal eiskalt. Und ich bin hochschwanger. Die Wellen schlagen immer wieder heftig an den Bug des altmodischen Dampfers, an dessen Deck ich stehe und zum Horizont blicke.

Ich habe in der Bibliothek in Emiles Haus geschlafen, auf dem alten Sofa, das er mir gemütlich bezogen hat, umgeben von vielen alten Büchern und den Aufzeichnungen von Gustave, in die ich so gerne mit Emile eintauche, als seien es unsere eigenen Geschichten, die da erzählt werden.

Ich schüttele die Reste des Traums von mir, strecke mich und stehe schließlich auf. Von unten dringt Kaffeeduft in meine Nase. Kurz darauf halte ich eine große Tasse Milchkaffee in den Händen und puste in den heißen Dampf, der daraus aufsteigt. Dann sage ich zu Emile, der heute Morgen müde und blass aussieht: „Ich hab es mir überlegt, Emile. Ich würde dich gerne begleiten. Ich merke auch, dass wir dort nicht nur auf den Spuren von Gustave unterwegs wären, sondern selbst etwas suchen – für uns. Vielleicht sollten wir uns wirklich einfach dort hinbegeben, genau nach dem Motto, auf das wir bei Gustave gestoßen sind. Echt und stimmig leben. Mutig und offen für das, was wir wirklich erleben wollen.“

Ich seufze. „Ich weiß nur noch nicht, wie Markus das aufnehmen wird und ob ich ihm begreiflich machen kann, dass das nichts mit meiner Liebe zu ihm zu tun hat. Ich will nichts riskieren. Vielleicht sollte er einfach mitkommen?“

Ich schaue Emile an.

Er wirkt ganz ruhig. „Ich bin mir noch nicht sicher, wie viele Menschen ich bei dieser Reise um mich haben möchte. Sie ist sehr wichtig für mich, verstehst du? Ich sehe die Insel nicht als touristisches Ziel, das ich kennenlernen möchte. Sie hat Symbolcharakter. Ich will dort etwas finden, ich weiß nur noch nicht, was. Vielleicht sollte ich mit Markus telefonieren, dann könnten wir uns beide darüber klar werden, was am besten wäre. Schließlich bin ich so etwas wie ein Onkel für ihn. Er sollte mir vertrauen können. Wir kennen uns schon so lange und sein Vater ist mein bester Freund."

Mit ersten Plänen für eine Reise auf Gustaves Spuren, die bald stattfinden sollte, verlasse ich Emile. Er wird mit Markus sprechen, das beruhigt mich. Und ich bin offen für den Ausgang des Gesprächs. Es wird letztlich darüber entscheiden, ob ich auf diese spannende Reise gehe oder nicht, denn ich werde nicht alleine fahren, wenn Markus es nicht verstehen kann. Das weiß ich ganz sicher. Am schönsten fände ich, wenn er uns begleiten würde. Doch weil es vielleicht Emiles letzte Reise sein wird, liegt es nicht an mir, darüber zu entscheiden. Mein Gefühl sagt mir, dass ich Kreta sehen möchte. Zumal die Reise mit Emile und Gustave, dessen Tagebuch uns begleitet – dessen bin ich mir sicher –, uns neue Erkenntnisse bringt wird.

Markus sieht mich an. Wir sitzen in seiner Küche wie so oft, er hat den Tisch gedeckt und ein Abendessen vorbereitet. Aber ich habe noch nicht viel davon angerührt. Ich bin viel zu nervös dazu. Emile hat heute mit ihm telefoniert und ich kenne den Verlauf des Gesprächs noch nicht.

Markus wirkt fahrig. „Miri, also Emiles Idee mit Kreta, die kann ich aus seiner Warte gut verstehen, auch, dass er dich und meinen Vater dabeihaben möchte. Nur seine besten Freunde, da hat er nicht lange um den heißen Brei herumgeredet. Trotzdem habe ich ein ungutes Gefühl, ich fühle mich ausgegrenzt, verstehst du das?“

Ich sehe ihn stumm an und nicke.

Markus redet weiter: „Ja, ich weiß, du kennst ihn länger als mich, und du hast dich schließlich offen für mich entschieden. Dennoch – eine Reise ohne mich, und wir beide sind noch gar nicht zusammen verreist. Das find ich schon schwierig. Gib mir etwas Zeit. Emile, so gerne ich ihn habe, muss mir auch ein bisschen Zeit lassen, das zu begreifen und einzuordnen. Auch wenn es natürlich letztendlich deine Entscheidung ist. Du bist ja eine freie Frau.“

Ich bin müde und ratlos. Klar verstehe ich seine Unsicherheit, und ich fühle mich ganz elend bei dem Gedanken, dass es ihm weh tut, mich gehen zu lassen.

„Hab keine Sorge“, sage ich schließlich. „Ich werde nicht wegfahren, wenn es für dich nicht in Ordnung ist. Mir geht es aber vor allem darum, eine wichtige Gelegenheit in meinem Leben nicht verstreichen zu lassen. Ich glaube, diese Reise ist für mich ganz alleine wichtig, nicht für mich und Emile. Das ist so ähnlich wie bei Gustave. Er hat seine Frau wirklich geliebt, aber auf diesen Reisen war er ohne sie.“

Markus runzelt die Stirn. „Wir leben aber nicht mehr im 19. Jahrhundert, und ich möchte, dass wir gemeinsam etwas erkennen, das für unser Leben wichtig ist.“

Ich seufze. Er hat recht. Nur die Zeit wird also entscheiden, wohin diese Reise geht. Und ob sie überhaupt stattfindet für mich. Auch ich weiß jetzt nicht mehr, was ich eigentlich will und was richtig und falsch ist.

„Könnte es sein, Miriam, dass Sie Emile schon länger kennen, als Sie wissen?“ Professor Becker ist meine Anlaufstation. Ihm habe ich von meinen gemischten Gefühlen erzählt. Er kennt beide so gut, Emile und natürlich seinen Sohn. Und er würde ja eventuell mit uns mitfahren. Er hat mich darauf aufmerksam gemacht, dass meine Träume und Visionen nicht krankhaft oder versponnen sind, sondern einen tieferen Sinn haben könnten, einen Zusammenhang aufdecken könnten, der für mich wichtig ist. So sieht er es auch mit meiner Zuneigung zu Emile, die mich verwirrt, auch wenn sie keine romantische Liebe im klassischen Sinn ist. „Ich meine, dass Sie ihn vielleicht aus einem anderen Leben kennen, oder aus vielen anderen Leben?“

Ich sitze in seinem Arbeitszimmer in der Uni, habe mich für seine Sprechstunde angemeldet, damit ich ihn auf jeden Fall erwische – und bin als letzte in den Raum gegangen, damit niemand vor der Tür wartet und ich nervös werde. Zuerst sah er überrascht darüber aus, dass ich ihn offiziell während der Sprechstunde aufsuche, aber er hat sehr schnell erfasst, was mich bedrückt und dass es von Angesicht zu Angesicht besprochen werden muss.

Aus einem anderen Leben? An eine solche Möglichkeit hatte ich nicht im Entferntesten gedacht. Aber es würde unsere Vertrautheit erklären. Die ich natürlich auch mit Markus habe, gemischt mit einer erotischen Anziehung, die noch viel intensiver und körperlicher ist als die Zuneigung zu Emile.

„Ich werde mitfahren, wenn es die Situation erleichtert“, sagt Professor Becker. „Und ich werde mit Markus sprechen, damit er versteht, warum Emile nicht möchte, dass auch er mitkommt. Ich werde aber keine früheren Leben ins Spiel bringen, keine Bange.“ Professor Becker erkennt die Sorgenfalten in meinem Gesicht. „Ich denke, das würde er nicht verstehen. Er ist trotz aller Wissbegierde und seines feinen Gespürs doch ein sehr rationaler Mensch.“

Wieder einmal staune ich über Professor Becker. Wie vielfältig sein Wissen, seine Weisheit ist und in wie viele Richtungen er denkt. Ich bin dankbar und stolz, dass er mich daran teilhaben lässt. Der Gedanke, Emile schon länger zu kennen, als ich mich erinnern kann, gefällt mir sehr. Er würde so manches erklären und hilft mir, mich selbst besser zu verstehen.

Ich merke, wie Freude in mir hochsteigt. Ja, es wäre der richtige Weg, wenn auch der Professor dabei wäre.

~ 32 ~

Ich werde meine Werkstatt für drei Wochen schließen. Wir reisen Mitte September. Dann ist es vielleicht nicht mehr ganz so heiß. Emile hat den ersten Teil einer Bestrahlungstherapie hinter sich. Er hat sich gegen eine Chemotherapie entscheiden. Das bedeutet, dass er auf der einen Seite Zeit hat, wegzufahren, auf der anderen Seite aber jederzeit mit einer Verschlechterung rechnen muss. Schmerzstillende Mittel hat er für alle Fälle immer bei sich. Er hofft auf sein Gemüt, das ihn vielleicht sogar heilen könne. Auf seinen Lebenseifer und Erkenntnishunger, die größer seien als jeder Tumor.

Markus hat viel nachgedacht und dabei auch ein wenig Abstand zu mir genommen. Schließlich hat er seine Zweifel überwunden und mehr Selbstsicherheit gewonnen. „Okay, Miri, unsere Liebe hält das aus. Wir sind erst am Anfang. Wir haben noch so viel Zeit. Und Emiles Zeit könnte schon bald aufgebraucht sein. Ich will nicht egoistisch sein. Du darfst gerne gehen und die Insel für dich erkunden. Wenn sie dir gefällt, dann fahren wir später einmal zusammen hin. Dann kannst du mir dort alles zeigen."

Ich hab ihn lange und innig geküsst und vielleicht mehr geliebt als je zuvor.

Nora rät mir nach wie vor ab. Sie kann es nicht verstehen, dass man einem Mann diesen „Liebesdienst" erweist, wie sie es ausdrückt, und dafür eine andere große Liebe riskiert. Ich sage zu ihr: „Ich liebe Markus, aber es ist richtig zu fahren. Und ich werde es tun."

Professor Becker hat etwas sehr Wichtiges zu mir gesagt, das meinen Entschluss noch einmal gefestigt hat: „Wissen Sie, Miriam, es ist Zeit, den Dingen nachzugehen, die uns unser Herz gebietet. Dem Leben zu vertrauen und nicht nur Ängste zu pflegen. Wirkliches Leben bedeutet nicht nur Partnerschaft zu leben, sondern auch andere Beziehungen zu entwickeln, damit wir uns öffnen. Als meine Frau gestorben ist, habe ich neben dem Schmerz auch erfahren, dass ihr Tod mir einiges aufzeigte. Ich konnte mich jetzt erst richtig selbst kennenlernen. In allen Facetten, mit allen Höhen und Tiefen."

Der Flieger nach Iraklion auf Kreta geht früh morgens. Ich bin hundemüde und aufgeregt zugleich. Im Gepäck hat Emile die letzten zwei Bände von Gustaves Tagebüchern sowie die Aufzeichnungen der Mönche aus dem griechischen Kloster auf Paros, die ihm beim Stöbern in der Bibliothek in die Hand gefallen sind.

Im Flugzeug sitzen in erster Linie Touristen, die noch einmal ein bisschen Sommer erleben wollen. Laut Wetterbericht sind es immer noch 29 Grad tagsüber auf der südlichsten griechischen Insel. Ich war noch nie vorher dort. Ich weiß nur, dass sie eine sehr lange und sehr bewegte Geschichte hat. Dass es viele Eroberer gab, die sich die strategisch günstige Lage im Mittelmeer sichern wollten. Egal, ob es die Hellenen, die Türken, die Venezianer oder die Deutschen waren. Für mich sind die Spuren der Minoer am interessantesten.

Als wir erschöpft, aber guter Dinge aus dem Flugzeug steigen, empfängt uns ein heißer Wind, der über die ausgedörrten Hänge und Berge fegt und jede Menge trockene Blüten und Staub über das Rollfeld jagt. Der Himmel ist an diesem Tag milchig weiß und es sieht fast so aus, als ob sich ein Sturm zusammenbrauen wollte.

Das Taxi führt uns vom Flughafen, der am Meer liegt, mitten durch die Stadt in Richtung Süden. Unsere erste Station ist ein kleines Hotel unweit von Knossos, der berühmtesten Ausgrabungsstätte auf Kreta, wo Anfang des 20. Jahrhunderts ein Engländer den ersten minoischen Palast freigelegt hat. Selbstverständlich hat auch Gustave hier Halt gemacht, auch wenn er davon in seinen Tagebüchern nicht viel erwähnt. Ihn hatte es auf die andere Seite der Insel gezogen, zu einer damals noch kaum freigelegten Palastruine, an der man eine sehr seltsame Entdeckung machte: Man hatte eine Tonscheibe gefunden, die mit Schriftzeichen versehen war. Das Erstaunliche daran ist, dass diese Schrift bis heute nicht entziffert werden konnte. Auch Gustave hatte man zurate gezogen in der Hoffnung, dass er mit seinen umfassenden Kenntnissen der bisher entzifferten Schriften auf der Insel hier weiterhelfen könne.

„Hier muss es sein", ruft Emile. Der Taxifahrer lenkt seinen rostigen alten Mercedes von der Straße in eine steinige Auffahrt, die in eine Ansammlung von alten Olivenbäumen mündet, hinter denen sich ein weiß getünchtes Gebäude mit der Aufschrift „Stavros Pensione" versteckt.

Die Pension ist einfach und klein. Es gibt nur fünf Gästezimmer, alle mit Blick zur Straße, die nach Knossos führt. Aber es ist dennoch ruhig, denn zwischen Gebäude und Straße liegt ein großer Garten.

Stavros selbst versteht kein Wort Englisch, aber aufs Kochen versteht er sich umso mehr. Gleich nach Sonnenuntergang gibt es Abendessen auf einer schmalen Terrasse mit Blick auf die alten Olivenbäume. Im Garten singen die Zikaden in einem ganz eigenen Rhythmus. Eine fängt unvermittelt an und der Rest stimmt ein, bis alles in ein unglaubliches Getöse mündet, das nach etwa einer Minute plötzlich wie auf Kommando verstummt und dann neu ansetzt.

Wir drei sitzen als einzige Gäste an einem kleinen Tisch, auf dem ein Korb mit Weißbrot, ein Schälchen Oliven, Quark mit viel Knoblauch und Zitronensaft sowie eine Karaffe mit weißem Wein und eine große Flasche Wasser stehen. Aus der

Küche zieht der Duft von gebratenen Sardinen und Koteletts nach draußen.

Müde, aber voller Tatendrang planen wir die nächsten Tage. „Ganz einfach", sagt Emile. „Zuerst Knossos besichtigen, das liegt ja vor unserer Nase. Und zwar ganz früh am Morgen, bevor der große Ansturm der Touri-Busse kommt. Dann mieten wir uns ein Auto und fahren quer über die Insel. Zur Lassithi-Hochebene, wo Zeus in einer Höhle geboren worden sein soll, dann nach Phaistos, dem minoischen Palast, in dem der Diskos, die Tonscheibe mit der nicht entzifferten Schrift, entdeckt wurde. Dazwischen am Meer sitzen, baden gehen, in den Tagebüchern lesen, diskutieren, essen, trinken, schlafen …"

Er holt kaum Luft vor Eifer und Vorfreude. Nur sein Gesicht ist etwas fahler dabei als noch vor kurzem. Und ab und zu zieht er eine Grimasse, wahrscheinlich hat er Schmerzen. Doch sein Temperament scheint die Krankheit zu übertrumpfen.

„Vielleicht lässt die Insel ihn wieder gesund werden", denke ich voller Hoffnung und schaue ihn zärtlich an. So viel Lebensfreude. Das muss doch helfen!

Knossos liegt um acht Uhr morgens noch verschlafen vor uns auf einem kleinen Hügel. Rund um das Areal breiten sich Orangenhaine aus, an den Hängen zu beiden Seiten des Tals wachsen Olivenbäume auf vor Jahrhunderten angelegten Steinterrassen.

Ein sonnengebräunter, dürrer alter Mann spricht uns auf Deutsch an. „Sie suchen einen Führer? Ich kann Ihnen alles erklären, mehr, als in jedem Reiseführer steht. Eine Privatführung, nur für Sie drei, ganz ohne andere Touristen."

Wir verhandeln einen Preis für zwei Stunden, dann wird es ohnehin heiß und der große Ansturm geht los. Stephanos, so stellt sich unser Führer vor, scheint wirklich viel zu wissen und zeigt uns nicht nur die großen Highlights wie das Amphitheater, die bemalten Säulenhallen und Fresken, sondern bleibt auch bei den unscheinbaren Steinresten stehen, um ihnen für uns Details aus dem Leben der sagenhaften Minoer zu entlocken, die hier bis etwa 1350 vor unserer Zeitrechnung gelebt haben.

„Meine Vorfahren", wie er immer wieder sagt, „haben in perfekt organisierten Palästen mit eigenem Abwassersystem und sehr kluger Vorratshaltung gelebt." Der Palast wurde nach der Ausgrabung unter Sir Arthur Evans teilweise recht fragwürdig mit Beton und Farbe rekonstruiert. Wir sehen die Fresken auf den teilweise grellbunten, nachgemalten Mauern. Sie zeigen elegant gekleidete junge Frauen und Männer, die über Stiere springen.

„Wahrscheinlich eine Art Gesellschaftsspiel unter jungen Adeligen", meint Stephanos.

Alles wirkt so heiter, finde ich, aber das könnte auch eine Täuschung sein.

Stephanos fährt fort, als habe er meine Gedanken erraten: „Die Wissenschaftler sind sich heute nicht ganz einig darüber, ob die Minoer wirklich ein so friedliches Volk waren, wie Archäologen bisher von ihnen dachten. Es stimmt, dass es keine Befestigungsanlagen gab. Mussten die Minoer unter ihrem sagenhaften König Minos gar keine Angst vor Überfällen haben?" Stephanos zeigt mit einer großzügigen Geste rundherum. „Aber wie konnten sie sich da so sicher sein? Ein Volk im ägäischen Meer, mitten im Zentrum der damaligen Handelswelt, voller friedlicher Beziehungen zu ihren Nachbarn? Kann es so etwas überhaupt geben? Vielleicht waren sie ja auch so gefürchtet, dass sich niemand traute, sie anzugreifen?"

Auch diese Erklärung kommt mir sehr stimmig vor und macht die Minoer für mich noch gehcimnisvoller, als sie es eh schon sind.

Stephanos erweist sich als Meister der Dramaturgie. Nach zwei Stunden mit ihm ist uns allen klar: Dieser kleine Mann, der seine jungen Jahre in Duisburg verbracht hat und jetzt seine magere Rente mit Führungen in deutscher Sprache aufbessert, ist ein Glücksfall für uns. Er kennt und liebt sein Land und dessen Geschichte. Und er schafft es, beides für uns in ein neues Licht zu tauchen. Parallel zu Gustaves Schilderungen von den Grabungen und deren Funden könnte er uns die Insel aus der Sicht des Einheimischen zeigen und so fragen wir ihn, ob er sich auch außerhalb von Knossos gut auskennt

„Oh ja, ich bin auf der Lassithi-Hochebene geboren. Doch weil von dort jahrhundertelang keiner herunterkam an das Meer, zieht es viele von uns heute noch in die Ferne. Wir wollen unseren Horizont öffnen. Wir sind wissbegierig. Das Heimweh hat mich fast umgebracht in Duisburg. Deshalb habe ich mich, sooft es ging, in die öffentliche Bibliothek gesetzt und alles gelesen, was es dort über Kreta gab. Ich liebe meine Insel. Und ich kenne sie wie meine Westentasche."

Wir beraten uns kurz, dann fragen wir Stephanos, ob er uns während unserer Zeit hier ab und zu begleiten und uns seine Insel zeigen möchte – natürlich gegen Bezahlung. Hocherfreut sagt er ja.

Abends in der Taverne der Pension lesen wir in Gustaves Aufzeichnungen. Mit dem Bild des Palastes von Knossos frisch vor Augen fangen die Worte an zu leben, wir riechen und schmecken den Ort förmlich. Aber Knossos hat Gustave nicht so viel abgewinnen können wie Phaistos im Süden der Insel. Zu kitschig fand er die Rekonstruktion des Palastes, zu verfälscht und geschönt von den Fantasien seines Ausgräbers Sir Arthur Evans, der um 1900 herum die Palastruine entdeckt und teilweise nach eigenen Vorstellungen wieder aufgebaut hatte.

Doch dann kommt eine bemerkenswerte Stelle in Gustaves Tagebuch, an der er wieder einmal seine Empfindungen an seine Frau Marie ausdrückt. Emile liest wie immer laut vor:

~

Knossos, Kreta, 18. September 1937

Meine liebe Marie,

vor allem abends, wenn keine Besucher mehr vor den Stierhörnern aus Beton stehen, fängt der Ort in seiner Weite und Größe an zu atmen. Ich fühle mich nicht einsam, wenn ich alleine auf den Steinstufen sitze und den Flug der Fledermäuse über dem Palast beobachte. Sie haben mir den Schlüssel für das Eingangstor des Zauns überlassen, da ich im offiziellen Auftrag der Regierung unterwegs bin.
Hier fühle ich mich wie zuhause und geborgen. Ich kann es kaum erklären, doch habe ich zum ersten Mal das Gefühl, mich selbst zu leben, so wie es für mich gewollt ist. Als ob ich über diese alten Steine, die mir so vertraut erscheinen, zu mir gefunden hätte. Ich bin ganz im Reinen mit mir. Was für ein Geschenk.

~

Emile lässt das Buch in seinen Schoß sinken. „Wow, mehr gibt es nicht zu sagen, oder? Das Gefühl möchte ich auch erleben. Und dann eindosen, damit ich jederzeit darauf zurückgreifen kann. Der alte Gustave hat genau das getan, was in ihm gesteckt hat. Und das hat ihn glücklich gemacht, wie es scheint."

Diese Passage hat uns erst einmal nachdenklich gemacht. Wir lassen sie nachklingen und wollen noch ein paar Tage hierbleiben. Nur nichts überstürzen. Wir haben ja Zeit. Drei Wochen haben wir uns für die Insel gegeben.

Emile ist es ohnehin egal. Er sagte am Anfang etwas zynisch, er wolle bleiben, bis der Arzt ihn wieder heimholt. Aber auch er weiß, dass die Zeit hier begrenzt ist. Dennoch können wir uns auch ein bisschen zurücklehnen. Schließlich sind wir keine normalen Touristen, sondern so etwas wie Spurensucher, die zugleich einem schwer kranken Freund beistehen. Und das bedeutet viel Achtsamkeit und Bedachtsein. Also gehen wir die ersten Tage gemächlich an, fahren auch einmal ans Meer, nehmen ein erfrischendes Bad und freuen uns auf den kühlen Garten abends, wenn wir nach dem Essen bei ein paar Gläsern Wein im trüben Licht der Gartenbeleuchtung in Gustaves Büchern schmökern.

Es geht mir gut. Ich merke, es war richtig, hierher zu kommen. Und ich schicke Markus eine SMS:

> Geht mir prima in der Gesellschaft von älteren Herren. Bin gut aufgehoben. Alles im Lot. Ich küsse dich, deine Miriam.

~ 33 ~

Ich bin so ganz erfüllt von der Gegenwart meiner beiden Begleiter, mit denen ich offen und vertraut über alles reden kann. Eigentlich sind es ja viele ältere Herren, von deren Ideen und Gedanken ich umgeben bin: Gustave, Professor Becker, Emile – und die griechischen Mönche aus dem Kloster bei Paros, in deren Aufzeichnungen auf Altgriechisch sich Professor Becker derzeit vertieft. Auch Gustave scheint seinem Buch viel Aufmerksamkeit geschenkt zu haben. Er erwähnt es in den Briefen an Marie immer öfter. Mein früherer Professor ist sehr froh darüber, dass diese Schriften erhalten geblieben und über Gustave in seine Hände gelangt sind. Jeden Tag übersetzt er uns daraus einen Abschnitt, der ihn besonders fasziniert.

In der Abgeschiedenheit der kykladischen Berge konnten hier Gedanken reifen, die uns heute noch faszinieren. Ihre Auswirkungen sollten wir allerdings erst später zu spüren bekommen.

Jetzt unternehmen wir erst einmal einen Ausflug in die nähere Umgebung, um Kreta besser kennenzulernen. Gemeinsam mit unserem Führer Stephanos brechen wir in aller Frühe in Richtung Lassithi-Hochebene auf. Unser kleiner Fiat, den wir gemietet haben, schraubt sich ächzend die schmale Straße hinauf bis zu einer Abzweigung zu einem Dorf, in dem angeblich die größte und älteste Platane der Insel steht. Hier wollen wir einen Kaffee trinken.

Gleich neben dem Kafenion, wie griechische Cafés genannt werden, welches direkt unter dem weit verzweigten und von vielen Pfählen gestützten Baum liegt, befindet sich ein in den Felsen gehauener Brunnen. Im kühlen Dauerschatten plätschert eine gefasste Quelle in ein großes Steinbecken. Seit Jahrhunderten versorgt diese Quelle die Menschen des Ortes mit frischem Wasser, erklärt uns Stephanos, der diesen Ort schon sehr oft besucht hat. Im Moment ist der Pegel des Brunnens niedrig. Die Quelle sprudelt nicht so üppig wie im Frühjahr, wenn es in den Bergen viel geregnet hat.

Ich beuge mich über den Wasserstrahl und fange etwas von dem eiskalten Wasser auf, um aus meinen Händen zu trinken. Es schmeckt herrlich kühl und metallisch.

Über der Quelle steht in den Fels gemeißelt ein Spruch in griechischen Buchstaben. Professor Becker ist bereits dabei, ihn zu entziffern.

„Wenn ich es richtig übersetze, steht da: ‚Erkenne den Spiegel, der dir vorgehalten wird'. Ja, *spectrum* steht da, ich würde es mit Spiegel übersetzen. Aber es geht noch weiter. Moment, ich würde sagen, das heißt auf Deutsch: ‚Wie innen, so außen.' Nein, ‚Erkenne das Gesetz von Innen und Außen'. Genau."

Während er laut übersetzt, schaue ich in das klare Wasser und sehe mein Gesicht. Ich finde mich schön, auch wenn ich mich gar nicht richtig erkennen kann in den kleinen Wellen, die das plätschernde Wasser erzeugt. „Noch mal, bitte", sage ich, „was steht da genau?"

Meine Unaufmerksamkeit entlockt Professor Becker ein Lächeln und er wiederholt:

„Erkenne den Spiegel, der dir vorgehalten wird.
und das Gesetz ‚Wie innen, so außen'."

„Ja", Stephanos nickt, „so ungefähr hätte ich es auch übersetzt, nur nicht so klar auf den Punkt bringen können."

„Wie alt ist dieser Brunnen?", frage ich unseren einheimischen Führer.

„Er muss sehr alt sein, aber ich weiß es nicht genau. Schon meine Großeltern kamen immer wieder mit Eseln hierher, um ihre Fässer mit dem Quellwasser zu füllen. Es heißt, das Wasser schenke ein langes Leben und sei in der Lage, jede Krankheit zu heilen. Ein richtiger Pilgerort war das Jahre lang hier. Heute ist es mehr eine Touristenattraktion. An die angeblich heilenden Kräfte des Wassers glaubt niemand mehr so recht. Eigentlich sehr schade“, seufzt Stephanos. „Aber über den Spruch habe ich mir nie Gedanken gemacht. Er war einfach immer da und wir Kinder und Jugendliche haben ihn nicht beachtet.“

„Dabei ist er unglaublich ausdrucksstark“, meint Emile. „Kommt, wir trinken hier unseren Kaffee, dann haben wir den Brunnen genau im Blick.“

Wir sitzen schweigend da, nippen an dem heißen starken Mokka und nehmen die Umgebung wahr, die um diese frühe Zeit – es ist gerade einmal neun Uhr – noch sehr ruhig ist.

Mir lässt die Inschrift keine Ruhe. „Wer kommt auf die Idee, so einen Spruch hier in der Abgeschiedenheit eines unbedeutenden Dorfes in den Bergen über einen Brunnen zu meißeln?“, frage ich in die Runde. „Komisch, oder?“

„Derjenige, der den Brunnen hat bauen lassen, muss ein besonderes Bedürfnis gehabt haben, diesen Spruch zu verewigen,“ meint Professor Becker. „Das Motiv ‚Wasser als Spiegel des Inneren‘ gibt es schon seit Urzeiten, – wir kennen es aus den uns bekannten Märchen. Also ehrlich gesagt, ist mir die Bedeutung des Spruchs mit der Gesetzmäßigkeit von ‚Innen und Außen‘ schon in verschiedenen Kontexten untergekommen. Er geht zurück auf die alten Griechen.“

Er macht eine kunstvolle Pause und wir schauen ihn neugierig an. „Ich kann es nur sinngemäß wiedergeben: Alles, was du denkst und fühlst oder als Haltung in dir trägst, spiegelt sich in deiner Wirklichkeit wider. Die Wasseroberfläche ist wie ein Spiegel, der die Dinge deines Inneren und Äußeren reflektiert und dadurch sichtbar macht. Und draußen im Leben findest du die Dinge, die dich spiegeln, in Form von Situationen, Ereignissen oder Menschen, die dir begegnen, vor."

Wir schweigen. Es arbeitet in uns.

„Glauben Sie, dass es wirklich so ist?", frage ich den Professor.

Er sieht mich lange an und sagt schließlich: „Eine Zeitlang hat mich diese Frage sogar sehr beschäftigt, weil sie mir so gnadenlos meine innere Wirklichkeit vor Augen führt, wenn dies denn stimmt. Wie innen, so außen, das bedeutet ja, dass meine äußeren Umstände eine Reflexion von dem sind, was sich in meinem Inneren abspielt."

Ich setze meine Tasse ab und lehne mich vor: „Was haben Sie aus dieser Erkenntnis gemacht? Hat das Ihr Leben verändert?"

„Ja, ich habe viele Beobachtungen angestellt und konnte es immer wieder bestätigt sehen. Doch dann wurde meine Frau schwer krank und ich habe damit aufgehört, alles zu hinterfragen. Ich war zu beschäftigt mit dem, was da passiert, und es irgendwie durchzustehen, dass ich diese Frage nicht mehr aufgeworfen habe. Sie ist völlig in den Hintergrund getreten. Bis eben jetzt …"

Emile hat die ganze Zeit geschwiegen. Nun sagt er: „Wenn dies stimmt, dann würde das ja bedeuten, dass auch meine Krankheit, die sich gerade so massiv zeigt, etwas mit meinem Inneren zu tun haben muss."

Professor Becker nickt. „Ansatzweise habe ich das damals bei der Krankheit meiner Frau auch gedacht. Doch dann haben sich die Dinge überschlagen und ich habe mich davon überfordert gefühlt."

Emile schaut in die Runde und sagt: „Schon die ganze Zeit frage ich mich, wieso ich diese Krankheit bekommen habe –

und warum ausgerechnet ich? Wenn sie etwas widerspiegelt, was in mir ist, dann will ich wissen, was es ist!"

Professor Becker rückt unruhig auf seinem Stuhl hin und her. „Vielleicht", räuspert er sich, „ist jetzt die Zeit gekommen, euch meine Gedanken anzuvertrauen, die ich mir über Krankheiten gemacht habe. Nach dem Tod meiner Frau hatte ich viele einsame Abende, an denen ich mich gefragt habe, warum ausgerechnet diese liebevolle Frau, die nie einer Fliege etwas zuleide getan hat und die die Güte in Person gewesen ist, zumindest nach außen hin, so jammervoll sterben musste. Ich empfand es als himmelschreiend ungerecht und war schrecklich wütend darüber."

Er sieht uns an und wir sind alle wie gebannt.

„Und, was haben Sie herausgefunden? Was war der Grund?", frage ich ungeduldig.

„Ja", Professor Becker schaut Emile an, „ich habe für mich erkannt, dass sie etwas in sich getragen hat, das überhaupt nicht diesem äußeren Bild entsprach. Etwas, das vielleicht das Gegenteil davon war. In ihren letzten Tagen zum Beispiel hat sie mich überhaupt nicht mehr erkannt, hat stattdessen mit den Pflegern und Ärzten geschimpft und immer wieder wütend auf ihre Bettdecke geschlagen. Sie war richtiggehend unflätig. Ich glaube, da wollte ein Teil von ihr nach draußen, den sie immer unterdrückt hat in ihren gesunden Jahren. Vermeintlich gesunden Jahren, sage ich heute, denn eigentlich hat sie sich und uns etwas vorgespielt. Sie war nicht nur die liebevolle und gütige Frau, wie wir sie meistens erlebt haben. Sie war auch ganz anders, wahrscheinlich zornig, ungerecht, wütend, schrecklich wütend, und vielleicht auch hilflos. Aber das hat sie uns nie gezeigt. Sie wollte es nicht zeigen. Am Ende ihres Lebens kam dann dieser Zorn unkontrolliert zutage. Und deshalb glaube ich, dass ihre Krankheit auch eine Art Lebenslüge sichtbar gemacht hat. Doch da war es schon zu spät, den Prozess noch umzukehren.

Sie ist im Endeffekt lieber gestorben, als vor sich und uns wirklich zuzugeben, dass sie auch ganz anders war. Deshalb glaube ich seither, dass eine Krankheit immer auch eine Lebenslüge zutage bringt. Und es ist an uns, das als eine große Chance zu begreifen."

Emiles Blick ist wie versteinert. „Bah!" Er ballt die Fäuste, sein Gesicht läuft rot an. „Mein guter Freund, lieber Karl", sagt er mit zitternder Stimme, „dann ist mein Krebs also eine nicht eingestandene Lüge, die dabei ist, mich umzubringen! Ich bin also quasi selbst schuld an meiner Krankheit. Vielen Dank für die Einfühlsamkeit und den Trost. Viel Zeit bleibt mir ja nicht mehr, die Lügerei zu erkennen und rauszuholen aus mir. Wer bin ich denn dann? Wer ist dieser tolle Emile? Jemand, der gar nicht Bescheid weiß über sich und alles immer brav unterdrückt hat, was ihm an sich nicht gefällt?"

Emile wird zusehends wütend, steigert sich hinein in seinen Zorn, steht auf und stößt seinen Stuhl dabei um. Dann rennt er weg in Richtung Dorfausgang.

Wir schauen uns ratlos an. Als ich aufspringe, um ihm hinterherzulaufen, hält mich der Professor am Arm fest. „Lassen Sie ihn, Miriam, es ist gut, wenn er sie endlich spürt, diese Wut und diesen Zorn, die Zeit dafür ist reif. Wir können ihm nicht helfen dabei, er muss das mit sich alleine ausmachen."

Ich bleibe mit Professor Becker und Stephanos am Tisch unter dem Baum zurück.

Stephanos schaut uns mit verwunderten Augen an. „Welche Themen Sie bewegen", murmelt er. „Über solche Dinge habe ich mir noch nie Gedanken gemacht. Aber es bewegt mich, ja, sehr sogar." Er sieht richtig ergriffen aus.

Mich bewegt etwas ganz anderes und ich scheue mich nicht, in seinem Beisein laut zu denken. „Professor Becker, mir wird jetzt etwas klarer, was meinen Vater betrifft, glaube ich. Seine Lunge, dieses Phänomen, keine Luft mehr zu kriegen, das zeigt mir auch seine eigene Lebenslüge, die sich über Jahre oder vielleicht sogar Jahrzehnte immer mehr manifestiert hat. Er hat seine Lebensimpulse unterdrückt, sich selbst die Freiheit genommen und die Luft nehmen lassen, in erster Linie von meiner Mutter. Das fiel mir schon bei meinen letzten Besuchen bei den beiden auf. Aber jetzt ist es für mich ganz deutlich zu sehen. Wäre er nur nicht so feige gewesen und hätte den Mut gehabt, mal richtig Freiheit zu schnuppern. Meiner Mutter kann man dafür auch nicht die Schuld geben. Er selbst hätte es tun müssen. Aufatmen …"

Aus dem Schatten der Bäume taucht Emiles Gestalt auf. Sein Schritt wirkt energisch, aber nicht mehr so wutentbrannt wie eben noch. Er kommt an den Tisch und sagt: „Entschuldigt mich, bitte, ich konnte nicht anders. Es geht mir jetzt ein bisschen besser, aber ich würde gerne ein paar Schritte mit dir laufen, Karl, wenn es dir recht ist."

Professor Becker sieht uns an.

„Kein Problem", sage ich, „ich brauche jetzt sowieso ein bisschen Ruhe und werde mir ein paar Boutiquen hier im Ort anschauen. Ich möchte das alles ein wenig verdauen."

Stephanos nickt auch und sagt: „Wir treffen uns hier in zwei Stunden wieder, ist das in Ordnung? Dann können wir vielleicht weiterfahren in Richtung Lassithi-Hochebene, wenn Sie alle dazu bereit sind."

Wir verabreden uns also wieder hier am Brunnen. Emile und Karl ziehen los, ich schaue den beiden hinterher und fühle mich einerseits müde und erschöpft, andererseits auch erfüllt – wie nach einem sehr guten, nahrhaften Essen.

Was habe ich für ein Glück, diese Menschen getroffen zu haben. Über Menschlichkeit und Selbsterkenntnis lerne ich in diesen Tagen mehr als in meinem bisherigen Leben. Und was ich erfahre, werde ich nie mehr vergessen. Ich bin davon überzeugt, dass es nur der Anfang von etwas ist, das immer größer und reicher werden wird. Sogar angesichts der Tatsache, dass mein bester Freund sterbenskrank ist. Das mögen viele für unmöglich halten, auch wahrscheinlich Nora, wenn ich es ihr irgendwann erzählen werde. Aber mich erfüllt es mit Freude. So unglaublich es auch klingt.

Ich sehe Emile und Professor Becker nach, bis sie hinter der nächsten Ecke verschwinden. Sie diskutieren anscheinend lebhaft miteinander und gestikulieren wild. Ein Bild voller Leben ist das. Und voller Verheißung auf Zukunft. Schön ist es. Gleichzeitig kommt Wind auf und bringt Bewegung in die Zweige des Olivenbaumes, der das Kafenion überschattet. Die Blätter rascheln und ich habe eine leichte Gänsehaut auf meinen Armen, trotz der zunehmenden Wärme, die den Platz erfüllt.

Ich brauche jetzt etwas ganz Profanes. Gegenüber beginnt eine Straße, in der sich Boutique an Boutique reiht, mit Kleidern, bunten Röcken, Tüchern und Schmuck. Dort tauche ich ein und wühle in den Baumwollstoffen, sauge den Geruch von Mottenkugeln und Räucherstäbchen auf, probiere Röcke an, kaufe mir schließlich zwei luftige Kleider in Rot- und Grüntönen. Dann habe ich Lust, Markus' Stimme zu hören. Ich setze mich auf ein Steinmäuerchen und wähle seine Nummer auf dem Handy.

Nach dem vierten Klingelton nimmt er ab.

„Markus“, platzt es aus mir heraus, „es ist so schön, deine Stimme zu hören.“

Er scheint sich auch riesig zu freuen. „Warte, ich gehe aus dem Zimmer, dann sind wir ganz alleine“, sagt er. Und wir lachen und plaudern. Ich werde ihm von den Gesprächen, die wir gerade geführt haben, später berichten. Jetzt will ich ihm nur von der Wärme und der Schönheit dieses alten Ortes erzählen, und er lauscht gespannt.

„Ich freue mich, dass es dir gut geht“, sagt er schließlich. „Ich hatte mir schon Sorgen gemacht, es könnte alles etwas schwer für dich werden.“

„Es ist auch nicht leicht“, meine ich, „aber es tut dennoch sehr gut. Uns allen.“

„Wie geht es Emile?“, fragt Markus. Und nun erzähle ich ihm ausführlicher von den vergangenen Tagen und den hitzigen Gesprächen sowie unserer Entdeckung am Brunnen.

Er hört aufmerksam zu, wie es scheint, denn ich höre keinen Laut am anderen Ende der Leitung außer seinem Atem.

„Es tut mir gut, dass du mir das alles erzählst“, sagt er schließlich. „Ich konnte mir nicht so recht vorstellen, was ihr da so alles vorhabt und erlebt.“

„Mir geht es auch so.“ Es erleichtert mich, dass ich offen sein kann. Ich will ja alles mit ihm teilen. Ich spüre eine tiefe Verbundenheit mit ihm, so tief, dass es weh tut.

~ 34 ~

Die Ebene ist weitläufig, voller Kornfelder und Obstbäume, dazwischen stehen alte rostige Windmühlen, die noch vor ein paar Jahrzehnten halfen, Wasser für die Plantagen und Felder hochzupumpen. Heute übernehmen diese Arbeit einige elektrisch betriebene Pumpen, die Mühlen stehen noch als Relikte, ihre nackten Drahtarme ragen in die Landschaft und geben ihr eine einmalige Form, als wäre sie eine große Skulptur.

Darum herum erheben sich hohe Bergrücken, die die Hochebene jahrhundertelang von der Küstenregion abschnitten. Eine Passstraße stellt die Hauptverbindung dar, auf der sich heute Busladungen voller Touristen durch die Dörfer der Lassithi-Hochebene und bis vor den Fuß der Zeushöhle bringen lassen. Denn das gibt es dort auch: den angeblichen Geburtsort von Zeus, einer von mehreren in ganz Griechenland. Es ist ein grünsumpfiges Felsentor, von dem aus man über glitschige Steinstufen in eine riesige Höhle gelangt, die heute kaum noch einen Zauber ausübt, da sich dort Turnschuh an Turnschuh drängelt, auf den Spuren der griechischen Götter.

Auch wir nehmen an dem Touristenprogramm teil, ein wenig normales Urlaubsgefühl soll schließlich auch aufkommen. Emile ist wieder gesprächiger und munter, wie es aussieht. Und als wir abends in unserem alten Fiat und mit unserem sehr erklärungsfreudigen Führer in unserer Pension ankommen, sind wir verschwitzt, hungrig und glücklich.

Ich klopfe Professor Becker auf die staubige Schulter und sage: „Wie wär's jetzt mit einem Raki?"

Er lacht. „Gern, Miriam. Und weil wir schon dabei sind. Ich bin Karl und wir sollten uns duzen!"

Emile stimmt ein: „Super, später darauf noch einen zweiten Raki, finde ich. Wir sind schließlich eine eingeschworene Gemeinschaft."

Er bestellt die erste Runde und wir setzen uns in Dreck und Speck in den Garten, wo wir Speis und Trank bestellen.

Nach einem beschwingten und fröhlichen Essen zieht sich Emile allerdings abrupt zurück. Wahrscheinlich geht es ihm doch nicht so gut, wie es für uns aussieht.

Ich werde auch ernst. Der Alkohol zeigt seine Wirkung im Blut und hat mich redselig und sehr leicht gemacht, doch die immer noch nagende Sehnsucht nach Markus und Emiles Aufbruch ernüchtern mich.

„Ich verstehe das nicht, Karl", sage ich, während ich nach ein paar Motten schlage, die um das Windlicht auf unserem Tisch flattern. „Wie innen, so außen. Was hat das mit meinem Leben zu tun? Was mit Emiles Krebs?"

„Weißt du, Miriam, das ist eine Gesetzmäßigkeit, die so alt ist wie die Welt. Nur wissen es die Wenigsten."

„Wie lange weißt du davon?"

„Schon eine Weile. Eigentlich, seit meine Frau gestorben ist."

„Und du wendest es an? Wie geht das?"

Karl seufzt tief und setzt dann an: „Das ist nicht so einfach zu erklären, wie du dir vorstellen kannst. Sonst würden es ja viele schon praktizieren. Im Grunde geht es darum, zu begreifen, dass alles, was ich denke und fühle, irgendwann im Äußeren sichtbar wird. Quasi als Spiegelung meiner Gedanken."

„Alles, was ich denke und fühle?"

„Das, was du permanent und immer wieder denkst und fühlst. Es wird dadurch mit der Zeit zu einer festen Haltung, und diese Haltung manifestiert sich früher oder später in der Realität. Aber dadurch, dass dazwischen oft viel Zeit vergeht, bemerkt man den Zusammenhang nicht so leicht. Und dann wundert man sich manchmal über Entwicklungen oder Situationen, die einem so gar nicht gefallen."

„Kannst du mir ein Beispiel nennen, Karl?"

Karl nickt. „Wenn deine innere Haltung etwas Gleiches im Äußeren erzeugt, dann könnte zum Beispiel genau das eintreten, wovor du große Angst hattest. Viele Menschen fragen sich auch, warum sie oder ihre Arbeit so wenig geschätzt werden. Dann wäre die Frage absolut angebracht: Wie wertschätzt du dich selbst oder deine Arbeit?"

Ich nicke gedankenvoll. „Ja, mir fällt da gerade etwas ein, das mir immer wieder zu passieren scheint. Jedes Mal, wenn ich etwas Wichtiges zu sagen habe, dann hört mir keiner wirklich zu."

„Hast du denn eine Idee, wo das herkommen könnte?", fragt mich Karl.

„Es gibt da schon etwas, aber ich weiß nicht, ob das damit zusammenhängen könnte. Als kleines Kind haben mich meine Eltern oft schreien lassen. Irgendwann habe ich dann wohl damit aufgehört. Ich muss geschlussfolgert haben, dass mich ja sowieso keiner hört. Meine Mutter hat mir Jahre später erzählt, dass sie mich nicht zu sehr verwöhnen wollten, das war damals eine übliche Haltung in der Kindererziehung. Sie haben es also nicht böswillig getan. Auf jeden Fall läuft mir das in vielen Situationen immer noch nach, dass ich das Gefühl habe, es hört mir ohnehin keiner zu. Also melde ich mich oft gar nicht erst zu Wort."

Karl nickt wieder: „Ja, das kann gut sein, dass du aufgrund dieser Erfahrung für dich beschlossen hast, dass es nichts bringt, deine Meinung zu sagen, weil dir dein Inneres sagt, es würde sowieso keiner auf dich hören. Und entsprechende äußere Erfahrungen machst du so immer wieder."

Er nimmt sanft und väterlich meine Hand über dem Tisch: „Miriam, so lange ich dich jetzt kenne und erlebt habe, hast du kluge Sachen von dir gegeben. Und ich freue mich immer sehr, wenn du etwas sagst. Ich glaube, es ist an der Zeit, diese alte Überzeugung zu verabschieden. Wir alle hören dich gerne reden, weißt du?"

Ich schlucke und wische mir ein paar Tränen aus den Augenwinkeln. Da hat er einen sehr wunden Punkt getroffen.

„Vielleicht solltest du ab jetzt zu dir sagen: Mir wird zugehört."

Ja – das fühlt sich sehr gut an. Ich stehe spontan auf und drücke Karl fest. „Danke dir, das hat mir gut getan."

Ich schaue noch eine Weile schweigend in den Nachthimmel. In Emiles Fenster brennt noch Licht.

Nach einigen Minuten sage ich laut: „Wir sollten Emile bitten, uns nicht auszuschließen von seiner Krankheit. Wir sollten ihm sagen, dass wir ihm immer zuhören. Wenn er Schmerzen hat, kann er uns das sagen. Wenn er Zweifel hat oder Wut oder sonst etwas. Vielleicht wissen wir einen Rat oder sehen sogar mehr als er selbst im Moment. Wozu sind wir schließlich hier mir ihm? Und wozu sind wir Freunde?"

„Kluges Kind", meint Karl, „aber die Entscheidung, sich zu öffnen und auch unangenehme Dinge mit uns zu teilen, liegt bei unserem Emile, der mir doch gerne den einsamen Wolf zu geben scheint, der alles wirklich Wichtige mit sich selbst ausmacht."

„Ich hoffe, der Sturkopf kommt aus sich heraus", seufze ich. „Ich glaube nämlich immer noch daran, dass es für den Krebs eine Lösung gibt – und ich will Emile nicht aufgegeben!"

„Das werden wir nicht in der Hand haben, liebe Miriam, aber wir werden es ihm anbieten."

Beide sitzen wir noch ein paar Minuten schweigend mit unseren fast leeren Gläsern in den Händen da. Die Stille und die Geräusche der Natur sind beruhigend. Ein paar Fledermäuse fliegen dicht über unseren Köpfen im Zickzackkurs in Richtung Haus. Irgendwo ruft ein Käuzchen. Dann begeben auch wir uns ins Haus.

~ 35 ~

Mir wird zugehört. Mit diesem Satz im Kopf und einem leisen Lächeln wache ich am nächsten Morgen auf, als im Hof die ersten Hähne zu krähen beginnen und eine leichte kühle Brise zum Fenster hereinweht.

So viel scheint sich in letzter Zeit in meinem Leben zum Guten zu wenden. Wie war mein Leben eigentlich vorher? War es nicht eigentlich banal und unscheinbar? Noch vor einem Jahr haben mich die Alltäglichkeiten, Pflichten, kleinen Freuden vollständig eingenommen. Ich war mehr oder minder zufrieden damit, habe mir keine tiefgreifenden Gedanken darüber gemacht, wie es wirklich in mir aussieht. Und es hat funktioniert.

Wahrscheinlich war ich ganz glücklich so, zumindest so lange, wie mein Leben in einer geraden Bahn verlief. Bis die Unzufriedenheit mit Frank begann, die schließlich zur Trennung führte.

Danach kamen Traurigkeit, Hilflosigkeit, auch Resignation. Aber seit einiger Zeit ist alles anders. Als ob ich eine Tür geöffnet hätte und sich dahinter ein großes weites Feld auftut mit vielen kleinen Abzweigungen, alles Möglichkeiten voller Verheißung. Wann fing das an? Ich treffe Emile, Karl, Markus! Ich begreife Zusammenhänge, stoße auf immer neue, beginne mich selbst und meine Wünsche kennenzulernen. Warum ist das so? Wird es so weitergehen oder falle ich früher oder später hart auf den Boden der Realität zurück? So, wie Nora es mir prophezeit hat. Doch welche Realität? Auch dieses Leben hier, diese Gespräche und Augenblicke und Begegnungen sind doch Realität. Eine Wirklichkeit, wie ich sie vorher nie so intensiv empfunden habe.

Ich seufze tief, strecke mich unter meinem dünnen Leinenlaken, räkle mich und stehe auf.

Als ich aus dem Fenster schaue, sehe ich den betagten Wirt durch den Garten gehen. Er hält sich leicht gebückt, seine Kleidung ist schwarz und sein Gesicht faltig mit einem leicht grimmigen Ausdruck. Macht er sich ähnliche Gedanken wie ich? Was war nun ausschlaggebend dafür, dass sich plötzlich so viel verändert in meinem Leben?

Mit einem großen Fragezeichen im Gesicht gehe ich zum Frühstück, wo Karl und Emile bereits beim Kaffee sitzen. Wir wollen heute einen Abstecher in den wilden und zerklüfteten Süden der Insel machen.

Ich habe mir vorgenommen, zumindest Karl bei nächster Gelegenheit danach zu fragen, ob sich im Moment in seinem Leben auch so viel verändert wie in meinem.

Emile kommt mir zuvor: „Ich weiß auch nicht, Miriam“, sagt er, „aber du wirst täglich hübscher. Dein Gesicht ist so klar und frisch, deine Augen leuchten. Es scheint, als ob dir die Ferien gut bekommen. Und ich meine es gar nicht zynisch, angesichts meiner eigenen Lage! Vielleicht sehe ich es jetzt auch nur besser, weil ich schärfere Sinne habe durch die verkürzte Zeitspanne, die mir noch bleibt.“

„Ich mag es nicht, wenn du so redest“, sage ich, „du weißt doch gar nicht, wie viel Zeit du noch hast. Vielleicht wirst du wieder kerngesund werden.“

„Wie auch immer es ist. Ich habe selten so intensiv gelebt wie in den letzten Wochen. Und das auch schon vor der Diagnose. Wie erklärt ihr euch das?“

„Mir geht es auch so“, sage ich, „und ich verstehe gar nicht, warum. Liegt es an Gustave? An euch? An Markus? An Frankreich? Liegt es vielleicht an mir?“

Karl lacht. „Es liegt in erster Linie an dir“ sagt er und schaut mich und dann Emile intensiv an. „Es liegt an euch beiden.

Ich glaube, ihr zwei habt eine Entscheidung getroffen. Ohne es zu wissen vielleicht. Ihr habt euch dafür entschieden, hinter die Dinge zu blicken. Wahrscheinlich unbewusst, aber für mich zeichnet sich das ganz klar ab."

Wir schauen ihn fragend an.

Karl lehnt sich zurück und holt aus: „Also, Emile, du zum Beispiel wirkst auf mich in letzter Zeit ganz anders, als ich dich lange Jahre kannte. Du bist nicht mehr so sprunghaft, so unbeständig. Ich glaube, durch die Begegnung mit Miriam, den Schmuck und die Tagebücher kam neue Bewegung in dein Leben. Und das scheint dich aufgeweckt zu haben, stimmt's?" Er zwinkert seinem Freund zu. „Und trotz der schwierigen Zeit, die du durchmachst, scheinst du mir doch mehr in dir zu ruhen als je zuvor."

Wir beide sehen ihn weiter mit fragenden Augen an.

„Entscheidung getroffen? Wie meinst du das? Ich bin mir dessen gar nicht bewusst", sage ich.

„Viele Entscheidungen treffen wir unbewusst", antwortet Karl. „Manchmal steckt dahinter eine Sehnsucht, die so stark ist, dass sie sich irgendwann äußern will. Sie treibt uns förmlich dazu, ein unbestimmtes, aber starkes Gefühl in uns Form annehmen zu lassen, so dass es schließlich auf den Punkt gebracht wird. Und sei es nur als ein Gedanke wie ‚es muss doch mehr als das geben! Das kann doch nicht alles sein!' Wenn wir diesem starken Impuls nachgeben und uns öffnen, dann geschehen Dinge, die uns neue Möglichkeiten anbieten."

Ich sitze da und nicke die ganze Zeit: „Genau, Karl, das ist genau die Antwort, die ich heute Morgen gesucht habe."

Jetzt sieht Karl mich fragend an.

„Ja, komischerweise hab ich heute früh so etwas Ähnliches gedacht", sage ich, „und jetzt weiß ich auch, wann genau ich mich geöffnet habe. In der Bibliothek, als ich am Schmuck gefeilt habe und Emile und ich über die tieferen Bezüge gesprochen haben, die in den Tagebüchern stecken, da hatte ich den Gedanken: Das fühlt sich gut an. In dieser Qualität möchte ich leben!"

Karl fährt fort: „Genau damit hast du für dich die Möglichkeit geschaffen, dass alles Weitere in dein Leben treten konnte – auch Markus – und dadurch hat sich deine Welt verändert, wie innen, so außen."

Kleiner intensiver Gedanke, große Wirkung, denke ich fasziniert. Wie interessant. Es passiert also gar nicht in Paukenschlägen, dass sich das Leben verändert. Vielmehr haben diese inneren Beschlüsse eine ungeheure Wirkung nach außen.

Emile hat die ganze Zeit geschwiegen, aber jetzt lehnt er sich vor zu mir. „Jetzt verstehe auch ich, warum ich die ganze Zeit über im Zusammensein mit dir, Miriam, so gute Gefühle hatte. Ich denke, ich habe insgeheim etwas Ähnliches gedacht und gefühlt. Und dann kamst du und hast mich wachgeküsst." Ich sitze direkt neben ihm an seiner rechten Seite und er wendet mir den Kopf zu und küsst mich unvermittelt auf die linke Wange. So warm und zärtlich. Ich bin angenehm freudig verwirrt.

~ 36 ~

Das Gefühl des Kusses noch auf meiner Haut, fahren wir wenig später los in Richtung Süden. Ich habe die Geste genossen, aber es ist etwas ganz anderes, wenn Markus mich küsst. Ich bin unruhig und frage mich, was mit mir los ist. Weder die wilde bergige Landschaft, durch die wir kommen, noch die Gesellschaft von Emile und Karl – Stephanos hat heute frei, es ist Sonntag – können mich ablenken.

Ich habe Sehnsucht nach Markus. Seit Tagen versuche ich, ihn zu erreichen. Entweder habe ich kein Netz oder er nimmt nicht ab. Anscheinend hat er auch noch nicht versucht, mich zurückzurufen, wie ich auf dem Handydisplay erkenne. Das beunruhigt mich und zugleich steigert es meine Vorfreude darauf, ihn endlich wieder wenigstens zu hören. Seine dunkle Stimme, das raue Lachen, die Art, wie er „Miri" zu mir sagt.

Seit einer Woche bin ich nun auf Reisen. Und so sehr mich meine Reisegesellschaft hier auf der Insel inspiriert, so sehr sehne ich mich nach Markus' Nähe. Das Vermissen tut schließlich richtig körperlich weh – und als ich endlich abends alleine bin, versuche ich zum zigsten Mal, nach Deutschland durchzukommen. Nach dreimaligem Läuten nimmt er ab – endlich!

„Miri, wie geht es dir?"

„Wo bist du?", frage ich gereizt. „Warum rufst du nicht zurück, wenn ich versuche, dich zu erreichen?"

„Weißt du, wie oft ich versucht habe, bei dir durchzukommen? Anscheinend bist du da im Niemandsland. Kein Signal, kein Empfang. Ich bin schon ganz durcheinander vor lauter Fehlversuchen. Wenn ich nicht wüsste, dass mein Vater auch bei euch ist, würde ich anfangen, mir Sorgen zu machen … Aber wie schön, dich zu hören!"

„Ja, wie schön", meine ich schon sanfter, „du fehlst mir nämlich."

„Das tut mir gut zu hören. Mir geht es genauso. Aber wie geht es eigentlich Emile?"

„Ganz gut soweit", sage ich, mir ist gar nicht danach, mich über Emile zu unterhalten. „Wir unternehmen Ausflüge", erzähle ich dennoch, „es ist tagsüber immer noch ziemlich heiß, und abends essen wir und haben anregende Gespräche. Emiles Zustand hat sich nicht verschlechtert. Zumindest lässt er sich nichts anmerken. Aber was machst du die ganze Zeit? Mit wem bist du unterwegs?"

„Höre ich da ein klitzekleines bisschen Eifersucht?" Markus kann schrecklich ironisch sein. „Ich ziehe jeden Abend mit Mädels rum, wir feiern Partys bis tief in die Nacht. Was man halt so macht als Strohwitwer einer Frau, die mit zwei anderen Männern im Urlaub ist."

„Markus, du weißt, es gibt überhaupt keinen Grund für dich, sich Sorgen zu machen."

„Ne, mache ich mir ja auch nicht wirklich. Wie gesagt, mein Papa ist ja dabei, sonst würde ich mich schon so ein bisschen …"

„Markus, du fehlst mir. Ich hab solche Sehnsucht nach dir. Seit wir uns kennen, waren wir nie länger als ein paar Tage getrennt."

„Miri, mir geht es auch so, glaub mir. Wie lange seid ihr noch fort? Zehn Tage?"

Die Pause zwischen uns ist greifbar. Wir atmen beide tief in den Hörer und ich muss seufzen.

„Schatz, möchtest du nicht kommen? Es wäre toll, wenn du kämst. Ganz spontan. Wir würden uns alle freuen! In erster Linie natürlich ich!"

„War das eine Art Liebeserklärung von einer selbstbewussten, klugen, unabhängigen Frau?"

„Blödmann“, scherze ich. Aber es geht mir schon ein bisschen besser. „Was ist? Überlegst du es dir?“

„Ja, wenn es sich irgendwie machen lässt. Mal sehen, ich checke meinen Kalender und die Flugangebote. Und dann solltest du auf jeden Fall Emile und Papa fragen, ob es ihnen wirklich recht ist, wenn ich komme. Du weißt, eigentlich sollte das eine Reise für Emile werden. Und er hat sich in erster Linie die Begleitung von euch beiden gewünscht. Ich bin mir da nicht sicher, ob ich wirklich willkommen bin. Überleg gut, ob es auch in eure Reise passt, wenn ich mich noch anschließe. Miri, ich ruf dich morgen wieder an, mein Akku ist gleich leer und ich bin unterwegs von einem Kunden nach Hause. Schlaf schön. Ich freue mich riesig, wenn du wieder da bist!“

„Ja, ich mich auch. Ich hab dich lieb. Sehr lieb“, sage ich in den Hörer und lege auf. Es ist eine samtweiche Nacht, der Himmel ist tiefschwarz und mit Sternen übersät. Aufgewühlt gehe ich in mein Zimmer und ziehe mich um für unser spätes Abendessen. Der Ausflug war lang und anstrengend.

Als ich zum Tisch komme, sitzt dort nur Karl. „Hallo Miriam“, sagt er, „Emile ist auf seinem Zimmer geblieben, er fühlt sich nicht wohl. Es sieht so aus, als habe er Schmerzen.“

Heute früh war alles noch so klar und einleuchtend. Jetzt fühle ich mich etwas traurig, erschöpft und hilflos. Hoffentlich hat Emile keinen Schub. Wir essen schweigend. Jeder hängt seinen Gedanken nach. Als ich ziemlich früh ins Bett gehe, ist hinter Emiles Fenster alles dunkel. Ob er schlafen kann?

Mit mulmigem Gefühl im Magen komme ich am nächsten Morgen zum Frühstück. Emile sitzt glücklicherweise schon mit Karl am Tisch, doch er sieht mitgenommen aus. Ich gehe zu ihm hin, drücke ihn, wünsche ihm einen guten Morgen und erschrecke, als ich in seine trüben Augen sehe. „Emile, wie geht es dir?“

„Na ja“, meint er, „hab schon besser geschlafen.“

„Hey, alter Freund, wir sehen doch, dass du Schmerzen hast.“ Karl wirkt besorgt.

„Alles halb so wild.“ Emile macht eine wegwischende Handbewegung. „Wird schon gehen.“ Doch sein Aussehen spricht Bände. Das Gesicht ist fahl, die Augen sind klein und zusammengekniffen.

Ich sage zu ihm: „Wir sind Freunde, mein Lieber, und wir möchten gerne wissen, wie es dir wirklich geht. Du siehst ehrlich gesagt nicht sehr gut aus – auch wenn ich das ungern sage. Wir hatten eine so intensive Zeit zusammen in den letzten Wochen und fast schon Monaten, dass wir uns wünschen, dass du uns auch in den schlechten Stunden nicht ausschließt. Mir würde so viel daran liegen, dir beizustehen und irgendwie zu helfen, wenn es dir nicht so gut geht. Unendlich viel, ehrlich gesagt.“

Emile sitzt mit gesenktem Kopf da wie ein geprügelter Kater und rührt in seinem schon kalten Kaffee, hebt dann aber doch den Kopf und sagt leise: „Ich hatte gestern Abend plötzlich ganz schlimme Kopfschmerzen. Mein Arzt hat mich auf so etwas schon vorbereitet und mir für diesen Fall starke Medikamente mitgegeben. Es bedeutet wohl, dass der Tumor in meinem Kopf sich wieder bemerkbar macht. Er hat die ganze Zeit so schön stillgehalten. Vielleicht haben die vielen Bestrahlungen vor unserer Abreise ja etwas bewirkt, dachte ich mir. Aber eventuell wächst er wieder, was mir ehrlich gesagt große Angst macht. Sollten die starken Schmerzen nicht wieder verschwinden, müsste ich die Reise abbrechen und sofort nach Hause fliegen, das hat mein Arzt angeordnet.“

Karl legt seine Hand auf Emiles Unterarm: „Alter Junge, lass uns nicht gleich das Schlimmste annehmen. Wie geht es dir jetzt? Haben die Tabletten gewirkt? Hast du immer noch Schmerzen?"

Der Kloß in meinem Hals ist riesig.

„Nein", antwortet er, „aber ich bin völlig fertig. Ich würde gerne heute zuhause bleiben."

Wir nicken beide, Karl und ich, erleichtert über die Antwort. Der Morgen ist diesig, die Sonne kämpft sich nur langsam durch die feuchte Luft – und über uns ziehen ein paar Möwen in Richtung Meer.

Ich merke, dass Karl die Pause nutzt und Mut fasst: „Emile, ich möchte dir nun etwas sagen, was sehr gewagt ist." Er räuspert sich: „Ich habe immer wieder gelesen, dass hinter Krankheiten Botschaften stehen, die uns erreichen wollen. Seit einiger Zeit frage ich mich, was hinter deiner Krankheit stehen könnte. Und ich ringe seit Tagen mit mir, das Thema anzusprechen. Ich hoffe sehr, dass ich dir nicht zu nahe trete. Aber ich bin dein Freund und ich würde dir so gerne helfen."

„Kennst du denn die Botschaft?", fragt Emile.

„Das ist es ja eben. Nein, ich kenne sie nicht. Nur du kannst sie eventuell entschlüsseln."

„Liebend gerne! Aber wie?", fragt Emile. Es klingt ein bisschen zynisch.

„Laut dem, was ich zu glauben wisse, muss es – und die Krankheit meiner Frau hat mich vieles lesen und erforschen lassen – damit zu tun haben, dass ein Mensch permanent auf einem bestimmten Lebensgebiet gegen sich lebt. Also will die Krankheit ihn darauf aufmerksam machen, das zu ändern."

„Glaubst du das wirklich?", fragt Emile mit erstauntem Gesichtsausdruck. „Ich wüsste gerne, wie meine Krankheit zustande gekommen ist. Was sie mir sagen will. Wenn ich dahinterkäme, was sie mir sagen will, wäre ich vielleicht nicht mehr ganz so hilflos, wie ich mich jetzt zuweilen fühle, vor allem, wenn dieser heftige Schmerz auftritt.“ Er schaut uns beide an, und wir hören einfach nur zu. „Ich habe immer wieder das Gefühl, dass die Medikamente, die ich nehmen muss, in erster Linie den Schmerz beseitigen oder eben nicht fühlbar machen, aber sie können mich nicht wirklich heilen. Ich setze die Hoffnung auf die Bestrahlungen, aber wer weiß, ob das ausreicht, um mich gesund zu machen. Die Statistik spricht eigentlich dagegen. Ich würde mir so wünschen, dem ganzen Prozess nicht völlig ausgeliefert zu sein. Wenn es etwas gäbe, das ich aktiv tun könnte, um der Krankheit zu begegnen, dann würde mir das sehr guttun. Wenn es also stimmt, was du vermutest, Karl, dass ich in meinem Leben in einem sehr entscheidenden Punkt gegen mich gelebt habe und dies den Tumor in irgendeiner Weise auf den Plan gerufen hat, dann will ich gerne versuchen herauszufinden, was es war.

Wisst ihr, ich muss einfach mehr tun als zu warten, ob die Tabletten, die ich einnehme, wirken, oder ob die Bestrahlungen anschlagen. Ich bin ein Mensch, der sein Leben immer in der Hand hatte. Ich kann damit nicht einfach aufhören und mich undurchsichtigen Vorgängen überlassen, die ich nicht beeinflussen kann. Ich möchte mehr tun, als Medikamente einzunehmen und den Anweisungen meines Arztes zu folgen. Ja, ich würde verdammt gerne dahinterkommen, was schiefgelaufen ist, ob etwas schiefgelaufen ist, ohne dass ich es rechtzeitig bemerkt habe.“

Mit Entschlossenheit und aufkeimender Hoffnung in seinem Gesicht wendet er sich an mich: „Kannst du dich noch an das Gespräch über deinen Vater erinnern, Miriam, damals sind unsere Gedanken schon einmal in eine ähnliche Richtung gegangen.“

„Ja, klar. Weißt du, Karl, mein Vater war im Krankenhaus wegen einer schlimmen Lungenentzündung. Und ich hab damals vermutet, dass er sich selbst schon lange die Luft zum

Atmen genommen hat und hat nehmen lassen in dem engen Leben, das er mit meiner Mutter führt. Ich habe damals mit Emile darüber gesprochen, wie ich die Krankheit meines Vaters empfinde. Deine Situation jetzt lässt wenig Spielraum für Spekulationen. Der Tumor ist so ernst und so schwerwiegend. Für mich ist gar nicht klar ersichtlich, was dahinterstehen könnte."

Emile schüttelt langsam den Kopf: „Ich habe in letzter Zeit oft an unser Gespräch gedacht, Miriam, und frage mich tatsächlich, ob ich vielleicht selbst etwas dazu beigetragen habe, dass dieses Gewächs in meinem Kopf entstanden ist. Doch ich habe noch keine plausible Antwort gefunden, so sehr ich auch grüble und überlege. Ich komme auf keine zündende Idee. Vielleicht habt ihr ja eine?" Sein Blick zeigt, wie hilflos er sich fühlt. Er seufzt und wendet sich wieder seinem Kaffee zu.

Ich fühle mich genauso hilflos und merke, dass ich dazu gar nichts beitragen kann. Ich kenne Emiles Vergangenheit ja kaum. Mein Blick bleibt an Karl hängen.

Karl sagt: „Glaub mir, Emile, ich hab mir auch sehr viele Gedanken darüber gemacht, wieso ausgerechnet du einen Tumor bekommen hast. Du, der du so ein heller Kopf bist und immer warst, aufgeschlossen, offen, flexibel. So hast du zumindest auf mich gewirkt. Ich erinnere mich an die Zeit, als meine Frau ihre Diagnose bekam. Jetzt hab ich ähnliche Empfindungen: So gerne würde ich helfen. Als meine Frau Krebs bekam, haben wir vieles ausprobiert und sind auf die Suche gegangen nach Lösungen, medizinischer und alternativer Art. Letztlich ist uns der Ansatz, dass hinter der Krankheit immer auch eine geistige Ursache steht, als der schlüssigste erschienen.

„Und, seid ihr dahintergekommen, was die Ursache war?", fragt Emile voller Interesse.

„Wir selbst nicht. Wahrscheinlich waren wir beide einfach vor Angst wie blockiert. Der Krebs war schon zu weit fortgeschritten. Ich frage mich heute noch, ob er hätte gestoppt werden können, wenn wir früher anders gedacht hätten. Die Frage, ob wir den Krankheitsverlauf dann noch hätten beeinflussen können, treibt mich bis heute um.“ Karl seufzt tief. „Ihr konnte nicht mehr geholfen werden. Aber ich habe die Hoffnung, dass dir die Erkenntnisse, die ich aus ihrer Geschichte gewonnen habe, vielleicht nützen können.“

Er schaut Emile an und fährt fort: „Ich würde dir sehr gerne eine Unterstützung sein und habe mich in den letzten Tagen oft gefragt, ob ich dir diese Hilfe anbieten darf, ob du offen dafür bist? Ich möchte dir nicht zu nahe treten.“

Emile schaut Karl lange an und sagt: „Sehr, sehr gerne. Wenn du das für mich tun würdest: Ich bin dazu bereit.“

Es ist für einen langen Moment still am Tisch, dann sagt Karl: „Wenn du dich fit genug fühlst, dann würde ich gerne den Tag mit dir verbringen. Und Miriam schicken wir heute alleine los.“

Ich zögere, aber Emile nickt mir zu und sagt: „Miriam, geh ruhig. Mach dir einen schönen Tag. Karl kennt mich seit vielen Jahren. Vielleicht kommen wir auf diese Weise des Rätsels Lösung näher.“

~ 37 ~

Ich klinke mich also für heute aus unserer Spurensuche aus und überlasse die beiden ihren eigenen Gesprächen und Erlebnissen. Stephanos sage ich auch ab, aber er erklärt mir den Weg zu einer ruhigen Bucht, nur eine halbe Autostunde von hier. Da werde ich mit unserem Mietwagen hinfahren. Auch wenn sich die Sonne immer noch nicht richtig zeigt, habe ich das Bedürfnis, ans Meer zu fahren. Meine Badesachen nehme ich mit. Mehr nicht.

Ich fahre zunächst in Richtung Heraklion, doch noch vor der Stadt biege ich nach Westen ab. Gar nicht so weit vom Flughafen entfernt kennt Stephanos eine nette kleine Bucht, die kaum von Touristen bevölkert wird, da dort noch keine großen Hotelanlagen stehen. Nur ein paar Blockhütten, in denen arme kretische Familien wohnen, die laut Stephanos doch nicht an den Strand gehen würden. Den Weg zu einer Taverne dort gleich um die Ecke, die bei Einheimischen für ihre Tintenfische beliebt ist, hat er mir ebenfalls beschrieben.

Ich finde mit ein paar Umwegen die Bucht, die er wohl gemeint hat. Sie ist felsig, ein wenig eingeschnitten, weil ein Bachlauf dort ins Meer mündet, aber das Wasser sieht herrlich klar und ruhig aus. Kleine Wellen schlagen ans steinige Ufer.

Mein Auto habe ich am Straßenrand weiter oben abgestellt und laufe hinunter zum Strand. Dort lasse ich mich auf einem Felsen nieder und blinzele in die dünne Wolkendecke, die sich vielleicht heute noch lichten und die Sonne durchlassen könnte. Ich versuche, nicht an Emile und Karl zu denken. Ich möchte mir heute etwas Gutes tun und Abstand gewinnen.

Vielleicht nimmt mich Emiles Zustand viel zu viel mit und ich hab mein eigenes Bedürfnis nach Erholung übersehen? Wie hieß es doch so schön in Gustaves Tagebuchnotizen: „*Du bist hier auf der Erde, um dich selbst zu leben.*"

Die Möwen schreien, es ist angenehm warm und ich schaue lange aufs Meer. Das beruhigt. Außer mir sind nur ein paar Kinder in der Bucht, die Steine ins Wasser werfen und sich kichernd herumschubsen. Sie sind so klein, dass sie wohl noch nicht in die Schule müssen.

Wenn ich bei Frank geblieben wäre, hätte ich vielleicht auch schon Kinder. Dann würde ich jetzt wahrscheinlich nicht hier sitzen und über mein Leben oder Emiles Krankheit nachdenken. Und Markus gäbe es auch nicht für mich. Lebe ich jetzt mich selbst? Mache ich alles bewusst und instinktiv richtig? Oder komme ich mit Markus auch früher oder später an den Punkt, an dem ich mit Frank schon war? Was will ich eigentlich mit Markus? Was ist mit ihm anders? Und was würde Nora dazu sagen?

„Mensch, leb einfach, Miri, denk nicht so viel nach", würde sie sagen, die Gute. „Wer lebt sein Leben schon immer selbstbestimmt und bewusst? Das wäre doch übermenschlich. Wag es einfach. Du wirst schon sehen."

Und doch: Mit Markus fühlt es sich anders an. Er lebt in einer ganz anderen Welt als Frank, vor allem ist er vielschichtiger, offener, tiefer als Frank. Und passt dadurch viel besser zu mir. Er hält mich lebendig, es ist nie langweilig mit ihm. Auch wenn wir schweigen, schweigen wir gemeinsam und nicht jeder für sich alleine. Er scheint mich zu lassen, wie ich sein will. Nichts ist mir peinlich, auch körperlich nicht. Ich darf experimentieren, mich gehen lassen. Und manchmal auch einfach gar nichts machen. Vor allem muss ich mich nicht dauernd erklären oder verstellen. Er ist so reich und gleichzeitig so einfach. Auf der anderen Seite bietet er mir auch keine Sicherheit, keine Garantie, dass alles so bleibt, wie es ist. Es ist eine neue Freiheit mit ihm, die auch schwierig sein kann, wenn man ein ängstlicher Mensch ist. Mit ihm, das spüre ich ganz deutlich, und es beruhigt mich nicht gerade, muss ich die Verantwortung für mich übernehmen, für alle meine Facetten, aber auch für alles, was ich tue. Er begrenzt mich nicht, aber er hält auch nicht seine schützende Hand über mich, so wie Frank das getan hat. Ich bin in dieser Beziehung für mich selbst verantwortlich, mit allen Vor- und Nachteilen, die das mit sich bringt.

So in meine Gedanken versunken, sitze ich auf meinem Stein und sehe dabei zu, wie das Licht übers Meer wandert. Hinten auf dem Ozean bricht es schon ab und zu durch die Wolken und einzelne Sonnenstrahlen greifen ins Wasser. Als ich an mir heruntersehe, nehme ich Schiffsplanken wahr, auf denen ich stehe. Die vertrauten Bilder sind wieder da. Ich trage verzierte Sandalen an den Füßen, meine langen dunklen Locken fallen mir in die Stirn und nehmen mir die Sicht auf den Horizont, der sich hinter der Reling auftut. Die Taue sind aus Leder, nichts Modernes umgibt mich. Ich muss mich weit in der Vergangenheit befinden.

Und als ein Mann mit festen Schritten auf mich zukommt, wundere ich mich nur über sein seltsames Gewand aus dicht gewebtem Hanfstoff, in bunten Farben eingefärbt, und seine langen Haare. Ich rufe: „Komm mal herüber, da ist ein riesiger Heringsschwarm." Der junge Mann in der seltsamen Kaufmannstracht, sie ist weder orientalisch noch eindeutig westlich, kommt federnd und mit einem breiten Lächeln auf mich zu und sagt mit seltsamem, englisch klingendem Akzent: „Ashema, hier sind überall Heringsschwärme, du musst nur die Augen aufmachen." Ich fürchte mich nicht. Ich kenne diesen Mann. Ich bin sehr vertraut mit ihm, dem Schiff und der ganzen Umgebung.

Ich blinzle und merke, dass ich immer noch auf meinem Stein sitze. Vor mir nichts als die ruhige Ägäis. Ich habe wieder am helllichten Tag geträumt. Aber dieses Mal erschrecke ich nicht. Ich erinnere mich an das, was Karl gesagt hat: „Lass es zu. Es wird sich klären, der Nebel wird sich lichten."

Wie nah mir das Schiff war dieses Mal. Ich schüttele mich und denke an den Spruch, den ich in meiner Werkstatt an der Wand hängen habe: „Die Gegenwart ist die einzige Zeit, die uns wirklich gehört." Meine Gegenwart ist ganz klar: Ich bin am Meer. Ich bin gesund. Und ich bin glücklich. Und dieser traumhafte Fetzen Fantasie, den ich gerade erlebt habe, gehört auch dazu. Wie eine Erinnerung taucht er auf, nimmt mich ein Stück mit und lässt mich wieder los, setzt mich ab auf diesem Felsen hier am Strand in der Nähe von Heraklion.

Zum ersten Mal hinterlässt die Szene ein gutes Gefühl in mir, auch wenn ich noch immer keine Erklärung dafür habe. Dafür will ich jetzt schwimmen gehen. Kein Mensch außer mir ist am Strand, die Kinder sind gegangen. Ich ziehe mich schnell aus und wate in das kühle klare Wasser, balanciere von Stein zu Stein, bis ich mich ganz hineingleiten lassen kann und mit kräftigen Zügen in Richtung Sandbank schwimme, die über der Wasseroberfläche in der Sonne schimmert. Selten habe ich mich so frei gefühlt.

~ 38 ~

Ich fahre wieder zurück, es dämmert schon und ich habe einen riesigen Hunger. Alleine wollte ich nicht in die Taverne an der Bucht gehen. Es fröstelt mich etwas seit dem Bad im kühlen Meer und nun möchte ich unbedingt erfahren, was die beiden anderen inzwischen erlebt haben. Wenn sie es mir denn erzählen. Ich spüre, wie eine diffuse Angst in mir hochkriecht. Hoffentlich ist es keine Vorahnung, denke ich noch. Ein Tumor, wie erschreckend dieses Wort ist, wie unberechenbar das, was sich dahinter verbirgt. Wie alleine doch jeder ist, egal, ob er frisch verliebt ist wie ich selbst oder ganz ohne einen Lebenspartner wie Karl und Emile.

Im Endeffekt muss jeder alleine durch seine Wirklichkeit gehen, auch oder gerade, wenn sie so brutal ist wie die von Emile im Moment. Und wer weiß, wohin die Beziehung mit Markus mich führt, frage ich mich, jetzt ziemlich beklommen. „Du bist hier auf der Erde, um dich selbst zu leben." Gustaves Satz spukt mir im Kopf herum. Ich bin gerne frei und ich brauche Sicherheit. In jeder Lebenssituation zeigt sich mir diese Diskrepanz. So jetzt auch wieder mit Markus. Vielleicht macht diese Spannung ja die Qualität der Beziehung aus. Freiheit hat immer zwei Seiten. Jede Beziehung hat ihre Stärken und Schwächen.

Dreißig Minuten später fahre ich mit Anbruch der Dunkelheit den steinigen Weg zu unserer Pension hinauf. Mein Herz klopft stark vor Aufregung und mein Magen knurrt ebenso heftig. Eines ist mir jetzt klar geworden. Markus sollte wirklich nicht dazustoßen, auch wenn meine Sehnsucht nach ihm und der Geborgenheit bei ihm schier unerträglich ist. Wir sind nicht ohne Grund nur zu dritt auf dieser Reise. Jeder für sich alleine. Und wir sollten es auch noch eine Weile bleiben.

Unser Wirt hat den Tisch gedeckt. Ich stibitze schon einmal eine Scheibe Brot aus einem Korb, mir ist schon ganz flau vor Hunger, wasche mir schnell das Meersalz mit heißem Wasser von der Haut, ziehe mir einen warmen Jogginganzug an und Sandalen dazu und gehe hinunter, wo ich die beiden schon murmeln höre.

„Miri!“ Beide rufen es wie aus einem Mund. „Wie war dein Ausflug?“ Sie freuen sich auf mich. Das ist schön.

„Erst muss ich was in den Magen kriegen“, rufe ich, noch bevor ich mich setze. Und etwas trinken. Ich komme um vor Hunger und Durst. Schweigend essen wir gebratenen Tintenfisch, dazu grünen Salat mit Tomaten und hausgemachte Pommes Frites.

Der kretische Rotwein, der aus einer großen Karaffe ausgeschenkt wird, wärmt meine Knochen wieder durch. Ich werde wohlig schläfrig und mein Herz klopft nicht mehr ganz so stark wie vorhin. Schließlich traue ich mich zu fragen: „Und? Wie habt ihr den Tag verbracht, habt ihr ein gutes Gespräch gehabt?“

Die beiden schauen mich mit durch den Schein der Tischlaterne glänzenden Augen an. „Wir haben viel über Verantwortung gesprochen“, sagt Emile schließlich.

„Zumindest ist es darauf hinausgelaufen“, fügt Karl hinzu.

„Verantwortung?“, frage ich, „inwiefern?“

„In Bezug auf meine Krankheit“, meint Emile. „Ganz konkret geht es um eine Entscheidung, die ich bewusst treffen muss. Und zwar, ob ich mich operieren lasse oder nicht. Bevor wir hierher gefahren sind, war ich bei zwei Experten. Der eine hat mir dringend dazu geraten, der andere rät mir eher ab und meint, ich solle es mit Bestrahlung und Chemotherapie versuchen. Das Risiko einer Operation schätzt er bei meinem schon ziemlich geschwächten Organismus als zu hoch ein. Ich könnte einen bleibenden Hirnschaden davontragen oder sogar die Operation nicht überleben."

Es ist das erste Mal, dass ich ihn so konkret über seine Krankheit reden höre, denke ich bei mir.

Emile schweigt einen Moment und nippt an seinem Glas. Dann setzt er neu an. „Ich selbst neige weder zu dem einen, noch zu dem anderen. Aber ich werde um eine Entscheidung wohl nicht herumkommen, fürchte ich. Wenn ich einen dritten, sanfteren Weg kennen würde, würde ich den gehen." Er seufzt. „Vielleicht kennt unser guter alter Gustave einen?", fragt er schließlich mit der alten Verschmitztheit.

So mag und will ich Emile. Selbstironisch und distanziert. „Aber du hast selbst gesagt, du müsstest Verantwortung übernehmen", zwinge ich mich einzuwerfen. „Das heißt doch, dass es erst einmal keinen sanften Weg geben wird, oder?"

„Ja, das stimmt wohl", bringt Karl sich jetzt ein. „Aber auch das ist ein Prozess. Emile sollte sich etwas Zeit nehmen für seine Entscheidung. Auch wenn ihm die Ärzte dafür nicht allzu viel Zeit lassen. Sie wollen mit der Behandlung so rasch wie möglich beginnen. Und jeder Tag zählt."

Er trommelt mit den Fingerspitzen auf die Tischdecke, nimmt einen Schluck Wein und denkt laut vor sich hin: „Also in meinem Leben war es häufig so, dass mir in dem Moment, wenn ich eine Entscheidung treffen musste und ich meine Augen und Ohren offengehalten habe, Hinweise zugespielt worden sind. Wie zufällig bin ich auf einen Zeitungsartikel gestoßen oder Menschen begegnet, die in einer ähnlichen Situation steckten. So kam ich Stück für Stück meiner Entscheidung näher. Ist euch so etwas noch nicht passiert?"

Emile runzelt die Stirn: „Wenn du das so sagst, Karl, vielleicht schon, aber ich habe nie so recht darauf geachtet. Wenn ich jetzt aber an Gustave denke, dann scheint er wacher und offener für solche Dinge gewesen zu sein als ich. Ich bin doch wohl ziemlich blind durch mein Leben gelaufen bisher. Du bist noch so jung, Miriam, hast du schon einmal Entscheidungshilfen vom Leben erhalten?“ Emile schaut mich fest an.

Ich zucke mit den Schultern: „Beigebracht hat mir so etwas nie jemand. Nicht dass ich mich erinnern könnte. Und ich habe mich immer sehr schwergetan mit Entscheidungen. Wenn ich da nur an die Geschichte mit meinem früheren Freund Frank denke. Da war ich fast zu lange am Hadern, was ich tun soll. Aber er hat es mir durch sein ständiges Klammern immer deutlicher gemacht, dass es so nicht weitergehen kann. Indirekt hat er mir damit Hilfestellung gegeben, schließlich den Schritt zu wagen, von ihm wegzugehen.“

Die beiden Männer nicken zustimmend, aber keiner sagt etwas. So schweigen wir alle vor uns hin. Es knackt in den Büschen hinter uns, ein Kater miaut klagend irgendwo in den Hängen über dem Dorf und ein paar Nachtvögel fliegen über unsere Köpfe hinweg.

Emile, durchzuckt es mich. Ich lege meine Hand kurz auf seine, drücke sie fest und ein paar Tränen laufen mir über die Wangen.

Ich lasse das Handy an diesem Abend aus. Mir ist nicht danach zumute, noch einmal mit Markus zu sprechen. Ich will mit meiner Traurigkeit alleine sein.

~ 39 ~

Am Morgen scheint wieder die Sonne. Die Finsternis von gestern ist wie weggeweht. Emile wirkt frisch und gestärkt. Wir haben gestern Abend beschlossen, Kreta heute früh zu verlassen und mit der Fähre auf die Insel Paros überzusetzen. Dort wollen wir das Kloster suchen, aus dem die Aufzeichnungen stammen, die Gustave der alten Dame in dem Dorfladen abgekauft hat. Herzlich verabschieden wir uns von Stephanos.

Schon auf der Fähre stöbern wir in Gustaves Tagebüchern, unter Deck an einem kleinen Tisch sitzend mit süßem heißem Mokka vor uns und mit Käse gefüllten Blätterteigtaschen. So vergehen die Stunden auf dem Schiff sehr rasch.

Wir laufen am späten Nachmittag in den Hafen von Paros ein, die Luft schmeckt salzig und über uns kreischen ein paar Möwen, die uns schon die ganze Zeit begleitet haben. Das Gefühl, unterwegs zu sein, tut mir gut. Auch wenn ich nicht viel geschlafen habe in der vergangenen Nacht, fühle ich mich frisch und freue mich darauf, der Insel ein paar ihrer Geheimnisse zu entlocken.

Wir quartieren uns nicht weit vom Hafen entfernt in einem kleinen Hotel in einer Nebengasse ein. Von dort aus können wir bequem zu Fuß den Hauptort der Insel erforschen und abends in eine der Fischertavernen im Hafen einkehren. Ich melde mich bei Markus. Ich habe Emile und Karl nicht gefragt, ob es in Ordnung wäre, wenn er zu uns stößt. Heute sagt mir mein Gefühl, dass es nicht passend wäre. Noch bevor ich etwas sage, meint Markus, er habe den Eindruck, es sei das Beste, wenn wir die Reise alleine zu Ende führen. „Ich bin erleichtert, dass du das auch so siehst“, meine ich und bin dennoch froh, dass ich ihm auf diesem Umweg das Gefühl gegeben habe, selber zu entscheiden.

In unserem Hotel erfahren wir später, dass es das Kloster doch noch gibt, von dem die alte Dame berichtet hatte. Und was uns sehr freut: Es ist inzwischen wieder von Mönchen bewohnt. Karl hofft, dass er die Klosterbibliothek besuchen darf. Er lässt sich sofort die Telefonnummer der Klosterpforte geben und schafft es, mit einem der Mönche zu vereinbaren, dass wir sie besichtigen dürfen. Als nächstes wird sofort ein Geländewagen gemietet!

Wir stehen wieder früh auf. Schließlich müssen wir mindestens zwei Stunden in die Berge fahren, um zu dem schwer zu erreichenden Kloster zu kommen. Die Fahrt dorthin ist atemberaubend. Als wir von der gut ausgebauten, wenn auch sehr kurvigen Inselstraße abbiegen, muss unser kleiner Pajero über ausgetrocknete steinige Wege klettern. Einige Male müssen wir aussteigen, um Ziegen zu verscheuchen, die mitten auf dem Weg stehen und uns kauend und mit zitternden Bärten anstarren. Hier funktioniert schon lange kein Navi mehr, die verschlungenen steilen Wege sind nicht einprogrammiert – und an jeder Biegung hadern wir, wie es weitergeht. Im Zweifelsfall immer bergauf, so hat es uns der Mann von der Autovermietung erklärt, der das Kloster auch ab und an anfährt, um dort oben nach dem alten rostigen Lieferwagen zu sehen, den sich die Mönche für ihre Verpflegung leisten.

Und schließlich sehen wir es, das 800 Jahre alte orthodoxe Kloster. Es klebt am Hang wie eine Bienenwabe, man kann sich kaum vorstellen, wie es sich so lange an der steilen Lage halten konnte. Die Mauern sind strahlend weiß gekalkt. Es thront ehrwürdig und einsam in dieser ausgedorrten Gebirgslandschaft. Wenige Mönche leben dort und versorgen sich weitgehend selbst, hat man uns im Dorf erzählt.

Noch eine letzte Biegung und wir halten vor dem Eingangstor aus schwarzem Ebenholz. Verschwitzt und staubig steigen wir aus. Die Sonne steht schon hoch am Himmel. Hier oben ist es deutlich kühler als unten am Meer. Ich fröstele gleich ein wenig. Karl zieht an der Kette neben der Tür. Eine Glocke läutet und nach kurzer Zeit wird die schwere Holztür geöffnet. Heraus tritt ein Mönch unbestimmten Alters, in einer dunklen Kutte und mit einem langen grauen Bart. Er sieht uns alle der Reihe nach an, nickt zum Gruß und stellt sich als Pater Christos vor. Er hat uns bereits erwartet.

Karl räuspert sich, um das Gespräch mit ein paar freundlichen Worten auf Griechisch, das er zögerlich benutzt, zu eröffnen. Der Mönch antwortet ihm in seiner Muttersprache und bittet uns mit einer einladenden Geste in den Innenhof.

Während wir auf das Klostergebäude zulaufen, dreht er sich zu Emile und sieht ihn prüfend von der Seite an. „Darf ich Ihnen etwas sagen?", meint er auf Englisch.

Emile blickt erstaunt auf und nickt.

„Sie sind schwer krank."

Emile sieht den Mann fassungslos an und antwortet nur: „Ja, ich weiß." Stille. „Woher wissen Sie das?"

„Ich kann es sehen", lautet die knappe Antwort. „Einige von uns haben diese Gabe."

Es ist wie in einer unwirklichen Filmszene. Ich stehe nur da und starre die beiden an.

„Sie müssen eine Entscheidung treffen", sagt der Mönch weiter zu Emile.

„Auch das weiß ich."

Der Mönch mit dem bedeutungsvollen Namen nickt wieder. „Möchten Sie wissen, weshalb Sie krank geworden sind?"

„Können Sie das denn auch sehen?"

„Ja."

Der hochgewachsene, hagere Mann unbestimmten Alters wirkt völlig ruhig und gelassen. „Sie haben viel zu lange nur Ihren Verstand sprechen lassen und nicht auf Ihr Herz gehört. Sie sollten jetzt damit anfangen.“

Emile steht regungslos da, blass und gleichzeitig hellwach: „Werde ich dann wieder gesund?“

„So einfach ist es nicht“, erwidert der Mönch eindringlich. „Sie müssen zuerst eine Entscheidung aus ganzem Herzen treffen, damit anschließend die medizinische Behandlung anschlagen kann. Sie haben Ihr Leben in erster Linie von Ihrem Kopf bestimmen lassen. Und dort liegt auch Ihre Krankheit: im Kopf.“

Wir regen uns nicht.

Pater Christos ist jedoch noch nicht fertig mit seiner außergewöhnlichen und faszinierenden Begrüßung: „Aber Ihr Herz ist groß, auch das kann ich sehen. Haben Sie den Mut, es anzuhören.“ Er wendet sich an uns alle: „Sie sind ja gekommen, um unsere Bibliothek zu besichtigen. Dazu möchte ich Sie jetzt herzlich willkommen heißen.“

Wir alle sind wie betäubt und gleichzeitig elektrisiert. Emile steht noch immer da wie angewurzelt, tief von der Hellsichtigkeit des Mannes getroffen, der etwa in seinem Alter sein dürfte. Als wir in die Kühle des alten Klosters treten, folgt er uns langsam, vollständig in seine Gedanken versunken.

Pater Christos entpuppt sich als ansonsten sehr schweigsam, was seine wortreiche Diagnose noch verblüffender wirken lässt. Wie kann ein Mensch so treffsicher einen anderen durchschauen, den er gerade zum ersten Mal sieht? Ich frage ihn auf Englisch: „Ist das hier denn eine Art medizinisches Zentrum?“

Er sieht mich verwirrt an. „Nein, warum?“

„Na ja, ich meine, wie Sie da eben mit unserem Freund gesprochen haben. So etwas habe ich noch nie erlebt.“

„Es gibt Dinge, die dulden keinen Aufschub. So wie die Krankheit ihres Freundes. Wir sind keine Ärzte, aber wir haben hier oben in der Einsamkeit gelernt, dass wir unseren Instinkten und Impulsen vertrauen können. Das, was uns vom Tier aber unterscheidet, ist unser Geist. Und den erforschen und schulen wir hier seit Jahrhunderten. Zu sehen und nachzulesen sind unsere Erkenntnisse in unserer Bibliothek. Bitte sehr, treten Sie ein."

Er hat uns in den obersten Stock des Klosters geführt und mit einem schweren eisernen Schlüssel eine dunkle Holztür geöffnet. Nacheinander treten wir in einen muffigen Raum, der nur von schießschartenartigen Fenstern dämmrig beleuchtet wird. Ich kann im ersten Moment nur Umrisse von hohen Regalen erkennen. Darauf stehen dicht an dicht große Buchbände mit Lederrücken. Es riecht nach lange vergangenen Zeiten, nach Bohnerwachs, trockenem Holz und altem Leder. Dennoch bin ich ein wenig enttäuscht. Ich hatte mir alles noch viel größer vorgestellt. Eindrucksvoller. Aber so ist es nicht.

Pater Christos erlaubt uns, einige der alten rissigen Bände aus den Regalen zu nehmen und aufzuschlagen. Es handelt sich ausschließlich um altgriechische Schrift. Doch die meisten Bände scheinen mit Zahlen gefüllt zu sein. Vermutlich sind es Statistiken oder Wirtschaftsbücher aus dem Kloster. Von uns könnte nur Karl verstehen, um was es sich bei dem Inhalt handelt. Wären hier Schätze versteckt, dann wären wir sicherlich nicht die ersten, die sie entdeckt hätten. Längst würden sie an einem sichereren Ort wie dem Nationalmuseum in Athen stehen.

Der Pater sieht unsere enttäuschten Gesichter und lächelt. „Darf ich fragen, ob Sie nach etwas Bestimmtem suchen? Herr Becker hat mir lediglich erzählt, dass er sich auf historischen Schmuck spezialisiert hat und sich in unserer Bibliothek neue wissenschaftliche Erkenntnisse erhofft. Ich weiß aber nicht, ob ich sie liefern könnte, denn hier stehen in erster Linie akribisch geführte Protokolle – die Buchhaltung der Brüder aus Jahrhunderten. Ich vermute, es wird für Sie nicht sehr spannend sein, zu lesen, wie gut die Olivenernten und wie viele Ziegen gerade trächtig waren."

Pater Christos sieht uns mit seinem intensiven Blick an. „Sie scheinen mir aber nicht alle Wissenschaftler zu sein oder? Normale Touristen sind Sie aber auch nicht, habe ich recht?"

Karl ergreift das Wort. „Ja, das stimmt, in gewisser Weise sind wir zwar auf der Suche nach mehr Wissen, aber wir sind keine normalen akademischen Forscher, zumindest nicht auf dieser Reise. Gerne würde ich Ihnen den Grund unseres Besuches genauer erklären."

Der Mönch wirkt nicht überrascht, nur neugierig. Er scheint uns zu vertrauen, auch wenn sein wettergegerbtes Gesicht ernst aussieht.

„Ich würde Sie gerne zu einem Imbiss in unserem Klostergarten bitten", sagt er. „Wir haben hier oben sehr selten Besuch, denn wir liegen nicht auf den Routen der Touristenbusse. Höchstens Wanderer klopfen gelegentlich an unsere Pforte."

Er führt uns in einen Garten hinter dem Refektorium des Klosters, der zwischen den Mauern und dem Berghang nicht viel Sonne abbekommt. Ein weiterer Mönch, rund zehn Jahre älter als unser Gastgeber, trägt uns Quellwasser, Ziegenkäse und Oliven auf, dazu gibt es getrocknetes, würziges Brot.

Wir haben an einem wackeligen, rostigen Tisch Platz genommen und berichten dem Mönch von Gustaves Tagebüchern und unserer eigenen Recherche. Wir erzählen ihm, dass in Gustaves Tagebüchern von einem alten Buch voller Aufzeichnungen der Mönche dieses Klosters berichtet wird, welches wir dann auch tatsächlich in Gustaves Nachlass gefunden haben, der sich in Emiles Haus befindet.

Gestern Abend haben wir noch einmal in diesem Buch geschmökert und Karl Becker stieß auf folgenden Spruch, den er uns übersetzt hat:

Liebe und achte dich mit allen Fasern deines Seins
und dir wird sich der Himmel öffnen.
Du bist hier auf Erden, um dich zu leben.
Vergeude dieses Geschenk nicht.

Der Pater sieht uns erstaunt an, als wir von unserer Vermutung erzählen, dass dieses Buch aus dem Bestand dieses Klosters stammen könnte, wir uns aber nicht sicher sind. Und dass wir auch nicht genau wissen, ob Gustaves Übersetzungen der Sprüche richtig sind und es möglich sein könnte, dass das Buch noch viel mehr wertvolle Gedanken enthält, die wir nur nicht übersetzen können.

Sein intensiver Blick bleibt auf uns haften: „Wenn es Ihnen nichts ausmacht, würde ich sehr gerne einen Blick in das Buch werfen. Es kann durchaus möglich sein, dass die Schrift von hier stammt. Es gab Zeiten der wirtschaftlichen Not in unserem Kloster und die Brüder mussten sich immer wieder von wertvollen Gegenständen und wohl auch von Büchern trennen. Ich kenne auch den alten Laden noch, wo Ihr Großvater das Buch gekauft hat, aber die Besitzer sind schon lange weggezogen und jetzt ist dort ein Lebensmittelgeschäft. Würden Sie uns das Buch einmal zur Ansicht bringen?“

Wir sehen uns an. Insgeheim haben wir auf eine solche Einladung gehofft.

„Wir kommen sehr gerne, wenn es Ihnen nichts ausmacht, schon morgen und überlassen Ihnen das Buch für einige Tage zu treuen Händen. Das für uns wertvolle Schriftstück befindet sich im Moment im Tresor des Pensionsbesitzers, da wir nicht wussten, ob wir Ihr Interesse wecken könnten. Meinst du, Emile, du schaffst es, morgen wieder mit herzufahren?", fragt Karl an Pater Christos und an Emile gleichermaßen gewandt. Er blickt seinen Freund besorgt an, der den Gesprächen seit dem Vorfall im Hof recht schweigsam gefolgt ist. „Es ist dein Buch, Emile, um das es hier geht. Deshalb darfst du darüber bestimmen, was damit geschieht. So wie unsere Reise hierher ja in erster Linie deine Reise ist."

Emile scheint sich wieder etwas gefasst zu haben. Leicht blass im Gesicht, aber mit starker Stimme sagt er. „Ja, ich will unbedingt, dass wir weitersuchen. Ich schaffe das! Mit euch zusammen habe ich jetzt schon so viel Neues erfahren und gelernt, auch über meine Krankheit. Das soll nicht aufhören, ich habe das Gefühl, da weiterzumachen ist eine große Chance für mich."

Pater Christos nickt und erklärt: „Ich werde die Schrift mit weiteren hier in der Bibliothek vergleichen. Ich habe auch schon eine Idee, von wem sie stammen könnte." Dann verabschiedet er uns.

Die Schatten werden bereits länger, als wir uns müde, aber voller Erwartung in unseren Geländewagen setzen und den mühsamen Weg zurück zur Küste suchen. Emile schläft bald ein vor Erschöpfung. Auch ich ahne, dass unsere Zeit immer knapper wird.

~ 40 ~

Der nächste Tag verläuft für uns ähnlich wie der vorherige. Diesmal mit dem kostbaren Buch im Gepäck, arbeiten wir uns die steilen Wege hinauf zum Kloster. Emile hat sich erstaunlich gut erholt. Er wirkt frisch und aufgeregt. Wir sind alle sehr gespannt auf die Anmerkungen von Pater Christos.

Was für ein ehrwürdiger Name für einen christlichen Mönch, finde ich. Wie er wohl früher war, dieser Christos, bevor er hier ins Kloster kam? Unter seiner gegerbten Haut strahlt heute noch ein attraktives Gesicht hervor.

Christos empfängt uns in seinem Sonntagsstaat. Er riecht frisch geduscht und trägt ein weißes Hemd unter seiner Kutte. Wir alle nehmen im Garten Platz.

Emile zieht Gustaves Buch aus einer Tasche und legt es auf den Tisch. Pater Christos schlägt es vorsichtig auf und beugt sich tief darüber. Lange Zeit herrscht Stille, während er sich Seite um Seite in die Zeilen versenkt, ohne eine Miene zu verziehen.

Nach einer gefühlten Ewigkeit meint er: „Ja, ich glaube, ich erkenne die Schrift wieder. Auch der Einband kommt mir sehr bekannt vor. Es könnte sich um einen von Pater Antonios' Bänden handeln, die in unserer Bibliothek stehen! Nur er hatte diese große eckige Handschrift, die immer wieder ungeduldig über das eigentliche Zeilenende hinausragt. Der Einstieg klingt sehr nach ihm: „Ein unruhiger Geist wie ich kann es nicht lassen, seine Gedanken hier in der Einöde aufzuschreiben. Meine Schüler mögen es verstehen und verdauen, was ich ihnen zu sagen habe. Dabei sind es nicht meine Eingebungen, die ich hier auf Papier niederschreibe, sondern

Weisheiten meiner eigenen Lehrer, die ich nicht vergessen konnte. Meine Aufzeichnungen erheben keinen Anspruch auf Vollständigkeit, es ist eine wahllose, ungeordnete Sammlung, aber sie will aufgeschrieben sein."

Pater Christos blickt auf. „Das ist ein Vorwort. Ich glaube, hier handelt es sich um den ersten Band aus einer Reihe von vier, die alle aus Pater Antonios' Feder stammen."

„Wer war er?", frage ich neugierig.

„Er lebte vor ungefähr 200 Jahren in unserem damals noch blühenden Kloster als Vorsteher, bei Ihnen würde man wohl Abt sagen, mit etwa 30 weiteren Brüdern, die er auch in Theologie und Philosophie unterrichtet hat. Er galt als sehr weiser Mann, der der Jugend im Dorf jahrzehntelang Lesen, Schreiben und Rechnen beigebracht hat. Ich habe mich immer gefragt, wie die anderen Bände einzuordnen sind. Es gab nie einen Hinweis darauf, mit welchem er anfing. Sie sind seltsamerweise nicht datiert. Lassen Sie mich kurz in die Bibliothek gehen und die anderen Bände holen."

Kurze Zeit später liegen die übrigen Bücher neben Emiles Buch auf dem Tisch. Sie sind tatsächlich von der Größe und vom Einband her verblüffend ähnlich. Die Schrift ist die Gleiche!

Pater Christos wirkt aufgeregt. „Wie wäre es, wenn Sie, verehrter Herr Professor, und ich uns mit den Bänden ein wenig näher befassen, da Sie mit dem Griechischen gut vertraut sind." Er wendet sich Emile und mir zu: „Möchten Sie beide sich in dieser Zeit ein wenig umschauen oder gemeinsam mit meinen Brüdern etwas essen? Sie sprechen allerdings leider kein Englisch. Uns beiden lasse ich etwas zu essen in die Halle bringen. Dort können wir ungestört die Bände ausbreiten und vergleichen."

Wir schauen uns an. Das wird bestimmt einige Zeit in Anspruch nehmen.

Als ob er meine Gedanken erraten hätte, fügt er hinzu: „Ich habe gehört, Sie haben vor, noch ein paar Tage hier auf Paros zu bleiben. Möchten Sie unsere Gäste sein? Wir haben hier so selten Besuch. Es ist sehr einfach hier oben, aber gleichzeitig sehr erholsam. Das gäbe mir und Professor Becker die Gelegenheit, die Bände genauer zu erforschen, während Sie beide sich die herrliche Natur ringsum ansehen könnten. Es gibt hier viele kleine Pfade, die man erkunden kann. Allerdings darf man sich nicht verlaufen!“

Er lächelt uns beiden zu. „Und vielleicht hilft die Einsamkeit bei Ihrer Entscheidung“, sagt er in Richtung Emile.

Dieser nickt. „Ich fühle mich gut hier. Und notfalls sind wir in Kürze unten im Ort, sollte sich mein Gesundheitszustand verschlechtern.“

Mit echten Mönchen in einem Kloster zu wohnen und zugleich auf Gustaves Spuren Neues zu erfahren, wäre umwerfend. Einzig der Gedanke, dass ich in dieser Zeit kein einziges Mal mit Markus sprechen könnte, gefällt mir nicht. Mein Handy hat hier oben keinerlei Empfang. Dennoch reizt mich der Gedanke sehr. Wir sagen zu. Emile und ich lassen uns von den Mönchen mit Essen versorgen und begeben uns gleich auf die Reise ins Dorf, um unsere Sachen aus der Pension zu holen. Dort will ich auch dringend mit Markus sprechen.

Karl und Christos, der ihm das Du angeboten hat, versenken sich sofort in die Bücher von Pater Antonios. Einen Titel tragen sie erstaunlicherweise nicht. Vermutlich hat er die Eintragungen doch in erster Linie für sich gemacht. Und seltsam ist auch, dass ausgerechnet der erste Band zum Verkauf angeboten wurde. Ich bin gespannt, was darin so alles steht.

Emile und ich sind nach langer Zeit endlich einmal wieder allein. Er verhält sich seit unserem gestrigen Besuch im Kloster anders, finde ich. Er ist sehr schweigsam und ernst. Nichts von seinem Galgenhumor scheint übrig geblieben. Er kaut an etwas, das spüre ich deutlich.

„Geht es dir gut, mein Lieber?", frage ich ihn, als wir den kurvigen Weg zum Meer hinunter nehmen. Er scheint tief in Gedanken und antwortet nicht sofort.

Ich sitze am Steuer des Geländewagens. Es macht Spaß, das Auto über die steinigen, ausgewaschenen Furchen und Rinnen zu balancieren. Aber der Weg ist auch anstrengend. Wahrscheinlich werden wir erst am Vormittag des kommenden Tages wieder zurückkommen, haben wir mit den anderen besprochen. Alles andere wäre zu strapaziös – nicht nur für Emile.

„Erstaunlich gut", meint er schließlich. „Ich bin ruhig geworden und auch nicht mehr so wütend. Das kann nicht nur den starken Schmerzmitteln geschuldet sein, die ich seit etwa einer Woche nehme. Vielleicht bahnt sich da doch eine Entscheidung in mir an."

Ich lächele. „Ja, du wirkst so gefasst auf mich. Ich wünsche dir so sehr, dass du weiterkommst und dein Körper bereit ist, mitzumachen."

Wir schweigen auf der weiteren Fahrt, was sehr ungewohnt für uns beide ist, aber es fühlt sich richtig an.

In meinem Pensionszimmer angekommen, wähle ich Markus' Nummer. „Schatz, wie geht es dir?" Ich bin atemlos, seine warme Stimme zu hören. Die Sehnsucht trifft mich wie ein Schlag.

„Bald bin ich wieder zuhause", tröste ich uns beide. Und dann berichte ich Markus ausführlich, was sich ereignet hat. Er hört gebannt zu. Ich spüre seine Sorge um Emile, und das tut mir gut. Am Ende lässt er sich sogar ein wenig anstecken von meiner Begeisterung und Erwartung auf das, was die Bücher enthalten könnten. „Du kommst aber wie ausgemacht in der nächsten Woche zurück, oder? Eure Flüge stehen noch?"

„Nächste Woche bin ich wieder da. Ich vermisse dich so sehr." Es fällt mir schwer, aufzulegen. Aber die Reise ist noch nicht zu Ende. Ich packe meine Sachen in den kleinen Koffer und schlafe sehr tief in dieser Nacht.

Christos und Karl empfangen uns am nächsten Tag mit müden, aber strahlenden Augen. Sie haben sich wohl lesend die Nacht um die Ohren geschlagen. Bei heißem Mokka und Feigen zeigen sie uns die ins Englische übersetzten Zeilen.

„Antonios scheint akribisch alles Wissen aufgeschrieben zu haben, was er je gehört, gelesen und behalten hat", meint Christos. „Aber ohne ersichtlichen Plan oder gar die Angabe von Quellen. Er war ein besonderer Geist, der sich nicht gerne an Klosterregeln hielt." Noch so ein Querdenker, denke ich bei mir und freue mich darüber. Solche Menschen mag ich.

„Hört euch das an", sagt Karl, „hier in einem der Bände steht:

Übernimm stets die Verantwortung für dein Tun.
Erkenne, dass du deine Weichen selbst stellst.

Dieser Satz steht ein wenig eingerückt mittig auf der Seite, scheint aber dennoch eine Hausaufgabe an seine Schüler gewesen zu sein, denn er notierte sich Reaktionen dazu: ‚Konstantin scheint nicht zu begreifen, was Verantwortung heißt.' ‚Alexis ist stur und sehr langsam im Denken; er wird es nie verstehen.' – Typisch Lehrer, oder?" Karl grinst.

Christos legt sogleich nach:

„Lerne zu erkennen und zu entscheiden,
wer und was zu dir gehört – und wen oder was
du getrost loslassen darfst und sollst.

Hier gibt es keinerlei Hinweise darauf, woher Antonios diese Weisheiten bezogen hat, aber sie sind frappierend, nicht wahr?“ Auch Christos ist also von unserem Fieber gepackt worden. Und er wirkt unruhig. „Dieser erste Band ist zu den übrigen Bänden wie ein Schlüssel zu einer Sammlung unzähliger Schätze. Wir haben es allein Ihrem Großvater zu verdanken, dass wir diese Schätze ab jetzt heben dürfen“, meint er zu Emile gewandt. „Wie gerne würde ich Ihnen diesen Band abkaufen, damit er wieder an seinen Platz zurückkommt!“

Wir schauen uns erschrocken an. Den Band wieder hergeben? Christos winkt ab: „Wir haben ohnehin nicht so viel Geld.“

Doch der Gedanke bleibt in den Köpfen hängen. Nach dem Mittagessen, als sich Christos zu einer Siesta in seinen Schlafraum zurückzieht, bereden wird uns und kommen überein, ihm vorzuschlagen, dass wir als Gegenleistung für eine Übersetzung aller Bände ins Englische dem Kloster das Buch überlassen.

Als wir Christos unseren Vorschlag unterbreiten, ist er für einen Moment sprachlos vor Freude. Dann sagt er: „Ich werde die Bücher mit großem Eifer und Vergnügen für Sie übersetzen! Zum ersten Mal haben wir die Möglichkeit und auch den richtigen Anlass, uns den Aufzeichnungen zu widmen. Und auch wenn es mühsam werden könnte und langwierig: Es lohnt sich auf jeden Fall. Denn das, was ich Ihnen gerade vorgelesen habe, erklärt mir bereits den Werdegang meines eigenen Lebens. Ich werde Ihnen gerne davon erzählen, wenn Sie es mir beim Abendessen erlauben.“

Klar, denke ich und kann es kaum erwarten, bis es Abend wird. Inzwischen unternehme ich mit Emile einen Ausflug auf alten Ziegenpfaden. Christos hat uns eine topografische Karte in die Hand gedrückt, damit wir uns nicht verlaufen. Wir sollen immer auf die Steinmännchen achten, die an den Spitzkehren stehen, damit wir wieder zum Kloster zurückfinden.

Emile ist plötzlich nicht mehr schweigsam. Laut denkt er nach: „Ich verstehe jetzt so viel von meinem Leben. Ich habe nie die Verantwortung übernommen."

„Wie meinst du das?", frage ich.

„Zum Beispiel die Verantwortung für meine Beziehungen. Ungebunden zu sein von anderen Menschen und eventuellen Verpflichtungen war immer so viel wichtiger für mich. Also habe ich Menschen gehen lassen, verloren, die vielleicht doch zu mir gehört hätten. Das habe ich aber nicht kapiert. Vor allem meine Frau …", seufzt er. „Sie gehen zu lassen, ohne für uns zu kämpfen, war bestimmt ein Fehler. Ich habe viel zu viel Schuld bei ihr gesucht, statt meinen Anteil anzuschauen. Das tut im Nachhinein ganz schön weh."

Ich schweige und warte ab. Wir laufen weiter, steigen Schritt für Schritt hinauf, der Mittagssonne entgegen. Es ist windstill und heiß. In der stehenden Luft duftet es nach Thymian und wildem Salbei.

„Lass uns Rast machen", schlage ich schließlich vor.

Unter einer krüppeligen kleinen Steineiche lassen wir uns nieder, packen Brot, Salami, Käse und Tomaten aus, dazu trinken wir Wasser.

Emile schaut in den diesigen Himmel. „Vielleicht, liebe Miriam, hab ich aber auch nie die Verantwortung übernommen für das, was ich wirklich wollte. Ich frage mich, ob es dafür jetzt zu spät ist?"

„Darf ich fragen, was du denn eigentlich immer tun wolltest?"

Emile bleibt eine Weile still. Dann sagt er: „Ich kann es dir gar nicht richtig in Worte fassen. Es ist nicht konkret. Eher eine Sehnsucht danach, mich weiterzuentwickeln, losgelöst von inneren Verpflichtungen."

„Aber hast du das nicht immer?", frage ich. „Du bist doch so viel gereist, hast einen kreativen Job als Architekt. Das ist doch schon viel mehr, als die meisten Menschen von sich sagen können."

„Ja, aber mein Feuer war oft ein Strohfeuer. Ich denke heute, meine eigentliche Freiheit hätte darin bestanden, mich aus ganzem Herzen für ein Leben mit meiner Frau zu entscheiden, ich war da eher meinem Selbstbild verpflichtet, ein bunter unabhängiger Vogel zu sein, als Ja zu sagen zu einer Beziehung mit allen Höhen und Tiefen. Ich denke, sie wäre es wert gewesen."

Ich atme hörbar aus. Das erinnert mich an mein eigenes zartes Pflänzchen, meine Beziehung zu Markus. „Und du meinst, man fühlt, wann oder für wen es das wert ist?", traue ich mich zu fragen.

Emile wiegt den Kopf hin und her, dann steckt er sich einen Grashalm zwischen die Zähne und kaut ein wenig darauf herum. Nach einer Weile sagt er: „Ich glaube, die Sehnsucht sagt es dir. Manchmal macht sie sich erst bemerkbar, wenn derjenige weg ist. Und in meinem Fall ist es sogar so, dass ich Jahre gebraucht habe, um zu merken, wie sehr ich sie vermisse."

„Und du liebst sie immer noch?"

Er nickt stumm. Als ich in sein Profil schaue, laufen ihm Tränen die Wange hinunter. Ein wenig hilflos sitze ich daneben.

Nach einer Weile setze ich wieder an: „Hast du denn noch Kontakt zu ihr?"

Er schüttelt den Kopf. „Ich hab sie verloren."

Ohne viele Worte machen wir uns kurze Zeit später auf den Rückweg zum Kloster. Die Steinmännchen weisen uns zuverlässig den Weg; auch mit Karte hätten wir uns in dem Gewirr von Ziegenpfaden bestimmt ein paar Mal verlaufen. Das Kloster liegt versteckt in einer Senke, es ist erst zu erkennen, als wir um einen Felsabsatz herumsteigen.

In der kühlen Klosterzelle, die man mir als Schlafzimmer gegeben hat, steht ein Krug mit frischem Wasser, es liegen Handtücher bereit und auf einem Tisch steht eine Emaille-Schüssel, über der ich mir den Staub vom Körper waschen kann, bevor wir uns wieder zum Abendessen treffen. Aus dem kleinen gemauerten Fenster in meinem Raum kann ich weit hinunter ins Tal blicken. Das Summen von Insekten und abendliches Vogelgezwitscher dringen zu mir ins Zimmer. Es beruhigt mich und macht mich sehr zufrieden. Das ist also klösterliche Ruhe. Schön für den Moment, doch nichts für mein ganzes Leben, denke ich, als die Sehnsucht nach Markus in mir hochsteigt. Von hier aus kann ich ihn nicht erreichen.

Wir essen wenig später in einem großen Raum zu Abend, in dem ein blank geputzter dunkler Holztisch mit sehr geraden Stühlen darum steht. Die sechs noch hier lebenden Mönche essen schweigend und auch wir Gäste nehmen uns ohne zu reden aus den Schüsseln mit dampfenden Kartoffeln. Dazu gibt es einen Eintopf aus Schaffleisch mit frischen Bergkräutern und Tomaten. Der einzige Luxus ist ein großer Krug mit Rotwein, den der beleibte Mönch, der für das Kochen zuständig ist, immer wieder nachfüllt.

Nach dem Essen setzen wir uns mit Christos in den Hof, auch wenn die Luft schon kühl ist. Wir schauen schweigend in den Abendhimmel. Karl und Christos sehen sehr zufrieden aus, auch wenn sie keine großen Entdeckungen zu vermelden haben. Sie haben wohl in erster Linie 200 Jahre alte Tagesabläufe wieder zum Leben erweckt und ins Englische übertragen. Ich bin sehr gespannt zu erfahren, wie Christos' Leben verlaufen ist, bevor er hier ins Kloster ging. Schließlich traue ich mich zu fragen. „Christos, Sie wollten uns doch darüber berichten, wie es Sie hierher verschlagen hat."

Das wettergegerbte Gesicht verzieht sich zu Hunderten von Falten. Er lächelt verschmitzt. „Wissen Sie, ich stamme aus einem Bergdorf gar nicht so weit entfernt von hier. Meine Eltern waren arme Bauern, die von ihren Ziegen und ein paar Schafen gelebt haben. Ich habe drei ältere Brüder, die alle noch im Dorf leben. Ich habe mich schon als kleiner Junge für Bücher interessiert und meinen Vater so lange in den Ohren gelegen, bis er mich in einen größeren Ort in die Schule gehen ließ. Das war nicht selbstverständlich zu jener Zeit. Jeden Tag musste ich etwa anderthalb Stunden zu Fuß in den Ort laufen, in dem die Schule stand, die immerhin neun Jahre lang Kinder im Lesen, Rechnen, Schreiben und in Geschichte unterrichtete. Ich war ein sehr gelehriger Schüler.

Wie es das Schicksal wollte, verliebte ich mich mit 15 Jahren unsterblich in ein Mädchen aus meinem Heimatdorf. Wir trafen uns jeden Tag nach der Schule und plauderten und lachten. Ich war sehr glücklich und wollte sie unbedingt heiraten, nachdem ich eine Ausbildung abgeschlossen hätte, versteht sich. Und sie erwiderte meine Liebe.

Als ich die Schule mit sehr guten Noten beendet hatte, nahm mich ein Buchbinder in der Stadt als Lehrling auf. Dort lernte ich auch Englisch. Ich lernte alles mit demselben Eifer, mit dem ich in der Schule Wissen aufgesaugt hatte. Ich sah das Mädchen in all der Zeit sehr selten, aber wenn, dann waren wir sehr innig und vertraut wie eh und je. Eines Tages jedoch war sie nicht da, als wir uns wie immer zum verabredeten Zeitpunkt treffen wollten. Und als ich nach ihr fragte, antwortete man mir, ob ich nicht gehört hätte, dass sie den Sohn eines Bauern heiraten würde, der über viel Weideland und Olivenhaine verfügte. Die Verlobung habe schon stattgefunden. Wenig später erfuhr ich auch von der Hochzeit. Sie selbst hatte nie mit mir darüber gesprochen. Ich war am Boden zerstört, und um meinen Schock zu überwinden, arbeitete ich einen Sommer lang hier oben im Kloster. Ich half bei allen Arbeiten rund ums Haus.

Zurück in der Stadt ließ mich die hier erfahrene Stille und Einsamkeit nicht mehr los. Ich kam regelmäßig zurück, denn nur hier kam ich zur Ruhe und mein Herz heilte langsam von dem Schmerz des erfahrenen Liebeskummers. Bis ich mich entschied, ganz hierzubleiben, dauerte es noch drei Jahre. Seither habe ich das Gefühl, meine früh erfahrene tiefe Liebe in eine andere, größere und auch zuverlässigere verwandelt zu haben. Und das fühlt sich sehr richtig für mich an."

Über seine Erzählung, die wir gebannt verfolgt haben, ist es dunkel geworden. Wie beeindruckend und ehrlich diese Geschichte ist! An diesem Abend bleiben wir noch lange hier draußen und erfahren von Christos viel über sein Leben im Kloster.

Mit einem Mal steht die Frage im Raum, wie lange wir noch im Kloster wohnen wollen und können, um die Übersetzungen von Christos zu verfolgen. Emile sieht wohl die leuchtenden Augen seines Freundes Karl und meint: „Miriam und ich können uns hier in der Gegend bestimmt noch ein wenig umsehen, also zwei Tage könnten wir uns schon noch nehmen, bevor wir uns endgültig auf den Rückweg machen. Dann müssen wir die Fähre nach Athen nehmen, denn in drei Tagen fliegen wir von dort zurück nach Hause."

~ 41 ~

Ein ganzer Tag liegt vor uns, ausgefüllt mit nichts als Natur und gehen. Emile und ich ziehen erneut schweigend los, diesmal hinauf in Richtung einer großen Schafweide, die wir auf der Karte gefunden haben und bei der wir Rast machen wollen. Keiner von uns sagt ein Wort, ich setze Schritt vor Schritt. Mir ist heiß.

Immer weiter führt uns unser Weg hinauf, wir kommen mir vor wie zwei Vögel, die die Thermik nutzen. Ich denke an gar nichts, spüre aber ein nagendes Gefühl in der Herzgegend. Es breitet sich aus, wird immer stärker. Sehnsucht. Nach Markus' Nähe, seinem Geruch, seiner Stimme, seiner Berührung, seinem Lachen. Die Sehnsucht wächst mit jedem Schritt. So stark habe ich sie, glaub ich, noch nie gefühlt. Mein Markus. Was er jetzt wohl gerade macht? Ob er noch schläft, ob er an mich denkt? Ich möchte von ihm ganz eng umarmt werden, geküsst werden, geliebt werden.

Vor mir sehe ich Emiles verschwitztes Shirt an seinem Körper. Was tue ich hier? Ich sollte bei meiner Liebe sein. Markus so weit weg. Er könnte denken, ich will ihn gar nicht wirklich. Aber das tue ich! Ja, ich will ihn, diesen intelligenten, tiefsinnigen und gleichzeitig lebenslustigen Mann.

Mensch, Miriam, sage ich mir selbst. Das geht viel tiefer, als du je gedacht hättest. Als ob ich überhaupt geglaubt hätte, das jemals wieder zu können: jemanden so nah an mich heranzulassen.

Diese Stille hier, diese rauen kahlen Berge. Das weckt Dinge in mir, die ich sonst im Alltag nie so spüre. Und Markus? Was er wohl fühlt? Ich glaube, er liebt mich wirklich, auch wenn er es nicht so richtig ausdrückt. Aber auch ich habe damit meine Schwierigkeiten.

Würde er mich gehen lassen, wenn ich ihm nicht deutlich zeige, was ich für ihn empfinde? Vielleicht. Ich bin mir plötzlich nicht mehr sicher Ich schwitze nicht nur vom Aufstieg. Unsicherheit mischt sich in die Sehnsucht. Ich will und muss bald zurück, denke ich. Diese Liebe darf ich nicht verlieren.

Emile scheint ähnlich tiefgreifende Gedanken zu haben, denn plötzlich hält er an und dreht sich zu mir um. „Miriam", sagt er, „Miri, es ist mir jetzt ganz klar: Ich will leben und keine Chance ungenutzt verstreichen lassen. Ich lasse mich operieren, sobald wir zuhause sind." Sein Gesicht ist blass, staubig und nass vom Schweiß. „Auch wenn ich nicht weiß, wie es ausgeht, auch wenn die Chancen nur gering sind. Auch wenn ich ziemlich Schiss davor habe, ja Höllenschiss sozusagen. Aber ich mach es."

Ich schlucke. Ich habe mir so sehr gewünscht, dass er diese Chance nutzt. Ich gehe zu ihm und umarme ihn kräftig. „Mach das. Ergreife die Gelegenheit", sage ich.

Emile ist angespannt. Jeder Muskel seines Körpers ist fest. Er strahlt Entschlossenheit und Stärke aus, trotz seiner Angeschlagenheit.

Wir machen uns an den Abstieg. Keiner sagt etwas. Nur ein paar Bergdohlen kreisen über uns.

~ 42 ~

Viel früher als erwartet kehren wir zum Kloster zurück. Christos und Karl sitzen im Garten unter einem Baum und beugen sich über einen Band. Als wir durch ein kleines, rostiges Törchen in den Garten treten, das laut in seinen Angeln quietscht, schauen sie erstaunt hoch. Sie wirken vertraut und durch ihre gemeinsame Aufgabe zusammengewachsen, so, als ob sie sich schon ewig kennen würden.

Emile geht vor mir und sie sehen sein abgekämpftes Gesicht. „Geht es dir gut, mein Freund?“, fragt Karl sofort.

„Ich habe mich entschieden“, rückt Emile ohne Umschweife heraus. „Ich lasse mich operieren.“

Christos steht auf, faltet die Hände vor der Brust wie zum Gebet und geht ein paar Schritte auf Emile zu, und sagt: „Es ist eine gute Entscheidung, die Sie da getroffen haben. Ich wünsche Ihnen von Herzen alles Gute.“

Karl erhebt sich auch von der kleinen Steinbank, auf der die beiden gesessen haben, eilt zu seinem Freund und umfasst seine Schultern. „Ich finde es gut, dass du es versuchen willst!“ Er rüttelt seinen Freund unbeholfen und vorsichtig. „Und, dass du es weißt. Ich steh das mit dir durch. Du kannst dich auf mich verlassen.“

Ich stehe da wie in Trance, die Szene läuft wie in Zeitlupe vor mir ab. Wieder dieses Kloßgefühl im Hals. Doch da sagt Christos: „Wir sollten uns über die Entscheidung von Emile freuen und sie mit etwas noch bestärken, das wir beide heute gefunden haben. Aber nehmt doch erst einmal hier Platz und trinkt mit uns einen Kaffee und einen Schluck frisches Quellwasser. Hunger habt ihr bestimmt auch.“ Ja, den haben wir. Die Anspannung der letzten Tage fällt von mir ab und auch

Emile ist sichtlich gelöst. Er hat sich entschieden. Er will alles versuchen. Wir werden ihn begleiten, komme, was wolle. Das gibt uns allen plötzlich ein Gefühl von Leichtigkeit und Heiterkeit. Wir lassen uns schmecken, was die Mönche uns servieren. Und wir trinken auch ein paar Gläser Wein dazu. Aber keiner vergisst, was wir doch unbedingt noch wissen wollen: Was haben die beiden in den Aufzeichnungen der Mönche entdeckt?

Emile fragt schließlich nach.

„Ja, ihr glaubt es nicht, doch nach mühsam langen und auch langweiligen Beschreibungen mehrerer Wochen im Kloster während eines harten Winters, die Antonios akribisch aufzeichnete, geht er auf einen jungen Mönch ein, der ihn während einer Unterrichtsstunde in Latein zum Lachen gebracht und den trüben dunklen Winter draußen hat vergessen lassen", sagt Karl. „Antonios hat einen Satz notiert, den er zu diesem Schüler nach dem Unterricht sagte:

Gib dich selbst, so wie du bist,
der Erde und ihren Wesen als Geschenk.
Es wird dich erfüllen
und du wirst dadurch reichlich selbst erhalten."

„Darf ich das noch einmal hören?", frage ich.

Karl wiederholt den Satz langsam und mit vielen Pausen und schaut uns gespannt an: „Gib dich selbst – so wie du bist – der Erde und ihren Wesen – als ein Geschenk. – Es wird dich erfüllen und du wirst dadurch reichlich selbst erhalten."

„Geht es noch weiter?", frage ich.

Christos erklärt: „Nein, das Gespräch ist nicht in voller Länge wiedergegeben. Antonios bricht nach diesem Satz ab und erklärt nichts weiter. Auch nicht, woher er die Sätze alle hat." Karl und Christos sehen uns mit strahlenden Augen an. „Was sollte ich von mir geben, das die Erde als Geschenk versteht?", frage ich nach. „Ist es nicht in den meisten Köpfen eher so, dass sie sich fragen, was sie von den anderen und von der Welt bekommen können, um glücklich zu sein?", hake ich nach.

„Oh ja, so ist es", nickt Christos. „Man darf nicht glauben, dass immer gleich zurückkommt, was man gibt. Nehmen wir Antonios. Er war bettelarm, so wie auch seine Schüler, aber er hat über die Jahre viel Weisheit angesammelt, hat sich einen inneren Reichtum erworben, mit dem er nicht gegeizt hat. Er hat ihn freigiebig mit seinen Schülern geteilt, ohne Angst, sich etwas zu vergeben. Das Geschenk, das er wiederum von ihnen erhalten hat, war ihre Dankbarkeit. Vielleicht nicht von jedem und nicht in gleichem Maß. Aber immer wieder, in unerwarteten Momenten, platzte einer damit heraus und beschenkte seinen Lehrer vielleicht sogar damit, selbst weitergedacht zu haben und damit wiederum in Antonius eine neue Erkenntnis auszulösen."

„Also eine Win-Win-Situation, die Sache mit dem Geschenk, das ich selbst für die Erde sein soll? Na ja, vielleicht bin ich noch zu jung und zu unwissend, um mit meinen inneren Reizen zu punkten", kokettiere ich augenzwinkernd.

Emile mischt sich ein: „Ja, Miri hat recht, für einen wissenden Mönch macht dieser Satz bestimmt Sinn, ein Normalsterblicher wüsste nicht so ohne weiteres, womit er die Erde beschenken soll. Nehmen wir doch einfach einmal mich. Welches Geschenk könnte ich hier und jetzt für die Erde und seine Wesen, also in diesem Falle für euch hier, sein?"

„Ohne dich", sagt Karl spontan und trocken, „hätten wir diese Reise hierher gar nicht unternommen. Das ist doch schon Geschenk genug, oder? Und wenn ich genauer darüber nachdenke, dann bist doch du derjenige gewesen, der den Stein ins Rollen brachte: Du hattest die Idee, den alten Schmuck aufbereiten zu lassen, du hast dir die Tagebücher vorgenommen. Ohne dich wären wir in dieser Konstellation nicht zusammen."

Ich nicke bei jedem Satz, den Karl sagt.

Emile räuspert sich: „Das alles habe ich aber doch nicht bewusst gemacht. Das ist einfach so passiert."

Christos sieht uns einen nach dem anderen lange an. Dann sagt er ruhig: „Es gibt nur wenige Menschen, die sich bewusst sind, dass sie viel zu geben haben, und sei es, wie bei Antonios' Schüler, nur die besondere Fähigkeit zu rechnen. Je mehr Menschen erkennen, dass sie tagtäglich die Gaben der Erde genießen und quasi als Ausgleich ihre besonderen persönlichen Gaben wieder zurückgeben, umso mehr entsteht eine gesunde Balance, die sich sehr wohltuend auf die ganze Welt auswirkt. Alle, die ihr Glück darin suchen, nur zu konsumieren und zu nehmen, werden irgendwann erkennen, dass es sie eigentlich unglücklich macht. Wir hier oben in unserem Kloster leben nach dem Prinzip, dass jeder von sich gibt, was er kann und was er hat. Und ich muss feststellen: Es funktioniert prima."

Ich schaue ihn intensiv an: „Vielleicht ist das genau der Friede, den die Menschen hier oben im Kloster suchen und finden könnten. Ein Frieden, den sie in ihrem eigenen Leben so nicht erfahren können."

Karl nickt. „Wir gehen in die Supermärkte und ins Internet und holen uns alles, was wir vermeintlich brauchen. Und dazu auch noch so billig wie nur irgendwie möglich! Wann wird uns denn endlich bewusst, dass das alles Gaben der Natur oder von Menschen sind, an denen wir teilhaben. Wann endlich wird uns bewusst, dass wir alle etwas von uns zurückgeben müssen."

Ich seufze hörbar. „Leider ist das für viele zu hoch. Sie denken doch nicht über so was nach."

Christos lächelt milde. „Es ist nicht so hoch, als dass Antonios es nicht diesem einfachen Jungen hier aus den Bergen ans Herz legen konnte. Und ich glaube, dieser hat es sofort begriffen."

Es ist dunkel geworden, hinter den Büschen fauchen zwei Katzen, irgendwo in der Nacht läutet vereinzelt ein Glöckchen an einem Ziegenhals. Das Rauschen des Windes ist zu hören, der in die Zweige der Bäume rund um das Kloster fährt und alles ein wenig gespenstisch wirken lässt.

Wenig später, als ich in meinem Bett in der kargen Kammer liege, geht mir der Satz nicht aus dem Kopf. Ich hab ihn mir aufgeschrieben, wie all die anderen, auf die wir bereits gestoßen sind, fein säuberlich stehen sie untereinander auf einem Blatt Papier, das ich in den Reiseführer gelegt habe. Es sind inzwischen neun. Einen nach dem anderen lese ich sie mir noch einmal durch und versuche, einen Zusammenhang oder einen roten Faden darin zu erkennen:

Achte stets auf das Hier und Jetzt,
denn es wird dir alles präsentieren,
was dich meint auf diesem Lebensweg.

Erkenne, wer du wirklich bist.
Tief in deinem Innern liegt dein Kern verborgen.
Suche und finde ihn.

Dein Kern ist aus göttlicher Quelle entstanden.
Habe Lust und Freude daran, ihn zu entfalten.

Du bist hier auf der Erde, um dich selbst zu leben.
Habe den Mut, ganz du zu sein, echt und stimmig.

Wenn du dich selbst erkennst,
annimmst bis in die tiefen Fasern deines Herzens und dich lebst,
dann kommst du an den Grund des Seins, an die göttliche Quelle.
Die göttliche Quelle ist Liebe.
Lerne, die Liebe zu dir und zu allem Sein wieder fließen zu lassen.

Erkenne den Spiegel, der dir vorgehalten wird,
und das Gesetz „Wie innen, so außen".

Liebe und achte dich mit allen Fasern deines Seins
und dir wird sich der Himmel öffnen.
Du bist hier auf Erden, um dich zu leben.
Vergeude dieses Geschenk nicht.

Übernimm stets die Verantwortung für dein Tun.
Erkenne, dass du deine Weichen selbst stellst.

Lerne zu erkennen und zu entscheiden,
wer und was zu dir gehört – und wen oder was
du getrost loslassen darfst und sollst.

Gib dich selbst, so wie du bist,
der Erde und ihren Wesen als Geschenk.
Es wird dich erfüllen
und du wirst dadurch reichlich selbst erhalten.

Schon oft habe ich mir die einzelnen Sätze durchgelesen, doch erst mit diesem letzten hier, den ich zuerst gar nicht nachvollziehen konnte, scheinen sie lebendig und rund zu werden.

Ich sehe den roten Faden plötzlich deutlich vor mir: Es geht um mich als unverwechselbar einzigartiges Wesen, um meine Entscheidungen, um meine Verantwortung, schließlich um Lust, um Freude, um Liebe, um Geschenke. Um Geben und Erhalten. Um uralte Lebensgesetze, die einfach immer wirken. Und wenn ich sie kenne, kann ich mein Leben bewusst und meinem Wesen entsprechend selbst gestalten.

In meinen vor Aufregung schweißnassen Händen halte ich den schon ganz zerknitterten Zettel. Morgen muss ich diesen Schatz den anderen zeigen, denke ich, kurz bevor mich dann doch eine schwere Müdigkeit überkommt, die mich mitnimmt in einen tiefen Schlaf, aus dem ich morgens mit dem sicheren Gefühl aufwache, gerade wieder auf meinem alten vertrauten Segelschiff gewesen zu sein.

Um mich herum Kinderlachen und viele bekannte Gesichter. Ihre Gewänder waren bodenlang und reich verziert. Jemand rief etwas in einer kehlig klingenden Sprache. Die Worte konnte ich nicht verstehen.

Das ist ein alter Teil von mir, denke ich schon im Schlaf. Ich habe ihn inzwischen lieb gewonnen. Schon lange fürchte ich diese Bilder im Halbschlaf nicht mehr und ich schäme mich auch nicht mehr dafür, seit ich mit Karl darüber gesprochen habe und er mir erklärt hat, woher es kommen kann. Vielleicht ist das auch eine Besonderheit, die ich schenken kann. Ein Teil von mir erinnert sich an Dinge, die schon lange vergangen sind.

~ 43 ~

Wir frühstücken ein letztes Mal im Hof des Klosters. Die Sonnenstrahlen landen als Flecken zwischen den Blättern der Feigenbäume hindurch auf unserem Frühstückstisch. Wir sind noch ein bisschen schläfrig und auch traurig, dass wir in ein paar Stunden Abschied nehmen müssen.

Während ich in meiner einen Hand meine Tasse mit dem dampfenden Kaffee halte, fische ich aus meiner Tasche den Zettel mit den Sätzen und frage in die Runde, ob ich sie im Zusammenhang einmal vorlesen soll.

„Klar, Mensch", meint Emile, „dass wir das nicht schon früher gemacht haben!" Er schlägt sich an den Kopf. „Dass ich darauf nicht gekommen bin. Jetzt muss das unser Küken tun." Er grinst mich fast so verschmitzt an wie früher. Sein neuer Lebensmut, den ich seit ein paar Tagen an ihm wieder wahrnehme, tut ihm sichtlich gut.

Als ich mit dem Vorlesen fertig bin, hängt jeder für einen Moment seinen eigenen Gedanken nach.

Christos durchbricht die Stille: „Woher habt ihr die übrigen Sätze gewonnen? Stammen sie ausschließlich aus den Tagebüchern deines Großvaters, Karl?"

„Alle bis auf einen, den wir über einem Brunnen in der Lassithi-Hochebene gefunden haben! Die anderen vier hat Gustave in seinen Tagebüchern notiert", meint Karl, „aber ursprünglich stammen sie aus ganz verschiedenen Quellen und von verschiedenen Menschen, die in unterschiedlichen Kulturen und Zeiten gelebt haben. Manche Ursprünge haben wir auch nicht entschlüsseln können. Wir haben nur zusammengetragen, auf was wir mehr oder weniger zufällig gestoßen sind und was uns sofort angesprochen hat."

„Aber eines ist klar – ohne Gustaves Aufmerksamkeit und Leidenschaft hätten wir sie nie entdeckt und wären auch nie weitergegangen, um noch mehr zu finden“, meint Emile anerkennend. „Was uns mein Großvater damit für ein riesiges Geschenk gemacht hat! Durch ihn sind wir wach geworden!“

„Faszinierend, aus welch unterschiedlichen Kulturen sie stammen“, meint Karl schließlich wie zu sich selbst. „Aus dem alten Ägypten, aus dem orthodoxen Griechenland, sie waren auf Tontafeln oder auf Papierrollen geschrieben, fanden sich als Brunneninschrift in einem kleinen Bergdorf oder sind in Klosteraufzeichnungen vermerkt. Wie zufällig hingestreut. In unserem Eifer haben wir sie jetzt wieder ausgegraben und zusammengeführt, so dass sie, aus purem Zufall oder nicht, für uns einen Sinn ergeben!“

Jetzt komme ich ins Spiel und traue mich zu erzählen, welchen Reim ich mir gestern vor dem Einschlafen aus all diesen menschlichen Schätzen gemacht habe.

„Es geht doch in allem darum, meinen eigenen Wert zu erkennen und zu leben“, sage ich, „auch wenn das erstmal egoistisch klingen mag, oder? Das ist es im Endeffekt aber gar nicht. Im Gegenteil. Nur dann kann ich der Welt ein wahrhaftiges Geschenk sein.“

„Junge Frau, das haben Sie wirklich sehr gut erkannt“, sagt Christos augenzwinkernd und mit seinem feinen Lächeln im Gesicht, das seine Züge in viele Falten legt und dennoch zeitlos wirkt.

„Doch es geht auch darum, uns selbst immer wieder in Bezug zu anderen zu sehen. Wir sind nicht allein, und alles, was wir tun, wirkt sich auf die anderen aus. Wenn wir uns dessen bewusst sind, fühlen wir mit und leben entsprechend. Allerdings dürfen wir nicht den weit verbreiteten Fehler begehen, für die anderen leben zu wollen oder deren Leben zu führen. Denn das kann nur jeder alleine. Der göttliche Auf-

trag jedes Einzelnen von uns hier auf der Erde ist, den Mut zu haben, er selbst zu sein und diesen Mut nie zu verlieren. Aber auch nicht die Liebe, denn sie ist unser Ursprung, ohne Maß und ohne Ende. Wir alle sind aus der göttlichen Quelle entstanden. Jeder einzelne von uns. Jedes Lebewesen, jede Erscheinung auf dieser Welt."

Emile atmet hörbar aus. Er strahlt.

Karl unterbricht sein Frühstück und legt sein Besteck beiseite.

Ich sage etwas zögernd: „Lieber Bruder Christos, „würden Sie mir erlauben, Ihre Formulierung zu meiner Sammlung an Schätzen dazuzunehmen?"

Seine Augen leuchten auf. „Das würde mich sehr freuen!"

Und so nehme ich meinen Stift und schreibe seinen Satz zu den bisherigen. Ich falte den Zettel sorgsam zusammen und stecke ihn in das Innenfutter meiner Tasche. Sobald ich daheim bin, werde ich diesen Schatz abtippen und in mehreren Sicherheitskopien speichern, damit er auf keinen Fall verlorengehen kann!

Es ist Zeit, aufzubrechen. Pater Christos schaut uns zu, wie wir unsere Sachen in den Geländewagen laden. Zum Abschied versammeln sich alle im Kloster lebenden Brüder vor dem Tor. Jeder verabschiedet sich auf seine Art und Weise. Vor allem Karl ist anzumerken, wie schwer es ihm fällt, den lieb gewonnenen Pater zurückzulassen. Die beiden werden in Kontakt bleiben. So viel ist sicher.

Pater Christos schaut Emile lange an und sagt: „Wo immer Ihr Weg hingeht, Emile, seien Sie gut behütet."

~ 44 ~

Wir fahren los. Das Kloster ist nur noch kurz im Rückspiegel zu sehen, dann verschwindet es hinter einer Kurve. Ich sitze am Steuer des kleinen Geländewagens, da ich die Strecke hinunter in den Hafenort inzwischen am besten kenne. Wir werden kräftig durchgerüttelt, aber kaum einer scheint es richtig wahrzunehmen. Es ist Mittagszeit und die Landschaft döst vor sich hin. Ab und zu begegnen wir ein paar Ziegen, die uns neugierig anstarren und meckern, wenn wir an ihnen vorbeifahren, ansonsten ist außer dem Rauschen des Fahrtwindes kaum etwas zu hören. Alle Fenster sind heruntergekurbelt und die würzige Luft dringt in das Innere des Wagens.

Wir hängen alle still unseren eigenen Gedanken nach. Es geht wieder nach Hause. Das erfüllt mich mit einer Mischung aus Vorfreude – vor allem auf Markus und Nora – und Sorge. Es scheint eine Ewigkeit her zu sein, dass ich in meinem Atelier war oder meine Eltern gesehen habe. In der Zeit hier hatte ich außer ein paar kurzen Telefonaten keinen Kontakt zu ihnen. Auch mit Nora herrschte Funkstille. Und meine Arbeit hatte ich schon fast vergessen. Ich hoffe, ich finde mich wieder ein und habe nicht allzu viele Anfragen verpasst in der Zwischenzeit.

Dann ist da Markus. Mein Herz macht unwillkürlich einen Luftsprung, wenn ich an ihn denke. „Markus, Markus, Markus. Ich freue mich auf dich", jubelt es in mir. Jetzt erst, scheint es, kann unser gemeinsames Leben richtig beginnen.

Und dann, bei dem Gedanken habe ich einen dicken Kloß im Hals, wartet Emiles Operation. Das Knäuel an Gefühlen entwirrt sich erst, als der Weg den Blick auf den Hafen von Paros unter uns freigibt. In Serpentinen windet sich die Straße hinunter. Es liegen einige Schiffe vor Anker und direkt an der Hafenmole geht es geschäftig zu. Es wimmelt nur so von Menschen, Booten und Autos. Die Welt hat uns wieder.

Ich schiebe mich mit dem Jeep durch die engen Gassen bis zu der Autovermietung, an der wir den Wagen abgeben. Nur ein paar Schritte davon entfernt liegt die kleine Pension, in der wir noch eine Nacht verbringen werden, bis früh am nächsten Morgen unsere Fähre in Richtung Athen ausläuft.

Am späten Nachmittag gehen wir die Tickets kaufen und essen in einer der kleinen Tavernen direkt am Hafen früh zu Abend. Der Lärm der Schiffe und Menschen rings um uns herum wirkt noch fremd und aufdringlich. Aber rasch gewöhne ich mich daran und atme die salzige Meeresluft tief ein. Wir sitzen schweigend im Freien und schauen dem Treiben zu.

„Das Ende einer Reise ist immer seltsam, findet ihr nicht auch?“, fragt Karl in die Runde.

Emile und ich nicken nur.

„Ja, vor allem dieser Reise“, meint Emile. „Ich fühle mich wie ein Pirat. Die Kisten voller Schätze, doch sobald ich damit an Land gehe, laufe ich Gefahr, gefangengenommen zu werden, in den Kerker zu kommen.“ Er lächelt uns mit seinem für ihn typischen ironisch-sarkastischen Ausdruck an.

„Zusammen gefangen, zusammen gehangen, mein guter Freund“, meint Karl. „Wir begleiten dich, darauf kannst du zählen.“

Ich ertappe mich dabei, dass sich in die Sorge um Emile die Freude auf Markus mischt. Mein feines Lächeln bleibt den beiden Herren nicht verborgen.

„Danke dir, Miriam“, sagt Emile, „es war mir eine ganz große Ehre, dich dabeizuhaben.“

„Und ich finde es bereichernd, dabei sein zu dürfen“, sage ich dankbar und schaue verlegen zu, wie ein paar Möwen sich um einen Fischrest auf der Hafenmole zanken.

„Lass uns noch einmal anstoßen auf unsere gemeinsame Schatzsuche und darauf, dass das Schicksal gnädig mit mir ist“, meint Emile und hebt sein Glas Weißwein.

„Yamas, danke Griechenland, du hast uns weitergebracht. Wir wollen darauf vertrauen, dass unsere weitere Reise im übertragenen Sinne einen guten Verlauf nimmt“, sagt Karl und wir schauen uns alle an wie Verbündete, die bald auseinandergehen müssen.

Um sieben Uhr morgens läuft unsere Fähre aus. Es ist noch kühl, der Morgenhimmel grau und außer dem Geschrei der Möwen und dem lauten Ächzen des Schiffes, das sich seinen Weg aus dem engen Naturhafen bahnt, sind keine Geräusche zu hören. Ich bleibe an Deck und schaue zu, wie die Kalypso Kurs auf die offene Ägäis nimmt. In vier Stunden werden wir Athen erreichen. Karl ist noch müde und hat es sich unter Deck in einem der großen Schiffssessel bequem gemacht. Emile trinkt einen Kaffee an der kleinen Bar und kommt dann zu mir ins Freie. Die Gischt spritzt weit hoch an den Rumpf des Schiffes und die Luft schneidet in unsere Lungen. Aber es ist sehr belebend. Obwohl ich nur wenig geschlafen habe, fühle ich mich wach und munter.

„Miriam“, sagt Emile mit Blick übers Meer und ich schaue auf sein Profil, das mir so gut gefällt. Es ist scharf gezeichnet, aber nicht hager. Ein schöner Mann, finde ich. Seine kurzen grauen Locken legen sich eng um seinen Kopf, der Wind schafft es kaum, sie zu verwirbeln. Dafür kleben meine braunen Haarsträhnen über meiner Wange und wehen mir über die Augen. Immer wieder streiche ich sie aus dem Gesicht, damit ich ihn besser betrachten kann.

„Miriam“, setzt er noch einmal an, „ich habe etwas für dich, dass ich dir jetzt geben möchte, noch bevor wir in Deutschland ankommen.“ Er holt unter seiner Windjacke ein kleines Päckchen hervor, das in Packpapier gewickelt ist. „Das ist ein

Geschenk für dich. Aber du darfst es erst nach meiner OP öffnen, in Ordnung?"

Mein Hals ist trocken. „Okay", bringe ich heraus und nehme das leichte Päckchen prüfend in die Hände. „Was ist denn drinnen?", frage ich.

Emile schwenkt seinen Zeigefinger hin und her. „Ein Geheimnis. Nicht öffnen, bevor die Operation vorbei ist", sagt er neckisch und legt seinen Arm um meine Schulter. „Was für ein Glück ich habe, dich getroffen zu haben." Er zieht mich an sich. Mein Herz schlägt schneller. Ich fühle mich plötzlich so geborgen und zugleich frei. Und mit einem Mal weiß ich, dass meine Vision, die ich seit meiner Kindheit habe, mir genau dieses Gefühl vermitteln wollte.

Du bist nicht allein, hat sie mir immer wieder zugeflüstert in ihrer ganz eigenen Bildersprache, und den Menschen, der dir jetzt begegnet und dieses Gefühl in dir weckt, kennst du schon seit ewigen Zeiten. Er ist dein Reisebegleiter. So wie jetzt hier auf dem Deck dieses Schiffes hast du schon in einem anderen Leben auf einem Schiff gestanden und bist in eine ungewisse Zukunft gereist. Und diese Seele hier neben dir stand schon damals an deiner Seite. Du hast ihn getroffen und wiedererkannt.

Mehr Erkenntnis braucht es nicht. Der Traum hat seinen Zweck erfüllt.

Ich atme so bewusst wie wohl noch nie in meinem Leben. Wenn jetzt die Zeit stehenbleiben würde, hätte ich nichts dagegen. Ich lehne mich schweigend an Emile und wir schauen still über das Meer, bis Emile anfängt zu sprechen, als ob er meine Gedanken gelesen hätte.

„Weißt du, Miriam, ich finde es komisch, aber du fühlst dich so vertraut an für mich. So, als ob ich dich schon sehr lange kennen würde. Ich hatte dieses Gefühl schon gleich am Anfang, als du in mein Leben geschneit bist, und dachte mir damals, ob du vielleicht die Liebe meiner späten Jahre sein wirst. Erst als Markus kam und ich gemerkt habe, dass ihr beide euch zugetan seid, habe ich den Gedanken wieder fallen lassen, was zugegeben etwas schmerzlich für mich war. Dennoch bist du mir sehr nah. Und ich würde diese Vertrautheit gerne weiterhin genießen, wenn du es erlaubst – und wenn es mir vergönnt ist“, fügt er leise hinzu.

Ich bin zu verblüfft davon, wie ähnlich wir beide empfinden, um gleich zu antworten. Stattdessen drücke ich ihn noch fester und nicke nur. „Ja“ bringe ich dann doch heraus. „Ich möchte das auch, denn mir geht es ganz genauso.“

Wir lachen beide befreit und glücklich und ich rufe einer Möwe zu, die über unsere Köpfe hinwegfliegt. „Guten Morgen Möwe, grüß den Himmel und die Wolken von uns. Sag ihnen, wir lassen uns nicht unterkriegen. Sag ihnen, das Leben ist schön.“

Auch Emile lacht und küsst mich auf die Wange, bevor wir uns voneinander lösen. Ich habe jegliches Zeitgefühl verloren. Wie lange wir dort gestanden haben? Es fühlt sich an wie eine Ewigkeit. Jetzt merke ich, wie kalt es doch hier oben ist und wir beschließen, die Wärme des kleinen Cafés unter Deck zu suchen.

~ 45 ~

Ich liebe es zu fliegen. In dem Moment, in dem ich im Flugzeug auf meinem Platz sitze und aus dem Fenster sehe, entspanne ich mich. Wenn möglich, reserviere ich einen Fensterplatz; so auch jetzt wieder.

Neben mir sitzen Karl und Emile. Die Maschine ist nicht voll belegt. Im Spätherbst ist die Saison vorbei und es nehmen ohnehin nicht so viele Menschen einen Flieger von Athen nach Basel.

Wir sitzen in einer kleinen Swissair-Maschine, die soeben abgehoben hat und den Moloch Athen hinter sich lässt. Während sie sich geräuschvoll durch einen Schleier von dünnen Wolken in die Höhe schraubt, sehe ich unter mir schemenhaft das zu dieser Jahreszeit ausgedörrte griechische Festland, das wir schon bald hinter uns lassen. Karl und Emile haben sich mit Zeitungen eingedeckt und lesen. Ich möchte nur aus dem Fenster schauen und möglichst nicht reden.

In vier Stunden mit Zwischenstopp sind wir, bin ich, zurück. Markus wird uns abholen. Ich habe ihn jetzt drei Wochen lang nicht gesehen und meine anfänglich oft schmerzhaft starke Sehnsucht hat sich in letzter Zeit kaum noch gemeldet. Wahrscheinlich ist sie nur von den vielen Eindrücken und Erlebnissen, die ich hatte, überlagert worden. Ich weiß es nicht.

Ich fühle mich wie um Jahre gereift in diesen letzten Wochen meines Lebens. Was habe ich alles gelesen, erforscht, über das Leben erfahren und mit diesen wundervollen Menschen geteilt. Es hat sich fest in mich eingegraben, ich bin nicht mehr so unbeschwert wie vorher, aber ich fühle mich gleichzeitig offen und bereit für Neues.

Zum ersten Mal hab ich wieder Zeit, mir Markus vorzustellen. Sein Gesicht ist verblasst, nur dieses verschmitzte Blitzen in seinen Augen, das sehe ich ganz klar vor mir.

Wie ist es ihm ergangen? Was ist mit ihm passiert in diesen für mich so essenziellen und ereignisreichen drei Wochen? Vielleicht waren seine Tage ja langweilig, vielleicht hat er mich ein Stück weit vergessen? Was wenn er sich distanziert hat und wir es schwer haben werden, wieder da anzuknüpfen, wo wir uns verabschiedet haben? In ein aufsteigendes Gefühl der Vorfreude mischt sich Beklommenheit, fast schon Angst. Jetzt beginnt der Alltag wieder. Arbeit, Eltern, Markus, Nora. Und Emiles Operation. Auf die Euphorie der Reise folgt die Nüchternheit der Ankunft.

Das trockene Sandwich, das mir die Stewardess reicht, bringe ich nicht herunter. Auch die beiden Männer sind sehr schweigsam und wirken bedrückt.

Erst als wir landen und zu unserem Gate rollen, regen sich die Schmetterlinge in meinem Bauch. Vorfreude. Markus wird mich abholen. In Fleisch und Blut wird er dastehen und mich anlächeln. Ich werde endlich seine Arme spüren, seinen Geruch wieder atmen, ich werde durch seine Haare streichen können, wie ich es so gerne tue. Nur noch eine halbe Stunde vielleicht, dann ist es soweit. Ich kann es kaum aushalten. Mein Herz pocht ungeduldig. Es scheint ewig zu dauern, bis wir andocken und aussteigen dürfen. Schweigend drängt sich die Menge zur Ausgangstür des Flugzeugs, ein Bus bringt uns zum Terminal. Am Gepäckband warten wir eine gefühlte Ewigkeit auf unsere Koffer. Natürlich ist meiner einer der letzten und fällt polternd auf das Band. Wir passieren den Zoll und die Schiebetür geht auf.

Dahinter stehen viele Menschen, die jemanden erwarten. Ich kann Markus nicht sehen.

„Da ist er“, ruft Karl schließlich – und etwas abseits steht er, in einen leichten Mantel gehüllt und mit einem Schal um den Hals. Es scheint kühl zu sein draußen. Er hat eine Rose in der Hand und wartet lächelnd, bis wir bei ihm sind.

„Hallo ihr drei", begrüßt er uns und nimmt zuerst seinen Vater und dann Emile kurz in den Arm. „Hallo Miri!"

Ich lasse den Bügel meines Trolleys los und wir fallen uns in die Arme. „Ich bin wieder da", sage ich ihm direkt ins Ohr. „Ich bin wieder da."

Die Wiedersehensfreude verschlägt mir den Atem und ich schmiege mich einfach nur an ihn. Wir lachen und es ist klar: Jede Sorge war unbegründet. Unser Gefühl füreinander ist fest und stark.

Auf dem Weg zurück nach Freiburg spüren wir Heimkehrer, dass hier der Herbst bereits Einzug gehalten hat. Es ist jetzt Anfang Oktober. Vom Auto aus sehe ich die feucht glänzenden Felder entlang der Autobahn, der Himmel ist trüb. Es hat in den vergangenen Tagen viel geregnet, erzählt uns Markus. „Ansonsten nicht viel Neues hier im Norden", meint er. „Wir frieren alle ein bisschen, die ersten Heizungen sind an und ihr werdet euch daran gewöhnen müssen, einen Pullover anzuziehen und abends nicht mehr draußen sitzen zu können. Aber davon mal abgesehen: Wie ist es euch ergangen? Ihr seht müde aus, obwohl ihr schön Farbe abbekommen habt. Bis auf meinen Vater, finde ich. Was hast du denn gemacht, Papa? Den ganzen Tag in der Bibliothek gesessen mit diesem Pater, oder? Ihr hättet ihn hin und wieder mit ins Freie nehmen sollen!"

Wir lachen. Karl meint: „Wir haben trotzdem viel gesehen, Markus, auch ich. Aber wir waren ja auch nicht als Strandtouristen da, sondern hatten sozusagen eine Mission. Und ich glaube, die haben wir erfüllt. Nicht wahr?" Er schaut in die Runde. Emile und ich nicken.

„Miriam wird dir alles erzählen, Markus, davon bin ich

überzeugt", meint Emile und gibt mir damit zugleich die Erlaubnis, auch über seine Entscheidungen zu sprechen.

„Klar, wir werden jetzt ja viel Zeit dazu haben." Ich habe die ganze Zeit meine Hand auf Markus' Bein liegen, während er fährt.

Markus setzt Emile und Karl an dessen Haus ab. Emile wird in den kommenden Tagen auf Empfehlung von Karl einen Spezialisten der Universitätsklinik aufsuchen und sich wohl einigen Untersuchungen unterziehen müssen. Danach will er nach Frankreich zurückkehren und dort eine weitere ärztliche Meinung hören. Dann entscheidet er, wo er sich operieren lassen wird. Wir trinken noch einen Kaffee zum Abschied in Markus' Elternhaus und dann brechen wir auf und sind endlich allein.

„Möchtest du zu dir nach Hause?", fragt mich Markus, fast ein bisschen schüchtern.

„Ich würde gerne dort nach dem Rechten sehen", sage ich.

„Was meinst du: Du stellst deine Sachen ab, ziehst dir etwas Warmes an und dann gehen wir zu mir und machen es uns gemütlich. Ich habe einen vollen Kühlschrank und koche etwas für uns."

Ich nicke. „Das hört sich sehr gut an." Mein Atelier und meine Wohnung kommen mir verwaist vor. Nora und Markus haben die Post auf dem Tisch gestapelt und meine wenigen Pflanzen gegossen. Jemand scheint gelüftet zu haben, es riecht gar nicht muffig. Aber ich muss mein Zuhause erst wieder beleben. Außer dem Ticken der Wanduhr und dem Summen des Kühlschranks ist alles so still. Ich stelle meinen Koffer und die Taschen auf den Holzdielenboden, der so schön knarrt, wenn man darüber geht. Im Atelier tanzt der Staub im trüben Herbstlicht.

Der Anrufbeantworter blinkt. 33 Nachrichten. Morgen höre ich alle ab, beschließe ich. Jetzt will ich mir noch das

Gefühl bewahren, das Griechenland in mir geweckt hat. Ein Gefühl dafür, dass alles einen Sinn hat, dass Zeit keine Rolle spielt, dass die Welt weit ist wie das Meer und still wie die Berge im Hinterland von Paros. Es wird nicht bleiben, dieses Gefühl, das weiß ich, aber noch ist es real.

Markus ist rührend. Er hat seine Wohnung aufgeräumt, das Bad blitzt und blinkt, sein Bett ist frisch bezogen und im Kühlschrank steht eine Flasche Weißwein. Dazu gibt es Fisch und Salat. Er hat alles vorbereitet. Auch der Tisch ist schon gedeckt.

„Damit du keinen Kulturschock bekommst", meint er und öffnet die Flasche. „Auf uns!" Wir stoßen an, sind dabei scheu und schüchtern. Erst als wir uns, zum ersten Mal seit meiner Rückkehr unbeobachtet, in den Arm nehmen und küssen, lassen wir uns überwältigen und liegen bald darauf glücklich erschöpft und albern wie die kleinen Kinder in seinem großen Bett.

„Drei Wochen alleine weg, das machst du mir aber bitte nicht mehr", meint er und klopft mir leicht auf den Po. „Versprochen?"

„Versprochen", sage ich und hebe mein Glas mit dem inzwischen warmen Wein. „Vorausgesetzt, ich verhungere in der Zwischenzeit nicht."

„Das ist eine echte Drohung!" Markus lacht, schält sich aus der Bettdecke und wickelt sich ein Handtuch um. Ich schlüpfe in seinen Bademantel und folge ihm in die Küche.

~ 46 ~

Wir essen. Wir lachen. Wir trinken. Wir lieben uns. Es ist herrlich, dieses Zurückkommen. Ich bleibe die Nacht bei ihm und wir lassen uns treiben. Die Zeit scheint stillzustehen. Ich kann mich nicht erinnern, wann ich das letzte Mal so erfüllt war, mich so zufrieden gefühlt habe. Am Morgen frühstücken wir mit strubbeligen Haaren und dem Geruch des anderen überall auf der Haut. Ich bin müde und träge und finde es einfach nur schön. Nach der dritten Tasse Kaffee bin ich bereit, mich wieder ganz auf mein Leben hier einzulassen. Ich war lange weg. Eine gefühlte Ewigkeit – und es ist, als ob ich hier neu anfangen würde.

Als erstes steht ein Besuch bei meinen Eltern auf dem Plan. Markus bringt mich bis in meine Wohnung und verabschiedet sich erst einmal.

Mein Zuhause wirkt unbewohnt. Darum werde ich mich später kümmern. Ich dusche mich lediglich, ziehe mich rasch um und fahre dann zur Wohnung meiner Eltern.

Meine Mutter öffnet die Tür. „Miriam, da bist du ja endlich wieder. Jetzt bleibst du aber hoffentlich mal hier in Freiburg und fährst nicht gleich wieder irgendwo hin.“ Es hört sich ermahnend an, aber eigentlich freut sie sich riesig, mich zu sehen. Sie kann es eben nur nicht so zeigen.

„Habt ihr meine Karte noch nicht bekommen?“, beeile ich mich zu fragen.

„Nein, aber dann kommt sie bestimmt bald. Papa wartet schon sehnsüchtig auf dich.“

Mein Vater sitzt im Wintergarten, der von der Sonne aufgewärmt ist. Für mich ist es fast zu stickig hier, aber ihm scheint die feuchte Wärme, die die Sonne und die Pflanzen erzeugen, gutzutun. Er hat ein wenig zugenommen und die Wangen sehen wieder rosiger aus. Mama kocht ihren berühmten Tee, ich helfe ihr in der Küche. Sie hat vom Bäcker ein paar Stücke Kuchen geholt und entschuldigt sich sofort, dass sie nicht zum Backen gekommen ist. „Ich wusste ja nicht genau, wann du heimkommst. Außerdem muss ich mich ja den ganzen Tag um Papa kümmern, da bleibt nicht viel Zeit für den Haushalt."

Vor mir braucht sie sich nicht zu verteidigen. „Mama, ich bin einfach nur froh, dass es ihm und damit auch euch besser geht."

„Ein bisschen", wiegelt sie ab. „Aber lass uns jetzt nicht von uns sprechen. Du hast bestimmt viel erlebt. Erzähl doch. Habt ihr auch die Akropolis gesehen?"

Ich weiß nicht so recht, wie und ob ich ihnen davon erzählen soll, was uns wirklich nach Griechenland getrieben hat. Ich fürchte, sie würden es nicht verstehen. Also bin ich sparsam mit meinen Worten und schildere in erster Linie die schöne Landschaft, die Gastfreundschaft und die wenigen Badeerlebnisse, die ich hatte. Das Kloster erwähne ich auch, aber ich beschränke mich auf eine Schilderung der Wanderungen, die ich mit Emile unternommen habe.

„Ist das jetzt dein Freund?", fragt mich mein Vater.

„Nein, ich bin mit Markus zusammen."

Er zieht die Stirn kraus. „Und der ist nicht eifersüchtig? Das kann ich nicht nachvollziehen. Wenn deine Mutter damals mit irgendeinem Kerl alleine durch die Gegend gezogen wäre, ich hätte ihm und ihr die Ohren lang gezogen." Er schüttelt den Kopf.

Ich versuche, zu erklären, dass wir das heute etwas differenzierter und lockerer sehen als vielleicht noch zu seiner Zeit. Und dass man durchaus auch alleine verreisen kann, ohne dass deshalb die eigene Beziehung gleich gefährdet ist. Er schüttelt aber nur den Kopf. Diese Gedanken passen nicht in sein Weltbild. Ich seufze.

Papa lässt nicht locker: „Warum bist du überhaupt mit diesen alten Knaben weggefahren? Wir verstehen das nicht."

Nun muss ich doch weiter ausholen und erkläre, dass Emile sehr krank ist und sich diese Reise mit uns gewünscht hat. „Darüber habe ich mit Markus ausgiebig gesprochen. Er hat seine Zustimmung gegeben. Ihr müsst euch also um mich keine Sorgen machen. Bei mir ist alles in bester Ordnung. Zwischen Markus und mir hat sich eine schöne Liebe entwickelt. Ich würde ihn euch gerne bald einmal vorstellen."

Meine Eltern schauen mich erstaunt an. Sie scheinen nicht so recht mitzukommen mit dem, was in meinem Leben so geschieht. Es ist so viel passiert, das muss ich ja selbst erst so richtig begreifen.

Nach etwa zwei Stunden verabschiede ich mich. „Mama, Papa, nehmt es mir nicht krumm, aber ich muss einfach mal nach Hause. Auspacken, waschen, einkaufen. Wenn ich mich wieder etwas eingelebt habe, melde ich mich bei euch."

Beide drücken mich zum Abschied, auch wenn ich ihren Mienen ansehe, dass sie meine Welt nicht so ganz nachvollziehen können. Ich beschließe, dass das nichts macht und fühle mich gleich besser.

Daheim sehe ich mich erst einmal um. Die Wohnung und das Atelier kommen mir fremd vor. Ich war lange weg. Nicht nur zeitlich, auch innerlich. Jetzt will ich wieder ankommen. Oder ganz neu anfangen. Ich öffne die Fenster, decke mein Bett auf, damit es ebenfalls frische Luft bekommt, schaue in den Kühlschank. Leer. Nur ein komischer Geruch entströmt ihm.

Nach und nach gehe ich durch jedes Zimmer, schnuppere hinein, schaue in mein Atelier, in dem ich so lange nicht gearbeitet habe und das jetzt wieder ganz neu von mir in Besitz genommen werden will.

Eins nach dem anderen, sage ich mir, packe ganz langsam meinen Koffer aus und stelle eine Waschmaschinenladung an. Dann öffne ich die Post, höre den Anrufbeantworter ab und sehe meine Mails durch. Es kostet mich den ganzen restlichen Nachmittag.

Gegen Abend fängt mein Magen an zu knurren. Oh je, ich hab nichts Essbares im Haus. Da klingelt es an der Tür. Nora steht mit einem breiten Lächeln davor. „Welcome back“, ruft sie. „Hunger? Wollen wir was essen gehen?“

„Wie wär's, wenn wir zusammen einkaufen und uns hier etwas brutzeln“, schlage ich vor. „Ich glaube, ich möchte mal wieder zuhause sein. Aber schön, dass du vorbeischaust. Komm doch rein!“ Ich drücke sie fest an mich. „Wir machen uns einen tollen Abend, vorausgesetzt, mir fallen nicht um zehn die Augen zu. Ich habe das Gefühl, zweimal die Welt umrundet zu haben.“

Im nahen Supermarkt besorgen wir einfache Zutaten für ein italienisches Schnellgericht: Spaghetti mit frischer Tomaten-Basilikumsauce, eine Ecke Parmesan und dazu eine Flasche Frascati, einem herrlichen Weißwein aus Italien. Eine halbe Stunde später ist das ganze Essen fertig. Ich hab ganz schön Hunger und wir verspachteln das Nudelgericht restlos.

Ich muss gar nicht viel erzählen. Nora sieht, dass es mir gut geht. Auch das ist so schön an unserer Freundschaft. Sie funktioniert auch ohne viele Worte. Ich bin nämlich jetzt träge und todmüde. Ich sage ihr nur so viel: „Dieser Emile, das ist eine echte Seelenverwandtschaft. Aber er ist keine Gefahr für Markus. Nicht in diesem Leben zumindest.“

„In diesem Leben. Was soll denn das jetzt heißen?“ Nora schüttelt den Kopf, schmunzelt aber dabei und ihr Blick ist nachsichtig. Auf weitere Erklärungen lasse ich mich an diesem Abend nicht ein. Nora nimmt den letzten Bus und fährt zu sich nach Hause. Ich sehne mich nach Markus' Stimme und rufe ihn an. Er meldet sich verschlafen.

„Tut mir leid, Markus, wenn ich dich geweckt habe. Aber ich wollte einfach noch einmal deine Stimme hören."

„Macht nichts, Süße. Ich hab nur wenig geschlafen letzte Nacht. Mich hat eine hübsche junge Frau ziemlich lange wach gehalten."

Ich lache. „Was für ein Zufall, stell dir vor, mir ging es ähnlich mit einem attraktiven Winzer. Gute Nacht, mein Lieber. Schlaf schön."

Seit Langem liege ich einmal wieder in meinem eigenen Bett. Wie herrlich. Ich schlafe sofort ein.

~ 47 ~

Am nächsten Morgen räkele ich mich und schaue mich um. Das Licht fällt trübe in mein Schlafzimmer, vor dem Haus rumpelt ein Wagen der Müllabfuhr, jemand hupt ungeduldig. Ich kämpfe mich aus dem Bett, schaue aus dem Fenster auf das frühe Treiben in der Stadt. Ich bin wieder in Deutschland. Hier gehen die Uhren schneller. Aber ich bin noch nicht in diesem Modus. Noch im Schlafanzug schleiche ich in mein Atelier, eine dampfende Tasse Kaffee in der Hand, und setze mich an den Schreibtisch. Mit der Post sind vereinzelte Anfragen für Aufträge gekommen, die ich nach und nach angehen will. Also klemme ich mich hinters Telefon und rufe die Absender der Reihe nach an und mache Termine aus, um den jeweiligen Schmuck in Augenschein zu nehmen. Mein Kontostand ist nicht gerade rosig, erfahre ich bei einem Blick auf mein Bankkonto – und ich fühle mich etwas unter Druck. Es steht noch die letzte Rate aus Cluny aus, die Véronique mir anweisen müsste. Der französische Schmuck hat mein Leben komplett verändert und es schmerzt mich fast, die Stücke nicht wiedersehen zu können.

Am frühen Nachmittag kann ich den Gedanken an Emile und Karl nicht mehr länger verdrängen und rufe Karl an. Wie schön, seine Stimme zu hören.

„Miriam, hallo, wie geht es dir? Hab gerade mit Markus gesprochen. Er ist bei einem Kunden und klingt sehr beschwingt. Ich glaube, er ist irre glücklich, dass du wieder da bist!“

„Das bin ich auch, ganz ehrlich. Aber auf der anderen Seite fehlt ihr beiden mir auch bereits. Wie geht es euch, was macht Emile?“

„Es geht uns gut. Aber am besten gebe ich dir Emile selbst. Er sitzt mir gegenüber."

Als ich seine Stimme höre, freue ich mich unwillkürlich, auch wenn er etwas leiser klingt als sonst. „Hi Miriam, wir fahren gleich in die Klinik, habe da einen Termin beim Professor persönlich. Beziehungen machen's möglich, weißt du? Karl kennt ja hier viele wichtige Leute."

Sein schwarzer Humor ist unschlagbar, aber ich spüre die Beklemmung in seiner Stimme. Jetzt muss er sich stellen. Davor hat er Angst. „Ich drücke dir die Daumen, mein Lieber. Braucht ihr meine Hilfe? Ich würde euch gerne begleiten."

„Danke dir, liebe Miriam. Du hast selbst jetzt erst einmal viel zu erledigen. Und Karl ist ja an meiner Seite. Wir geben dir und Markus Bescheid, wie es ausging. Wenn du mir die Daumen drückst, ist das schon ganz viel Wert."

An diesem Tag höre ich nichts mehr von ihm, was mich beunruhigt. Abends kommt Markus zu mir und wir beschließen, die beiden in Ruhe zu lassen. Sie werden sich schon melden, wenn sie dazu bereit sind. Auch der nächste Morgen vergeht ohne einen Anruf. Ich bin nervös und versuche, mich auf meine Arbeit zu konzentrieren. Eine ältere Dame bringt mir einen verblassten Brillantring vorbei, den ich wieder in Ordnung bringen soll. Und ein großes Antiquariat aus München meldet sich, weil es eine wertvolle Schmucksammlung angekauft hat, die in schlechtem Zustand ist und dringend restauriert werden muss. Es ist einer meiner treuesten Kunden und ich beschließe, in den nächsten Tagen nach München zu fahren und das Ganze vor Ort zu prüfen. Immerhin könnte ich die Stücke mitnehmen, um sie hier in Freiburg aufzuarbeiten, sie sind gut versichert. Dazu kommt der Besuch eines jungen Mannes, der für seine Verlobte einen speziellen Ring anfertigen lassen möchte. Eine interessante Mischung aus winzigen Muscheln und Edelsteinen soll es werden, in Gold gefasst. Eine schöne Aufgabe, wie ich finde. Mein Geschäft scheint sich also wieder zu beleben. Das ist ein beruhigendes Gefühl, doch es reicht nicht aus, um meine Sorge um Emile zu besänftigen.

Eine große Unruhe ist in mir. Am Nachmittag halte ich es nicht mehr aus. Ich rufe auf seinem Handy an und mein Herz klopft bis zum Hals. Die Mailbox springt an. „Emile, melde dich bitte. Ich muss dringend wissen, wie es dir geht. Miri."

Erst am Abend, als ich in Markus' Küche sitze und wir gemeinsam essen, klingelt mein Handy und Emiles Name erscheint auf dem Display. „Entschuldige, Miriam, dass ich mich jetzt erst melde, aber es ging mir nicht so gut. Ich hatte leider ziemlich starke Schmerzen in den vergangenen Tagen und die hätte ich gar nicht verbergen können. Der Professor meinte auch, wir könnten nicht mehr warten mit der OP, wir hätten schon viel zu viel wertvolle Zeit verstreichen lassen durch unsere Reise."

„Verstehe", sage ich. „Dann gehst du gar nicht mehr nach Frankreich für eine zweite Meinung?"

„Doch, das hab ich mir selbst versprochen – und vielleicht gibt es ja doch noch einen Ausweg. Ich bin halt ein Angsthase und ein Zweifler noch dazu. Vielleicht glaube ich auch immer noch an ein Wunder. Ich fahre schon morgen früh. Karl kommt mit. Ich hätte es dir heute Abend ohnehin gesagt."

Jetzt, da alles so nahe vor mir steht, packt mich die nackte Angst um Emile und würgt mich. Meine Stimme ist belegt, als ich sage: „Ich bin da, wenn du mich brauchst. Und ich würde gerne immer wissen, wie es dir geht. Auch wenn es dir schlecht geht."

Als ich auflege, tut mir alles weh vor Kummer. Ich kann nichts tun, nur ohnmächtig warten. Unsere ganze schöne Zeit in Cluny, auf Kreta, all das Wissen, dem wir begegnet sind – jetzt hilft es uns scheinbar nicht mehr. Oder doch?

Achte stets auf das Hier und Jetzt,
denn es wird dir alles präsentieren,
was dich meint auf diesem Lebensweg.

Ich will es versuchen, die Augen offenhalten, auf kleine Zeichen warten und darauf vertrauen, dass das Richtige geschieht. Denn jetzt können wir alle nichts anderes tun als vertrauen. Und ich wünsche mir so sehr, dass Emile es schafft.

Markus sieht, wie mir die Tränen die Wangen hinunterlaufen und nimmt mich fest in den Arm. Auch er ist sehr betroffen, denn für ihn ist Emile so etwas wie ein Onkel.

„Weißt du, Miri", sagt er, „es ist viel leichter, das Leben in der Theorie zu verstehen, als es wirklich zu leben. Dazu braucht es halt immer auch sehr viel Mut."

In den kommenden Tagen hören wir wieder nichts von Emile. Er hat sich komplett zurückgezogen, auch wenn ich es mir ganz anders gewünscht hätte.

Karl meldet sich aber am zweiten Abend, an dem die beiden weg sind. „Emile hat Schmerzen. Wir kommen zurück nach Freiburg. Es führt kein Weg an einer raschen Operation vorbei. Hier sind die Ärzte zwar technisch hoch gerüstet und haben einen sehr guten Ruf, gerade auf diesem Gebiet, aber außer Emiles Familie und ein paar Freunden hat er hier niemanden. Das klingt jetzt zwar ein bisschen seltsam, aber seine Familie ist ihm nicht so nah wie wir. Deshalb möchte er sich in Freiburg operieren lassen, mit uns in seiner Nähe. Ich drücke euch, auch in seinem Namen, er schläft schon. Morgen fahren wir wieder zurück."

Irgendwie bin ich erleichtert. Endlich haben wir Gewissheit, wie es weitergeht. Schon der Gedanke, dass sich Emile in unserer Nähe wohlfühlt und den Ärzten hier vertraut, beruhigt mich.

Karl ruft am nächsten Morgen bei mir im Atelier an und fragt, ob ich auch am Abend zu ihm nach Hause kommen möchte. Markus hat schon zugesagt. Emile und er würden uns gerne über die weiteren Schritte informieren und hätten auch eine wichtige Frage an uns. Wir sind gegen sieben Uhr in dem kleinen Ort im Schwarzwald, in dem Karls Haus versteckt hinter großen Nadelbäumen steht. Nachdem wir nach einem gemeinsamen Abendessen die Teller weggeräumt haben, setzen wir uns alle an den Küchentisch.

Emile meint: „Also, ich habe ja schon gesagt, dass die Operation in zwei Tagen sein wird. Morgen gehe ich in die Klinik, da machen sie alle nötigen Voruntersuchungen." Er räuspert sich. „Ich weiß ja nicht, wie alles ausgeht, und möchte auf jeden Fall, dass ihr wisst, dass ich ein Testament gemacht habe. Und eine Vorsorgevollmacht ausgestellt habe.

Sollte ich nicht wieder richtig auf die Beine kommen oder Schlimmeres, dann möchte ich gerne mein Haus in Cluny an euch drei vermachen, wenn ihr damit einverstanden seid natürlich. Mit Karl hab ich bereits alles besprochen."

Er schaut ernst, aber gefasst in die Runde und Markus und ich nicken. „Wenn es so kommt, dass ich zu einem Pflegefall werde und hohe Kosten entstehen, die die Versicherung nicht übernimmt, dann wünsche ich mir, dass das Haus verkauft wird, um daraus die Kosten zu bestreiten. Dann würde ich niemandem finanziell zur Last fallen müssen. Könntet ihr euch das vorstellen?"

Mein Kopf begreift zwar noch nicht ganz, was das alles bedeutet, aber ich und Markus nicken gleichzeitig.

„Das ist aber noch nicht alles, eine sehr große Bitte kommt noch. Mit Karl habe ich eine Patientenverfügung unterschrieben, in der ich Karl die Vollmacht gebe, sollte es nötig sein, meine Pflege zu übernehmen", fährt Emile fort. „Für den Fall, dass Karl das aus Alters- oder Gesundheitsgründen nicht mehr leisten kann, würde ich mir wünschen, dass ihr beide das weiterführt.“ Emile schaut uns an. „Das ist eine sehr große Bitte, ich weiß, und ich wünsche, dass dieser Fall nie eintritt. Schlaft darüber und fühlt euch ganz frei in eurer Entscheidung. Das ist mir sehr wichtig.“

Wir beschließen den Abend früh und gehen nach Hause. Es scheint, als hätte der Zauber der letzten Monate uns verlassen und als zwänge die Realität uns gnadenlos dazu, in ihr Gesicht zu schauen. Gemeinsam schaffen wir das, Markus und ich. Ich schmiege mich eng an ihn in dieser Nacht. Es steht außer Frage, dass wir Emiles Wünsche annehmen und erfüllen werden. Denn in meinem Herzen höre ich mich selbst deutlich sagen: „Für dich, mein Freund, tue ich das gerne.“

~ 48 ~

Ich bin alleine in meiner Wohnung. Markus hat heute lange zu tun und kommt erst später zu mir. In Gedanken verfolge ich den Weg, den Emile und Karl aus dem Burgund hierher nehmen, erinnere mich zurück an den Start meiner eigenen Reise, die schon Jahre zurückzuliegen scheint. Dabei sind seither erst ein paar Monate vergangen. Mit einem Glas Wein in der Hand sitze ich in einem Schaukelstuhl vor dem Fenster und schaue zu, wie der Herbstwind die letzten Blätter von den Platanen fegt.

An diesem frühen Abend ist es schon empfindlich kühl und ich habe die Heizung aufgedreht. Auf dem Fensterbrett flackert eine dicke Kerze, ihr Schein vermischt sich mit den Bildern aus Emiles Bibliothek, die in mir aufsteigen. Ich kann sogar den Geruch der alten rissigen Ledersessel gemischt mit dem Staub, der auf den vergilbten Buchrücken liegt, wahrnehmen. Vor mir sehe ich Emiles verschmitzt lächelndes Gesicht, wie er mir in der frühsommerlichen Abenddämmerung einen Wein anbietet und ich verdutzt ablehne. Wie schnell hatte er mich umgestimmt und ich die Momente genossen, in denen wir den Burgunder getrunken und gleichzeitig philosophiert haben. Wie zwanglos und frei diese Zeit war! Wie eingeschlossen in sich selbst, ein Kokon ohne Ablenkung von außen. Bis dann Karl und Markus dazukamen und sich der Kreis um Emile und mich mühelos weitete. Wir saßen gemeinsam in der kleinen weißen Holzküche in Emiles herrlichem Haus, wir haben gelacht, uns zugeprostet, in Gustaves Aufzeichnungen geblättert und gelesen – ein unvergesslicher Sommer. Ein Wendepunkt in meinem Leben, wie eine Offenbarung. Und jetzt sitze ich hier, eingehüllt in ein Gemisch aus banger Sorge und dennoch Wärme, die in mir aufsteigt. Ich habe einen menschlichen Hafen gefunden und möchte ihn nicht mehr verlassen, auch wenn ich weiß, dass das nicht geht.

Nichts möchte ich hergeben aus diesem Leben, am liebsten möchte ich diese Menschen und alles, was mit ihnen zu tun hat, fest an mich binden, mit unverwüstlichen Tauen. Doch das Leben zwingt mich dazu, etwas sehr Wertvolles vielleicht bald loslassen zu müssen. Emile vielleicht Lebewohl sagen zu müssen, oder, genauso schlimm, ihn anderen und vor allem der Krankheit zu überlassen, mit offenem Ausgang, ohne dass ich etwas dagegen tun könnte.

Die Krankheit erscheint mir auf einmal wieder als heimtückischer Feind. Nein, so ist es nicht, beruhige ich mich selbst und mein Blick fällt unwillkürlich auf das Päckchen, das mein Freund mir gegeben hat. Ich soll es nach der Operation öffnen, hat er gesagt, als wir auf dem Schiff bei der Überfahrt nach Athen waren. Ich nehme es in die Hand und inspiziere es genau von außen, fühle durch die weiche dicke Polsterung hindurch, was wohl darin sein könnte. Es ist nicht groß, aber ich kann nichts ertasten. Das Päckchen gibt sein Geheimnis nicht preis, bevor es nicht an der Zeit ist, denke ich und schmunzle ein wenig dabei. Es bringt mir jedenfalls das gute Gefühl unserer Reise wieder zurück. Ich werde ruhiger, atme tief ein und aus, lege es an meine Wange.

Das Surren einer eingehenden SMS bestätigt mir, dass Emile und Karl gut in Freiburg angekommen sind. Kurz darauf klingelt Markus an der Tür, er drückt mich stürmisch zur Begrüßung und küsst mich lange, bevor wir gemeinsam ins Wohnzimmer gehen.

~ 49 ~

Heute wird Emile operiert. Karl hat es sich nicht nehmen lassen, die ganze Zeit im Krankenhaus zu verbringen und zu warten, wie alles verläuft. Er glaubt einfach daran, dass es für Emile eine Unterstützung ist, wenn sein bester Freund in seiner Nähe ist, auch wenn er selbst ja nichts ausrichten kann. Ich wäre am liebsten auch mitgegangen, aber Emile hat abgewehrt und gesagt: „Einer reicht dicke. Bitte macht euch nicht so viele Sorgen."

Also habe ich mir eine Arbeit vorgenommen, die nicht meine gesamte Konzentration beansprucht. Doch ich bin zerstreut. Ständig wandern meine Gedanken ängstlich zu Emile. Nach zwei unruhigen Stunden halte ich es nicht mehr aus. Ich setze mich in mein Auto und fahre in die Klinik. Ich bringe ohnehin nichts zustande daheim.

Dort angekommen frage ich mich durch zur chirurgischen Abteilung. Im Vorraum vor dem Bereich mit den OP-Sälen sitzen einige Angehörige, die auf Nachrichten von den Ärzten warten. Auch Karl sitzt da mit verschränkten Händen und gesenktem Kopf. Als er mich sieht, schaut er erleichtert auf und seufzt: „Schön, dass du doch gekommen bist, Miriam! Lass uns einen Kaffee trinken gehen."

Wir verlassen das Wartezimmer, in dem eine sehr angespannte Atmosphäre herrscht, da alle schweigend und nervös auf Ergebnisse warten. Am Kaffeeautomaten schauen wir uns an und ich sage: „Ich merke jetzt erst so recht, wie viel Angst ich habe, dass doch etwas schiefgehen könnte."

Karl nickt nur zustimmend und schlürft seinen Kaffee, sich zum Innehalten zwingend.

Die Zeit kriecht dahin. Vier Stunden hatten die Ärzte für die Operation an Emiles Gehirn angesetzt, aber es sind schon fünf vergangen, ohne dass sich die hermetisch verschlossene Glastür für uns geöffnet hätte, die den Warteraum vom Operationsbereich trennt. Immer wieder werden Angehörige von den zuständigen Ärzten angesprochen und in einen Besprechungsraum gebeten, aber wir sind nicht dabei.

Als wir schon gar nicht mehr damit rechnen, tritt ein kräftig gebauter Arzt mittleren Alters durch die automatische Schiebetür und fragt: „Karl Becker?" Wir springen auf.

„Bitte folgen Sie mir."

Karl folgt ihm, ich setze mich wieder hin. Ewig lange scheint er mit dem Arzt, der seinen grünen Operationsmantel schon längst abgelegt hat, hinter der Tür eines Sprechzimmers verschwunden zu sein, bis sich die Türe wieder öffnet und beide heraustreten.

Karl und ich entfernen uns ein Stück von den anderen Wartenden.

„Und?", bringe ich mit trockener Kehle hervor.

„Die Operation scheint ganz gut verlaufen zu sein, hat der leitende Arzt gesagt, aber es hat länger gedauert als ursprünglich angenommen. Jetzt wird Emile in einem gesonderten Bereich überwacht, denn es könnte immer noch zu Komplikationen kommen. Er wird, wenn alles normal verläuft, morgen Mittag wieder ansprechbar sein. In der Zwischenzeit werden ständig Kontrollen und Tests durchgeführt, um sicherzustellen, dass es keine Ausfallerscheinungen gibt.

Ich frage, ob er Genaueres zum Verlauf des Eingriffs sagen kann und er meint, Emile hätte sehr viel Glück gehabt, dass sein Tumor überhaupt operabel war. Sie haben ihn entfernt. Über die tatsächlichen Auswirkungen kann oder will er aber noch nichts Genaues sagen. Das wird sich noch zeigen. Wir können auf jeden Fall nicht vor morgen Mittag zu ihm und der Arzt hat uns geraten, erst einmal nach Hause zu gehen und uns auszuruhen. Die Klinik bleibt mit mir in Verbindung und würde mir sofort Bescheid geben, sollte sich etwas an seinem Zustand verändern. Momentan ist er wohl stabil.

Wir wissen zwar noch nichts ganz Konkretes, aber die Spannung fällt erst einmal ab. Ich rufe sofort Markus an und informiere ihn.

„Mensch, jetzt bin ich auch erst einmal erleichtert“, sagt er. „Ich hab schon die ganze Zeit überlegt, ob ich ins Auto springe und zu euch fahre, ich hab alle meine Kundenbesuche abgesagt, so nervös war ich!“ Wir verabreden uns für den Abend bei mir zuhause. Ich drücke Karl noch einmal fest, wir verabschieden uns mit dem Versprechen, dass er mir sofort Bescheid gibt, wenn er etwas Neues von der Klinik erfährt und machen aus, uns, soweit alles normal verläuft, morgen um 14 Uhr im Krankenhaus wiederzutreffen.

Jetzt möchte ich erst einmal heim. Mein Körper ist verspannt und ich beschließe, eine heiße Dusche zu nehmen und anschließend ein Glas Rotwein zu trinken. Das warme Wasser rinnt an meinem Körper herunter, ich lasse es auch über mein Gesicht und die Haare laufen. Durchatmen. Alles wird gut werden.

Noch in ein Handtuch gewickelt entkorke ich eine Flasche Wein aus dem Burgund und setze mich mit dem Glas vor das große Balkonfenster mit Blick auf die gegenüberliegenden Bäume. Langsam komme ich wieder bei mir an und erinnere mich lebhaft an die vielen Abende, an denen ich mit meinem französischen Freund Rotwein getrunken und geplaudert habe.

Jetzt erst fällt mir das Päckchen wieder ein, das mir Emile gegeben hat, damit ich es nach der Operation öffne. Bei all der Anspannung hatte ich gar nicht mehr daran gedacht. Ich hole es vorsichtig und mit klopfendem Herzen aus dem Schlafzimmerschrank, wo ich es zwischen den Wollpullovern verstaut hatte. Mit zittrigen Fingern trage ich es ins Wohnzimmer, setze mich auf das Sofa und löse den dicken Einband aus braunem Packpapier. Zuerst fällt mir ein Brief in die Hand. Auf dem Umschlag steht „Für Miriam".

Ma chère Miriam
lautet die erste Zeile des Briefes auf Französisch, dann wechselt er ins Deutsche:
Als ich dir den Auftrag gegeben habe, den Schmuck zu restaurieren, hätte ich nie gedacht, dass du mir einmal so ans Herz wachsen würdest. Ich habe die Zeit, als wir Gustaves Aufzeichnungen gelesen und anschließend so intensiv darüber gesprochen haben, sehr genossen. Deine offene und herzerfrischende Art, Kommentare abzugeben, haben mich sehr berührt und mein Leben enorm bereichert. Ich kann mich an jeden Moment noch genau erinnern und ich schmecke immer noch den Rotwein, den wir getrunken haben.
Ich möchte dir gerne sagen, dass du einiges in mir verändert und in Bewegung gesetzt hast. Als ich meine Diagnose erhalten habe, warst du mir eine wertvolle Freundin, ich weiß nicht, wie es ohne dich in mir ausgesehen hätte. Die Zeit in Griechenland hat dieses Gefühl noch vertieft und ich danke dir sehr, dass du mich bis hierher begleitet hast. Es könnte meine letzte Zeit sein. Natürlich wünsche ich mir sehr, dass die Operation gut ausgehen möge, denn ich habe nicht zuletzt durch unsere Reise begriffen, dass ich sehr gerne noch weiterleben möchte. Es gibt noch so einiges, das ich erfahren und auch teilen möchte. Gerade die Krankheit hat mir bewusst gemacht, wie kostbar mir mein Leben ist.

Sollte ich aber nicht mehr der Alte sein nach der OP oder sie sogar nicht überleben, dann möchte ich dir gerne schon jetzt etwas geben, was ich dir ohnehin schenken wollte. Den Inhalt kennst du schon.
Ich habe dieses Schmuckstück von meiner Mutter für mich erbeten. Sie hat es mir gerne überlassen als Teil des Erbes meines Großvaters. Ich habe gesehen, wie sehr es dich berührt hat. Und du hast mein Herz ebenso sehr berührt. Deshalb ist es mir ein Bedürfnis, es an dich weiterzugeben. Es möge dich immer an unsere schöne gemeinsame Zeit erinnern, dich beschützen und auf deiner Suche nach den Geheimnissen des Lebens voranbringen.
Sollte es mir vergönnt sein, noch weiterzuleben, wünsche ich mir sehr, dich weiterhin als Freundin in meinem Leben zu haben.

In Liebe

Emile

~

Vor mir liegt ein kleines Kästchen. Ich wiege es vorsichtig in der Hand und ahne bereits, was es beinhalten könnte. Mein Herz klopft heftig, als ich den Deckel öffne. Im Inneren liegt auf einem dunkelblauen seidenen Tuch die silberne Frauenfigur.

Wie ich inzwischen weiß, stellt sie eine mykenische Göttin oder Priesterin dar. Wie beim ersten Mal, als ich sie sah, läuft es mir heiß und kalt den Rücken hinunter. Tränen steigen mir in die Augen und ich lasse ihnen freien Lauf. Wie gut, dass ich alleine bin. All die Anspannung, die Angst, die Sorge brechen aus mir heraus, aber zur gleichen Zeit bin ich glücklich. Was für ein wertvolles Geschenk!

Als Markus etwa eine Stunde später nach Hause kommt, habe ich mich wieder etwas gefangen.

„Verrätst du mir, was deine Reise auf Gustaves Spuren ergeben hat?"

„Das erzähle ich dir später mal in Ruhe. Weißt du, es geht vor allem darum, sich selbst zu leben."

Ich lächle und ziehe den verdutzten Markus ins Wohnzimmer.

„Schau mal." Ich reiche ihm das Kästchen mit der silbernen Figur auf blauer Seide. „Ich hab dir doch erzählt, dass eines der Schmuckstücke von Gustave mich tief berührt hat, ein Silberamulett, das eine Göttin darstellt – etwas ganz Besonderes. Und jetzt – Emile hat sie mir geschenkt! Sie gehört jetzt mir, in all ihrer Pracht und Würde und Schönheit."

Ich strahle so, dass mein Glück Markus ansteckt.

Er nimmt mich in den Arm und flüstert zärtlich in mein Ohr: „Meine kleine Göttin."

Miriams Schätze

Achte stets auf das Hier und Jetzt,
denn es wird dir alles präsentieren,
was dich meint auf diesem Lebensweg.

~

Erkenne, wer du wirklich bist.
Tief in deinem Innern liegt dein Kern verborgen.
Suche und finde ihn.

~

Dein Kern ist aus göttlicher Quelle entstanden.
Habe Lust und Freude daran, ihn zu entfalten.

~

Du bist hier auf der Erde, um dich selbst zu leben.
Habe den Mut, ganz du zu sein, echt und stimmig.

~

Wenn du dich selbst erkennst,
annimmst bis in die tiefen Fasern deines Herzens und dich lebst,
dann kommst du an den Grund des Seins, an die göttliche Quelle.
Die göttliche Quelle ist Liebe.
Lerne, die Liebe zu dir und zu allem Sein wieder fließen zu lassen.

~

Erkenne den Spiegel, der dir vorgehalten wird,
und das Gesetz „Wie innen, so außen".

~

Liebe und achte dich mit allen Fasern deines Seins
und dir wird sich der Himmel öffnen.
Du bist hier auf Erden, um dich zu leben.
Vergeude dieses Geschenk nicht.

~

Übernimm stets die Verantwortung für dein Tun.
Erkenne, dass du deine Weichen selbst stellst.

~

Lerne zu erkennen und zu entscheiden,
wer und was zu dir gehört – und wen oder was
du getrost loslassen darfst und sollst.

~

Gib dich selbst, so wie du bist,
der Erde und ihren Wesen als Geschenk.
Es wird dich erfüllen
und du wirst dadurch reichlich selbst erhalten.

~

Doch es geht auch darum, uns selbst immer wieder in Bezug zu anderen zu sehen. Wir sind nicht allein, und alles, was wir tun, wirkt sich auf die anderen aus. Wenn wir uns dessen bewusst sind, fühlen wir mit und leben entsprechend. Allerdings dürfen wir nicht den weit verbreiteten Fehler begehen, für die anderen leben zu wollen oder deren Leben zu führen. Denn das kann nur jeder alleine. Der göttliche Auftrag jedes Einzelnen von uns hier auf der Erde ist, den Mut zu haben, er selbst zu sein und diesen Mut nie zu verlieren. Aber auch nicht die Liebe, denn sie ist unser Ursprung, ohne Maß und ohne Ende. Wir alle sind aus der göttlichen Quelle entstanden. Jeder einzelne von uns. Jedes Lebewesen, jede Erscheinung auf dieser Welt.

Über die Autorinnen

Sabine Schömig

Sabine Schömig, 1964 in Aschaffenburg geboren, hat Literatur und Geschichte studiert. Als Redakteurin und Journalistin führt sie seit 1997 ein eigenes Pressebüro. Schon lange beschäftigt sie sich in ihrer Freizeit mit philosophisch-spirituellen Themen und hat die gemeinsam entwickelte Geschichte in Worte gefasst und zu Papier gebracht.

Walburga Spielberger

Walburga Spielberger, geboren 1952, lebt und arbeitet im Rhein-Main-Gebiet. In ihrer Ganzheitlichen Psychologischen Praxis begleitet sie seit mehr als 25 Jahren Menschen in Lebens- und Beziehungskrisen, in privater und beruflicher Neuorientierung und der eigenen Persönlichkeitsentwicklung. Ihre fachliche Kompetenz erwarb sie in verschiedenen anerkannten Ausbildungen in therapeutischen und spirituellen Bereichen. Mit ihrer ganzheitlichen Methodik führt und unterstützt sie Menschen mit großer Freude auf ihrem ganz persönlichen spirituellen Weg.